AF235468

Aus den Tiefen schöpft das Leben

Kretas Zauber

Linda Vianelli

Liebesroman

1. Auflage, 2020

© Januar Linda Vianelli – alle Rechte vorbehalten.

ISBN: 978-3-752-60682-9

Umschlaggestaltung, Illustration: Harald Diatka

Cover-Foto: Adobe Stock

Lektorat, Korrektorat: Margret Geimer, Harald Diatka, Tanja Zapp

Bibliografische Information der Deutschen Nationalbibliothek:
Die Deutsche Nationalbibliothek verzeichnet diese Publikation in der Deutschen Nationalbibliografie; detaillierte bibliografische Daten sind im Internet über http://dnb.d-nb.de abrufbar.
Herstellung und Verlag: BoD – Books on Demand, Norderstedt
Linda Vianelli
c/o AutorenServices.de
Birkenallee 24
36037 Fulda

Buchbeschreibung:

Für die 25-jährige verwöhnte Rebecca ist das Leben perfekt. Sie ist bildschön und mit einem reichen Mann verheiratet, der sie in die High Society einführt.

Als sie von seinem Betrug erfährt, wird ihre oberflächliche Welt erschüttert. Sie folgt der Aufforderung ihrer Schwester und reist zu ihr nach Kreta. Doch die Insel hält Gefahren bereit, die Rebecca zum Verhängnis werden könnten. Ihr Überlebenskampf bewirkt eine tiefgreifende Veränderung.

Nicht nur der Zauber Kretas - auch der attraktive Nikos bringen ihre Gefühlswelt ins Wanken.

"Kretas Zauber" ist der erste Teil der zweiteiligen Reihe: "Aus den Tiefen schöpft das Leben"

Über den Autor:

Linda Vianelli ist das Pseudonym, unter dem die Autorin ihre abenteuerlichen Liebesromane als Self-publisher veröffentlicht.

Nachdem sie für ihr erstes Werk einen Verlag gefunden hatte, wuchs die Neugier auf das SP-Hand-werk. "Aus den Tiefen schöpft das Leben" ist ihr erster SP-Roman.

Linda Vianelli lebte mehrere Jahre auf Kreta. Daher ist es für sie selbstverständlich, dass sie in ihren Büchern ihre Liebe zur Insel mit einfließen lässt. Heute lebt Linda Vianelli mit ihrem Partner in Bayern.

„Kretas Geheimnis ist tief. Wer seinen Fuß auf diese Insel setzt, spürt eine seltsame Kraft in die Adern dringen und die Seele weiten ..."
Nikos Katzantzakis

Kapitel 1

„Entschuldigen Sie bitte!" Ungeduldig drängte sich eine Frau zwischen das Waschbecken und Rebeccas Blick in den Spiegel, welcher zum Bürsten der Haare eine unverzichtbare Kontrollinstanz war.

Die Toilettenräume waren zwar dem edlen Ambiente des Restaurants angemessen ausgestattet, jedoch viel zu klein. Wie sollte man seinem langen blonden Haar zu seidigem Glanz verhelfen, wenn man weder Platz noch Muße hatte ihm die angemessene Pflege angedeihen zu lassen?

Widerwillig trat Rebecca zur Seite. Einer Person fehlenden Zartgefühls ging sie lieber aus dem Weg. Auseinandersetzungen mit solchen Menschen endeten meist unschön. Verächtlich beäugte sie die strohigen Haare der Frau und wusste, warum diese Rebeccas Fürsorge nicht nachvollziehen konnte. *Wahrscheinlich geht sie nur morgens einmal mit dem Besen durch,* dachte sie verächtlich. Die Haare waren offensichtlich schwarz gefärbt, denn die Überdosis satter Pigmente spiegelte sich nicht in ihrem Teint wieder - der leichenblass war.

Die verschiedenen Blondtöne in Rebeccas vollem Haar hatten hingegen nur die Sonne und ausgesuchte Pflegeprodukte gesehen.

Ihrem Anstand gebührend wartete sie, bis die Frau ihre Hände gewaschen hatte. In der Zwischenzeit zupfte sie an ihrem neuen edlen Cocktailkleid und fuhr dann zügig mit dem Bürsten fort, bevor sich noch andere unsensible Frauen erdreisteten zu stören.

Sie frischte ihr Make-up auf und warf ihrem Spiegelbild einen letzten prüfenden Blick zu. Es war vollkommen. Sie besaß ebenmäßige Gesichtszüge, große blaue Augen, die einnehmend zu blinzeln wussten und eine freche Stupsnase. Das fordernde Kinn, machte jedem bewusst, dass sie eine Frau mit Anspruch war.

Im Gegensatz zu ihrer Freundin Yvonne benötigte sie weder Nasenkorrektur noch Haar- oder Wimpernverlängerung. Die Arme hatte trotz aller Mühen bis heute keinen Ehemann für sich gefunden, was in Rebeccas Augen einer schweren Niederlage glich. Ein Mann und sein Verdienst waren doch das Aushängeschild einer Frau. Seine Errungenschaften verliehen ihr den Glanz, in dem sie sich sonnte.

Yvonne hatte es mit ihren 25 Jahren nicht einmal zu einem Arbeiter geschafft. Sie war noch immer allein, musste sogar selbst beruflich tätig sein, um sich ihren Lebensunterhalt zu verdienen. *Natürlich besitzt sie nicht meine Eleganz. Ihr Gesicht ist grobschlächtig, aber wirklich unansehnlich ist sie nicht,* dachte Rebecca beim geistigen Vergleich ihrer äußerlichen Erscheinungen. *Auf einen Mann, wie Dennis, kann sie allerdings nicht hoffen. Er ist prätentiös, achtet auf Schönheit, Stil und*

Charme. Rebecca lächelte selbstgefällig und stolzierte mit ihren Stöckelschuhen so, wie sie es in ihrer Jugend den Models im Fernsehen abgeguckt hatte, über den weichen Teppich durch das Restaurant. In diesem Moment war er ihr Laufsteg. Es kam ihr entgegen, dass der Weg zurück zum Tisch lang genug war, um sich mit schwungvollem Schritt zu präsentieren. Wie immer genoss sie ihren Auftritt. Zuletzt folgte die kleine Showeinlage: Sie fuhr sich mit der Hand durch die blonde Mähne und warf es gekonnt mit einer Kopfbewegung hinter die Schulter. Das hatte schon so manchen Zuschauer Zeit und Raum vergessen lassen. Zufrieden erkannte sie, dass jedes männliche Wesen im Saal ihrem Charme erlegen war und die Blicke der Frauen vor Gift sprühten. Nur ihr Ehemann hatte keine Augen für sie. Er wurde abgelenkt, von einem Fremden.

„Du, das müssen wir unbedingt wiederholen!", hörte Rebecca den Mann mit gegeltem Haar unangemessen laut sagen, als sie sich näherte. Vertraut klopfte er Dennis mit goldberingter Hand auf die Schulter und grinste.

Ein übereifriger Ober brachte drei Gläser Schnaps an den Tisch. *Wie unhöflich!,* dachte Rebecca im Hinblick auf ihre Freundin, die offensichtlich nicht bedacht worden war und setzte sich dennoch höflich lächelnd auf ihren Platz. Wider Erwarten wurde sie von ihrem Mann dem Fremden nicht vorgestellt.

Fragend sah sie zu Yvonne, die ihr mimisch zu verstehen gab, dass sie ebenso unwissend war.

Schon beim Anblick der klaren Flüssigkeit in den kleinen Gläsern, zog sich Rebeccas Magen zusammen – umsonst:

Das Erste stellte der Fremde vor Yvonne und vor Dennis das Zweite, stieß mit ihnen an und kippte den Schnaps mit einer raschen Kopfbewegung die Kehle hinunter. Noch immer dachte Dennis nicht daran, seine Ehefrau mit dem Fremden bekannt zu machen, deckte den offensichtlichen Irrtum nicht auf, sondern lachte stattdessen unnatürlich hysterisch, als der Gegelte einen lahmen Witz über Frauen und Männer lancierte.

„Oh, ich kann nicht mehr", rief Dennis, wobei Rebecca ihm genau ansah, dass sein Lachen gespielt war. Der Mann löste offenbar eine eigenartige Unruhe in ihm aus. Dennis Gesicht war blass. Schweißperlen standen ihm auf der Stirn. Verwundert beobachtete Rebecca, wie er sich wand und darum bemühte, das Gespräch zu beenden.

Endlich schüttelten sich die beiden zum Abschied die Hand. Als ihm Rebecca ihre Hand reichte, nahm er stattdessen die ihrer Freundin und sagte: „Das hat mich sehr gefreut, Yvonne! Du bist 'ne tolle Dartspielerin. Einen schönen Abend noch!" Er winkte kurz und unbedeutend und verschwand im hinteren Bereich des Restaurants.

Rebecca war verwirrt. Ihr Mann und ihre Freundin stierten nur verunsichert vor sich hin. Heftiges Funkeln auf dem Besatz von Yvonnes Kleid entlarvte ihren schnellen Atem, während Dennis' Finger hektisch sein Glas drehten.

„Wer war denn das, Schatz?", unterbrach Rebecca die seltsame Stille. „Ein neuer Kollege?"

Dennis räusperte sich: „Ein Kunde unserer Firma."

„Ach so!" In ihrem Gehirn arbeitete es: „Und ihr kennt euch auch, Yvonne?"

Diese sah kurz auf, als hätte man sie bei einer Missetat ertappt und stotterte: „Äh, nein … also, äh … nicht wirklich … eher flüchtig … irgendwie."

„Flüchtig? Was heißt das? Kennst du ihn nun oder nicht?"

„Ach, ein blöder Zufall war das!", stieß Dennis mit einem erneuten unnatürlichen Lacher hervor: „Yvonne und ich hatten uns ganz zufällig vor ein paar Tagen in der Stadt getroffen. Im selben Moment kam dieser Gerd vorbei … "

„ … und da habt ihr euch übers Darten unterhalten?"

„Wie?" Dennis wurde ernst. Er bekam seinen gehetzten Ausdruck. Suchend blickte er durch den Raum, als erhoffte er sich von irgendjemandem Hilfestellung. „Aber nein. Natürlich nicht."

Rebecca bohrte weiter: „Warum hast du mich deinem Kunden nicht vorgestellt?"

Dennis lockerte die Krawatte. Die Befragung schien nicht nur seine Erklärungsversuche einzuengen. Ihm wurde sichtlich unwohl. Da fiel ihm eine Möglichkeit ein, der Bedrängnis zu entkommen. Fluchend warf er seine Serviette auf den Tisch: „Was zur Hölle soll diese Befragung?"

Yvonne und Rebecca zuckten zusammen.

„Sind wir hier bei der Inquisition? Was weiß denn ich, worüber sich Gerd und Yvonne unterhalten haben oder ob sie an dem Tag noch gemeinsam darten gegangen sind!"

„Schatz, was ist denn los mit dir?"

„Scheinbar sitze ich hier auf der Anklagebank und muss mich verteidigen", wetterte er weiter.

„Aber nein! Ich wollte nur verstehen, woher er Yvonne kennt und warum du mich nicht vorgestellt hast." Die Blicke der anderen Gäste waren Rebecca höchst unangenehm. So sehr sie es liebte, im Mittelpunkt zu stehen, so sehr widerstrebte es ihr, negativ aufzufallen.

„Dann hab ich dich halt mal nicht vorgestellt. Muss man denn immer gleich ein Drama aus allem machen?"

„Mach ich doch gar nicht", besänftigte Rebecca. „Ich habe doch nur nachgefragt. Jetzt beruhige dich doch bitte wieder!"

Er stützte sein Gesicht verzweifelt in die Hände, sah unvermittelt wieder auf, um sich der Wirkung zu vergewissern, und versuchte endlich zu lächeln: „Tut mir leid, Liebling! Das ist der Stress. Gerd setzt die Firma ziemlich unter Druck. Unsere Produktionsmöglichkeiten sind am Limit."

„Schon gut", sagte Rebecca verständnisvoll und strich ihm zärtlich über das kurze blonde Haar. „Du musst nichts mehr erklären." Sie gefiel sich in der Rolle der großmütigen Ehefrau. Das kam immer gut an.

Dennis nahm sie dankbar in die Arme und flüsterte: „Danke, mein Liebling."

„Da ist dir wohl jedes Treffen mit ihm unangenehm." Das unechte Mitgefühl in ihrer Stimme war selbst für unsensible Ohren vernehmbar. Nur Dennis war diesbezüglich sowohl blind, als auch taub, denn in seinem Elternhaus gab es nicht einmal geheucheltes Mitgefühl.

„Das ist gelinde ausgedrückt. Belastend trifft es eher." Seine Augen baten noch einmal um Vergebung.

„Dann lasst uns schnell das Thema wechseln", schlug Rebecca vor, um die Stimmung nicht endgültig zu verderben. Heftiges Nicken und erleichtertes Lächeln pflichteten ihr bei.

Der Rest des Abends war entspannt. Yvonne erzählte von ihrer neuen Stelle als Sachbearbeiterin: „Die Kollegen sind wesentlich professioneller und die Speisen in der Kantine kann man sogar essen." Sie lachte gelöst.

Manchmal beneidete Rebecca sie für ihre Selbständigkeit. Doch tauschen mit einem Leben ohne reichen Ehemann, wäre für sie undenkbar. Auch Dennis wünschte nicht, dass seine Frau arbeitete. Er sah sich als den Ernährer. „Früher oder später werden wir sowieso Kinder haben, um die in erster Linie du dich kümmern musst", hatte er Rebecca vor der Hochzeit erklärt. Dennis war der Planer, der Macher. Seine Entscheidungen für ihr gemeinsames Leben zu hinterfragen, war Rebecca nie in den Sinn gekommen. Sie sah ihre Aufgabe darin, schön auszusehen. Das beinhaltete den regelmäßigen Besuch im Fitnessstudio und das Abonnieren diverser Modezeitschriften, deren Tipps sie bei ihren Einkäufen beherzigte.

Durch die Übernahme der Maschinenbau-Firma seines Vaters hantierte Dennis mit hohen Geldbeträgen. Somit waren die kostspieligen Zuwendungen in Form von Schmuck für Rebecca eine Selbstverständlichkeit. Letzten Endes kam es auch ihm zugute, wenn seine Frau einen gewissen Status repräsentierte. Ein teurer Diamant an ihrem Hals, war wie eine Yacht im Hafen von Monaco. Die Hautevolee war im Stande das einzuschätzen. Entsprechend wurden Kontakte geknüpft und gepflegt.

Heute Abend hatte er die Ohrringe mitgebracht, die zwar perfekt mit ihrer Halskette harmonierten, die hingegen nichts ohne das dazugehörige Armband waren. Seine fehlende Aufmerksamkeit war enttäuschend. Beim letzten abendlichen Spaziergang durch die Stadt hatte sie ihn demonstrativ an dem Juwelier vorbeigeführt und die Wichtigkeit eines Ensembles erklärt.

Wenn Dennis nicht auf solche bedeutenden Feinheiten achtete, war es kein Wunder, dass sich die Feldmanns und die Lindners vom Segelklub bis zum heutigen Tag für etwas Besseres hielten! Für diese Paare galt sie noch immer nicht als ebenbürtig – eine, die sich ihren Stand versucht hatte durch Heirat zu erschwindeln. Das würde sich erst ändern, wenn sie den Luxus überzeugend präsentierte. Dann wäre es für jeden unübersehbar, dass die Welt der Reichen ihr natürlicher Lebensraum war. Das musste sie Dennis auf irgendeine Weise begreifbar machen.

Rebecca lächelte in sich hinein. Sie wusste, wie sie ihn um den Finger wickeln konnte. Das neue schwarze Negligé würde seine Wirkung nicht verfehlen.

Sie war auf der Zielgeraden – auf dem Weg zur Sonnenseite des Lebens.

Mitleidig betrachtete sie Yvonne, die gezwungen war, sich ihren Schmuck selbst zu kaufen. Sie schien den Blick zu bemerken, denn sie wirkte auf einmal fahrig und nervös. Unerwartet früh kündigte sie ihren Aufbruch an. „Der Wein macht müde", erklärte sie auf die Liter-Karaffe zeigend, die die beiden Frauen munter geleert hatten, wohingegen sich Dennis, der Fahrer, mit einem Glas Weinschorle begnügt hatte.

Nachdem die Rechnung bezahlt war, begab sich das Trio zur Garderobe.

Das Vogelgezwitscher kündigte zwar seit einigen Tagen den Frühling an, doch die Temperaturen konnten sich nicht zu Höherem aufraffen. Es war Mitte Mai, für eine leichte Jacke am Abend aber noch immer zu kalt. Rebecca ließ sich von Dennis in ihren teuren Mantel helfen, während sich Yvonne alleine in ihren zwängte.

Selber schuld!, dachte Rebecca verächtlich. *Würde sie alleine in eine Bar ausgehen, statt mit einem Ehepaar in ein Restaurant, könnte sie leichter einen Mann für sich finden.*

Yvonne hakte sich bei ihrer Freundin ein und sie begaben sich hinaus an die frische Luft.

Es war nur ein kurzer Genuss, denn der unangenehme Gerd hatte sich zur gleichen Zeit entschieden das Restaurant zu verlassen. Er folgte nur wenige Schritte hinter ihnen mit seiner jungen Begleitung aus der Tür. „Dennis und Yvonne! Das muss Fügung sein, dass ihr ebenfalls jetzt loszieht", rief er abermals zu laut durch die ruhige Straße. Er schien ein paar weitere Kurze getrunken zu haben.

„Wie sieht's aus?" Die Hände in den Hosentaschen stupste er Dennis mit dem Ellbogen an: „Wagen wir einen weiteren Wettkampf im Drifters?"

Dennis wirkte angespannt. Er nahm ihn schnell beiseite und sagte etwas, wie: „ … müde … langer Tag … nach Hause."

Der Gegelte nickte und drehte sich um. Bevor Dennis ihn zurückhalten konnte, ging er auf Yvonne zu, die versuchte sich mit gesenktem Kopf im Hintergrund zu halten: „Kein Problem, wenn du heute zu müde bist! Dann darten wir halt ein anderes Mal."

„Du dartest?", fragte Rebecca verwirrt in das Durcheinander an für sie unverständlichen Aussagen – ohne zu wissen, wo sie anfangen sollte nachzuhaken.

„Und wie", tönte Gerd. „Sie ist ein Naturtalent, stimmt's Jenny?" Diese nickte eifrig, versuchte etwas zu sagen, da unterbrach sie ihr Freund: „Yvonne ist beinahe so gut wie ihr Mann." Er deutete auf Dennis, der in diesem Moment die Augen schloss.

„Ihr seid ein hervorragendes Team und ein schönes Paar – und so verliebt! Die würde ich nicht mehr gehen lassen." Lachend tätschelte er Dennis' Arm, nahm seine Freundin an die Hand und verschwand. Das Klackern von Jennys Stöckelschuhen verhallte in den Straßen, während das Trio noch immer vor dem Restaurant stand.

Die gelöste Heiterkeit war fort.

„Verliebt?", stieß Rebecca hervor, „Schönes Paar?" Ihre Worte gellten durch die nächtliche Stille.

Dennis stand wie festgefroren wenige Meter von seiner Frau entfernt und starrte auf den Boden.

Rebeccas Blicke suchten nach Yvonne, hofften von ihr ein abtuendes Kopfschütteln, ein Zwinkern, wegen eines unsinnigen Missverständnisses oder zumindest eine Erklärung zu erhalten, zu der Dennis nicht fähig war. Doch sie stierte ebenfalls nur verkrampft vor sich hin.

„Was soll das alles? Was läuft da zwischen euch?", fragte sie abermals in das unerträgliche Schweigen, nicht sicher, ob sie die Antwort überhaupt ertragen konnte. Noch immer wollte sie das Ausmaß der Katastrophe nicht wahrhaben.

Die Wortlosigkeit ihrer Begleitung verbesserte die Situation nicht. „Macht endlich den Mund auf!", herrschte sie die beiden an.

Ihr Ehemann sah auf - seine babyblauen Augen flehten um Vergebung. Das war der Blick, der das Unvorstellbare bestätigte. Rebecca taumelte einen Schritt zurück und unterdrückte hinter vorgehaltener Hand einen Schrei.

Dennis eilte auf sie zu, riss sie an sich und drückte sie trotz heftiger Gegenwehr fest an sich: „Schatz, es war ein dummer Zufall! Nichts, als ein Zufall!" Er strich ihr dabei so eindringlich über das Haar, dass es sie schmerzte.

„Es war nicht geplant, hatte nichts zu bedeuten! Bitte glaub mir, es wird nie wieder passieren!"

Zitternd presste er ihren Körper an seinen, als wäre er im Stande, sie auf diese Weise zu halten. „Bitte, verzeih mir! Ich liebe dich. Es war nur eine Dummheit." Ein Leben ohne seine Frau konnte und wollte er sich nicht vorstellen. Auch, wenn es oft eintönig war und er sich deshalb auf ein Abenteuer mit ihrer besten Freundin eingelassen hatte, war sie für ihn die schönste Frau.

Zu lange hatte er um sie werben müssen. Ihre Unnahbarkeit hatte ihn beinahe um den Verstand gebracht. Jetzt würde er sie nicht mehr gehen lassen – niemals.

Rebecca wand sich aus seiner Umarmung und starrte ihn entgeistert an: „Du hast unsere Ehe für einen dummen Zufall geopfert? Für bedeutungslosen Sex mit …", sie drehte sich um und zeigte mit dem Finger auf Yvonne, „… mit der da?" Verächtlich schnaubte sie und setzte nach: „Aber die gefällt dir doch nicht einmal! Du hast sie doch immer als plump und unansehnlich bezeichnet!"

„Was?", keifte Yvonne entsetzt. „Das hast du gesagt?"

„Halt gefälligst den Mund, Miststück!", herrschte Rebecca sie an und wandte sich wieder ihrem Mann zu. Hilflos stand er vor ihr. Verzweifelt suchte er nach einer Ausrede: „Es war völlig unbedeutend, ein blöder Fehler! Wir waren angetrunken. Das war doch nichts Ernstes, wir …!"

„Angetrunken? DAS ist deine Ausrede dafür, dass du meine beste Freundin besteigst?" Angewidert wandte sie sich ab und kam auf Yvonne zu. Erschrocken wich diese zurück. Für einen Moment befürchtete sie, Rebecca wollte sie ohrfeigen.

„Und du?" Rebeccas Ton war schneidend. „Welche Ausrede hast du für deinen Verrat?" Die Frau, die sie seit Kindertagen kannte - die ihr näher war, als ihre Schwester - hatte sie mit ihrem Mann betrogen. Sie war nicht nur ihre Trauzeugin, sondern bereits als Taufpatin für das geplante Kind vorgemerkt.

Im Grunde bedurfte es gar keiner Erklärung. Sie wollte nur, dass sie ihr in die Augen sah. Doch ihre Freundin hatte nicht den Mut dazu. Ihr Blick war feige auf den Boden gerichtet.

„Lass uns nach Hause fahren, Schatz!", mischte sich Dennis ein, „Dann reden wir in Ruhe – bitte!" Er streckte die Hand nach Rebecca aus und wiederholte: „Bitte! Lass uns fahren!"

„Fass mich nicht an!", wutentbrannt fuhr sie herum und schlug die angebotene Hand aus. „DU fasst mich nie wieder an!" Ihr Puls raste mit jedem Wort schneller. „Nie wieder, hast du verstanden?" Warnend hob sie ihren Zeigefinger. Dabei fiel ihr Blick auf den Ehering an ihrer Hand.

Dennis erkannte sofort, was sie vorhatte: „Tu' das nicht!", beschwor er seine Frau, „Es ist noch nicht vorbei. Wir bekommen das wieder hin."

Jetzt erst recht! Rebecca löste den Ring von ihrem Finger und drückte ihn ihrem Mann in die Hand „Nein, Dennis!", sagte sie bestimmt. „Du unterschätzt mich, wenn du das glaubst." Diesen Satz hatte sie in irgendeinem Liebesfilm gehört. Er passte perfekt in das Szenario.

„Du machst einen großen Fehler, Becky!" Er bekam wieder seinen gehetzten Gesichtsausdruck: „Wirf jetzt nicht alles weg, was wir haben!"

„ICH mache den Fehler?" Rebecca fasste sich schockiert an die Brust. „Du treibst es mit der da und behauptest ernsthaft, ICH werfe alles weg?" In diesem Moment vergaß sie völlig, auf den Ton zu achten. Ihre Stimme klang fast natürlich: „Du bist wirklich dreist."

„Nein, ich wollte nur …"

„Es ist mir egal, was du willst. Jetzt zählt nur, was ich will und das ist die Scheidung." Dieser Paukenschlag war perfekt für den Abgang. Schnell drehte sie sich um und marschierte los. Es war nicht nur der Schmerz des Betrugs, der sie antrieb - die Schmach, dass er mit einer Person begangen worden war, die nicht in ihrer Liga spielte, rüttelte an ihrem Stolz und ihrem geistig gezimmerten Thron.

Dennis folgte ihr. „Aber wo willst du denn hin?", rief er ihr hinterher. „Ich bitte dich, Becky, Schatz, sei vernünftig! Lass uns reden!"

Rebecca blieb stehen, beabsichtigte, ihm zu antworten, dass es ihn nichts mehr angehe. Als sie ihn auf sich zukommen sah, drehte sie sich kurzerhand um und lief weiter. Jedes zusätzliche Wort war überflüssig. Es gab keinerlei Begründung, die diesen Verrat nachvollziehbar machte. Und es gab keinerlei Erklärungen, die sie ihrem Mann für ihre Reaktion darauf schuldete.

„Becky, sprich mit mir! Bitte! Verdammt … Becky … sei doch nicht so stur! Es tut mir doch leid. Becky … Rebecca … bitte!" Sein armseliges Rufen wurde leiser und ihre Schritte entschlossener. Sie zog ihre Highheels aus und rannte, so schnell es das enge blaue Cocktailkleid zuließ. Wohin, wusste sie nicht, nur dass sie fort musste.

Ihr Instinkt lenkte sie zum Hauptbahnhof. Dort waren Menschen, Verkehr, Taxis und keine finsteren einsamen Gässchen. Der Weg war nicht weit, sie kannte ihn genau. Heute Abend war er gespickt von der quälenden Erkenntnis, dass ihr Leben eine Lüge war. Die jahrelange Freundschaft zu Yvonne, ihre fünfjährige Ehe mit Dennis und das Vertrauen in die beiden waren ein Trugschluss.

Rebecca rannte, als wäre sie auf der Flucht, als wäre es ihr möglich, auf diese Weise der Enttäuschung und dem Schmerz zu entkommen.

Am Bahnhof ließ sie sich auf den Rücksitz des ersten Taxis fallen. Der Fahrer ließ den Motor an und sah fragend in den Rückspiegel.

„Nach Laim.", keuchte Rebecca,

„Maria-Birnbaum-Straße."

Er nickte nur, schaltete die Taxiuhr ein und lenkte den Wagen aus der Parkbucht.

Heute sah Rebecca nicht aus dem Fenster, um die Lichter der Stadt zu genießen. Heute interessierte sie sich nicht für die Menschen, die sich in den Straßen aufhielten.

Einen kurzen Augenblick dachte sie daran, zu ihrem geliebten Bruder Dominik zu fahren, ihrem engsten Vertrauten. Dann erinnerte sie sich an die fortgeschrittene Uhrzeit und die Tatsache, dass Dominik nicht mehr 24 Stunden für sie verfügbar war. Er war verheiratet und seit einem Jahr Vater.

Sie lehnte sich zurück und schloss die Augen.

Eine ganze Welt zerbrach.

Kapitel 2

„Mistkerl, verdammter!", schimpfte Rebeccas fünf Jahre älterer Bruder Dominik am nächsten Morgen in das Telefon. „Ich werde ihn …".

„Lass nur, Nick! Dennis wird es schon bereuen, dass er mich betrogen hat.", beschwichtigte Rebecca ihren aufgebrachten Bruder. „Wollte nur, dass du es von mir erfährst." Wobei es ihr eine geistige Wohltat war, dass Dominik nach langer Zeit wieder in die Beschützerrolle verfiel.

„Diesem Schnösel hab ich vom ersten Moment an nicht getraut, diesem verd …".

„Ja, ich weiß. Aber er ist nun mal mein Ehemann."

„Gewesen – hoffe ich."

„Jetzt muss ich erst einmal einen Termin beim Anwalt machen."

„Werde mich nach dem besten erkundigen, Becky. Bis dahin unternimm lieber nichts!"

Seine Schwester gab ihm ihr Ehrenwort und schaffte es so, die Schimpftiraden abzuwürgen. Sie schlurfte in die Küche ihrer Eltern, wo es sofort weiterging.

„Von diesem Hallodri hab' ich nix anderes erwartet!", wetterte Marianne Engel. „Aber von Yvonne hätt' ich das nie gedacht." Kopfschüttelnd setzte sie sich an den Frühstückstisch und rührte nachdenklich in ihrer Kaffeetasse. „Ich erinnere mich noch gut, wie sie mit ihren Zöpfen bei uns am Tisch g'sessen is' – so brav und schüchtern."

„Mama, das ist mindestens 16 Jahre her."

„Aber selbst vor zwei Tagen, war sie so freundlich und zuvorkommend g'wesen,", verteidigte sie sich, „hatte immer die besten Manieren. Von ihr hab' ich mehr Anstand erwartet."

„Ach was!", erwiderte ihr Mann Martin gereizt. „Es gibt keine Moral mehr – das ist der Grund."

„Fremdgeherei hat's doch scho' immer gegeben!", protestierte Marianne. „Des is' doch nix Neues!" Sie nahm eine der frischen Semmeln aus dem Korb und schnitt sie kraftvoll auf. Krachend splitterte die Kruste über ihren Teller und die abwaschbare Tischdecke.

Die kleine Wohnküche, in der Rebecca seit vielen Jahren wieder im Morgenmantel saß, war das Gegenteil von der modernen Küche, die ein angesehener Architekt für ihr Zuhause mit Dennis entworfen hatte. Nahezu steril wirkte all der glänzende Edelstahl zwischen den weißen hochpolierten Platten der Schrankverkleidung. Aber es war der neueste Schrei – wie sie von den Gattinnen reicher Mitglieder des Segelklubs erfahren hatte. Rebecca vermisste darin die Geborgenheit ihres Elternhauses, versuchte, mit verschiedenen Lampen ein heimeliges Leuchten zu erzeugen – vergeblich. Es behielt die kalte Eleganz eines modernen Labors.

Wie schon in ihren Kindertagen, saß Rebecca an

ihrem angestammten Platz zwischen ihren Eltern, nur dass sie sich dieses Mal nicht an der Diskussion beteiligte, sondern gedankenverloren vor ihrem leeren Teller saß.

„Hier, Rebecca, iss a Kleinigkeit!" Ihre Mutter legte ihr die zwei Semmelhälften auf den Teller, die sie mit Butter und besonders viel Himbeermarmelade bestrichen hatte. „Du musst dich stärken, bist eh scho' so mager."

Rebecca verzog ihr Gesicht und schob den Teller beiseite. Allein der Anblick der Semmel war ihr zu viel. Ihre Gurgel war wie zugeschnürt. Die Nacht in ihrem alten Kinderzimmer unter dem Dach war lang gewesen. Die Augen waren rot und geschwollen und ihr Kopf dröhnte.

„Schatz,", ihre Mutter tätschelte die Hand ihrer Tochter, „des is' schrecklich, ich weiß, aber du darfst dich davon net zerstören lassen!" Sie hob Rebeccas Kinn mit dem Zeigefinger an: „Haltung bewahren! Lass deinen schönen Kopf net hängen! Des is' der Dennis net wert - war er noch nie."

„Das ist mir jetzt auch klar." Rebecca hätte es vorgezogen, zu hören, dass es gar nicht passiert, sondern nur ein blöder Albtraum war. „Ich kann's nicht begreifen. Ich hab' alles für ihn getan, mich nie gehen lassen, bin immer passend gekleidet auf die Straße gegangen, hab' mich im Fitness-Center für ihn abgemüht, damit er mich vorzeigen kann." Sie schluckte, „Und er treibt's mit 'ner anderen ... einer Kartoffel, wie dieser Yvonne."

„Ja, des versteh', wer will."

„Die weiß ja nicht einmal, welche Schuhe man zu welchem Outfit trägt." Rebecca schnäuzte sich gar nicht ladylike ihre Nase: „Die zieht flache Absätze zum langen Kleid an ... pfff!"

„Lass die beiden!" Ihre Mutter tätschelte ihren Arm: „Die werd'n scho' sehen, was sie davon haben. Soll sich der Dennis doch mit der blamieren."

„Nein!" Rebecca schüttelte heftig ihren Kopf: „Er liebt sie doch gar nicht. Er will mich."

„Des braucht dich jetzt nimmer zu interessieren!"

Abermals liefen Rebecca Tränen über das Gesicht. „Ich weiß ja.", schluchzte sie.

Ihr Vater rutschte nervös auf seinem Platz in der Essecke hin und her. „Der, wenn mir unter die Finger kommt!", knurrte er gefährlich. „Der Lump, der!" Noch nie hatte er Tränen seiner Töchter ertragen können, insbesondere nicht die des Nesthäkchens, seiner kleinen Prinzessin Rebecca.

„Lass doch jetzt!" Marianne Engel stand auf, nahm die frisch gekochten Eier vom Herd und verteilte sie in die Eierbecher auf dem Tisch: „Des Geschimpfe hilft uns jetzt auch net weiter."

„Mir scho'!", rief er, „Und a Watsch'n scho' zwoa moi!" Mit dem Streichmesser köpfte er sein Ei so schwungvoll, dass man glaubte, er hätte dabei seinen

Schwiegersohn vor Augen.

„Morgen is' Montag.", lenkte Rebeccas Mutter ab und wischte ihre Hände an ihrer geblümten Kittelschürze ab, „Da kannst glei' an Termin beim Scheidungsanwalt machen."

„Ja, ja.", antwortete ihre Tochter lustlos.

Das Telefon läutete. Martin Engel stand knurrend auf: „Des, wenn der Lump is', nachat …".

„Jetzt geh' halt erst mal hin!", rief seine Frau ungeduldig hinterher und sagte sanft zu ihrer Tochter: „Das wird schon alles wieder gut, mein Kind. Gräm dich nicht! Du musst nur wieder aus deiner Lethargie finden."

„Jetzt lass' ihr halt Zeit!", hallte es aus dem Flur. „Sie hat's doch grad erst erfahren."

„Ihr habt's eben zu schnell geheiratet, das ist der Grund." Marianne Engel war sich sicher: „Ihr ward's beide zu jung, habt's euch keine Zeit zum Kennenlernen g'lassen. Mit 20 heiratet man net und schon gar net so einen Hallodri!" Rasch wischte sie ein paar Krümel vom Tisch in ihre hohle Hand und entsorgte sie im Müll.

„Ja mei.", seufzte Rebecca nur. Sie betrachtete die Kittelschürze ihrer Mutter. Sie war praktisch, aber so unsäglich stillos wie ein ausgelatschter Pantoffel. Niemals wollte sie so herumlaufen - selbst im Haus nicht. Wann immer es an der Tür läutete, war es ihr wichtig, jeglichem Besucher perfekt gestylt gegenübertreten.

Mit einem Mann wie Dennis hätte sie den Aufstieg in die Welt der High Society geschafft. Jetzt schien alles verloren.

„Und?" Ihre Mutter sah ihren Mann erwartungsvoll an, der aus dem Flur zurück in die Küche kam. Ihre Stirn war gerunzelt, als erwartete sie das Schlimmste.

„Der Lump war's.", antwortete er kurz und ließ sich wieder am Esstisch nieder, wo der Rest des Sonntags-Eies auf die endgültige Vernichtung wartete.

„Was hast g'sagt?", fragte seine Frau drohend. Ihr Gatte sollte sich ja nicht erlauben, zu nett zu dem Mann zu sein, der ihre Tochter verletzt hatte.

„Nix! Aufg'legt hobi.", schmatzte Martin Engel schelmisch grinsend.

Sie nickte beipflichtend: „Guat sog i!". Zufrieden schob sie ihren angegrauten Dutt wie eine Krone zurecht, deren Sitz wie nach einem Kampf gelitten hatte.

Rebecca beschloss, sich wieder zurückzuziehen. Sie stieg die knarzende Treppe zu ihrem Zimmer hinauf und verkroch sich unter ihrer Bettdecke. Ihre Eltern hatten jedes der Kinderzimmer so belassen, wie es verlassen worden war. Alle drei hatten die Möglichkeit zurückzukommen und dort eine Zuflucht zu finden.

Unschlüssig setzte sich Rebecca wieder in ihrem

Bett auf und betrachtete die Einrichtung, die einem Teenie angemessen war. Jedem Besucher fielen sofort der große Spiegelschrank und die vielen Bilder von Models an den Wänden auf. Jede von ihnen hatte eine Vorbildfunktion. Die eine vermochte am besten über den Laufsteg zu stolzieren, die andere hatte die schönste Frisur und die nächste den raffiniertesten Augenaufschlag. Rebecca war sich zwar ihrer Schönheit gewiss. Doch wenn sie auf Erfolg hinzielte, war es wichtig, auch andere davon zu überzeugen.

„Aber du musst doch irgendetwas Vernünftiges lernen!", hatte ihr Vater versucht ihr, nach ihrem Realschulabschluss, verständlich zu machen. Vergeblich.

„Das weiß ich ja.", hatte sie immerzu versichert und sich bemüht einen Beruf zu finden, der ihr gefiel. Doch die Grenzen waren eng gesteckt. Weder war sie gewillt, zu dienen, noch sich Anordnungen zu fügen. So war die Heirat mit einem reichen Mann der beste Ausweg.

Nun, da die Scheidung bevorstand, würde sie sich wohl doch um eine Ausbildung bemühen müssen, in der ihr ein Vorgesetzter vorschrieb, was sie zu tun hatte. Rebecca schluchzte laut auf bei dem Gedanken und warf sich auf ihr Kopfkissen. Dabei fiel ihr Handy auf die Erde, das sie seit gestern ausgeschaltet hatte. Wenigstens für heute stand sie unter dem Schutz ihres Elternhauses und wollte sich nicht mit dem Mann, der sie belogen und wer weiß, wie lange betrogen hatte, auseinandersetzen. Sie dachte an Yvonnes verächtliche Worte, nachdem sie ihr Dennis seinerzeit vorgestellt hatte: „Echt jetzt? Dieser Schnösel? Das ist dein Neuer? Der betrachtet dich doch nur als sein Vorzeigepüppchen." Aber auch Dennis war von Yvonne alles andere als begeistert: „Die ist langweilig und nichtssagend. Hat überhaupt keine Ausstrahlung. Außerdem ist sie moppelig."

Wann hatten sich ihre Meinungen geändert? Was ist mir entgangen?, überlegte Rebecca, *und warum ausgerechnet Yvonne, deren Äußeres nicht annähernd so attraktiv ist, wie meines?* Erneut stürzten all die pochenden Fragen auf sie ein, die nur Dennis und Yvonne zu beantworten in der Lage waren. Menschen, deren Gegenwart sie nicht einmal mehr gedanklich ertrug.

Sie überlegte, Dominik erneut anzurufen. Er war stets für sie da gewesen, hatte sie immer beschützt und daher als Einziger das Recht, sie zu kritisieren. Nur er allein wusste mit ihr umzugehen, vermochte es, sie von ihrem Thron herunterzuholen, wenn ihre Selbstgefälligkeit wieder ins Unermessliche zu steigen drohte. Er war ihr Held und ihr Gewissen, ein Vorbild, das ihr Vater nicht verkörperte, da er jeden Tag bis spät abends im Geschäft gearbeitet hatte.

Aber heute war Dominik den Rest des Tages auf einem Ausflug am Starnberger See und somit nicht mehr für Rebecca verfügbar.

Könnte er ihren Schmerz doch nur wieder wegpusten, wie bei ihrem aufgeschlagenen Knie vom Fahrradsturz vor zwanzig Jahren oder nach dem Bienenstich in der Hand, im Alter von sechs.

Sie schaltete den Fernseher ein, um sich abzulenken, doch in den Programmen tummelten sich nur fröhliche Menschen. Selbst, wenn sie es noch nicht waren, fanden sie ihr Glück in absehbarer Zeit in den Armen ihres Prinzen.

Sie holte aus, um die Fernbedienung gegen die Wand zu schleudern, doch das erneute Läuten des Telefons nahm den Elan aus ihrem Schwung. *Wehe, wenn das schon wieder Dennis ist!* Ihre Geduld war am Ende. Wutentbrannt rannte sie die Treppe hinunter. *Dem sag ich jetzt die Meinung!,* dachte sie. *Der soll es nicht wagen, mich noch einmal zu kontaktieren!*

Sie riss ihrem überraschten Vater den Hörer aus der Hand, in den er gerade ein paar viel zu sanfte Worte gesprochen hatte und schrie: „Lass mich endlich in Ruhe, verdammt!"

„Äh …, Becky?", fragte eine zarte Frauenstimme nach ein paar Schrecksekunden und ließ Rebecca verwirrt innehalten. Auch sie benötigte einen Moment, um zu realisieren: „Franziska?"

„Hey, kleine Schwester!"

„Entschuldige, Franzi, ich dachte …"

„Schon gut, ich weiß Bescheid."

„Ach! Woher …, wie …?"

„Papa, gestern Abend am Telefon."

Rebecca sackte in sich zusammen. Es hatte sich sogar bis zu ihrer Schwester nach Kreta herumgesprochen.

„Hör mal, Becky! Das ist kein Weltuntergang, selbst wenn es sich jetzt so anfühlt."

„Schon klar.", antwortete sie leise, obwohl es ihr überhaupt nicht klar war.

„Pass auf, Kleine! Du packst jetzt deine Koffer und kommst mit dem nächst möglichen Flug nach Kreta, verstanden?"

„Franzi, was redest du da? Ich kann doch nicht …"

„Doch, du kannst und du wirst! Denn zum einen ist es wichtig, dass du schnell wieder aus deinem Loch kriechst, bevor du es dir dort zu gemütlich machst und zum anderen brauch' ich dringend deine Hilfe."

Rebecca horchte auf: „Du brauchst meine Hilfe? Hab ich das richtig verstanden: MEINE Hilfe?" Ihre zwei Jahre ältere Schwester hatte bisher nie Hilfe von ihr benötigt, es sei denn, sie durfte ihr die Butter über den Frühstückstisch reichen.

„Du weißt, dass wir diese Saison zu unserer kleinen Pension eine Strandbar eröffnen. Wir haben bisher aber niemanden gefunden, der es sich zutraut, unsere neue Bar mit dem entsprechenden Stil in die erste Saison zu führen."

„Und du meinst, ich …?" Rebeccas überraschter Blick wanderte vom Flur zur Küche, wo er auf die großen Augen ihrer Eltern traf, die übereifrig nickten und beipflichtend ihre Daumen hoben. Offenbar wussten sie von ihrem Plan.

„Das wäre doch perfekt!", jubelte Franziska lautstark, so dass Rebecca den Hörer kurz von ihrem Ohr hielt. „Du wärst abgelenkt, verbringst den Sommer am Lybischen Meer auf der südlichsten Mittelmeerinsel Europas und Lefteris und ich haben endlich eine Mitarbeiterin für die erste Saison."

„Ich weiß nicht, Franzi." Rebecca zweifelte: „Mir ist im Moment nicht nach Sommer, Sonne, Meer und Strandbar."

Plötzlich stand ihre Mutter neben ihr und nahm den Hörer an sich: „Sie kommt, Franziska!", sagte sie mit Nachdruck. „Ja, das deichseln wir schon … doch … du kannst dich darauf verlassen. Wir geben dir dann die Flugdaten durch … bis dann, Franzi, mach's gut!"

An jedem anderen Tag wäre ihre Tochter wütend, nur heute nicht. Es fehlte ihr schlicht an Energie. Es gab nur ein leises Aufbäumen: „Du hättest nicht zusagen dürfen, Mama! Ich schaffe das nicht, ich kann nicht nach Kreta – nicht in diesem Zustand. Ich bin so ausgelaugt. Außerdem weißt du doch, wie verschieden Franzi und ich sind. Wir würden den ganzen Sommer nur streiten. Und das alles in diesem kleinen abgelegenen Kaff auf dem Haufen aus Sand und Stein, der sich Insel nennt."

„Nun sei mal nicht so abwertend, Fräulein! Sieh dir erst einmal alles an! Du hast deine Schwester noch nie besucht, kennst nur die Fotos. Davon kann man nicht urteilen."

„Ja, stimmt schon, aber denk nur an all die fröhlichen Touristen, die ich bedienen soll, die verliebt mit ihrem Partner turteln! Außerdem sind sie alle verschwitzt und ich muss zu diesen Leuten auch noch freundlich sein – dass schaffe ich nicht.", sagte Rebecca weinerlich und schniefte voller Selbstmitleid.

„Und wie du das schaffst!" Der Ton war scharf und resolut: „Du fliegst!"

Die Türklingel ertönte. Erschrocken drehte sich Rebecca um und erkannte die Umrisse ihres Noch-Ehemanns durch die ins Holz eingelassene Scheibe. Wie ferngesteuert ging sie darauf zu, öffnete die Tür und sah dem Mann in die Augen, mit dem sie bis vor einem Tag ihr Leben verbringen wollte. Er hatte den dunkelblauen Anzug an, der ihr so an ihm gefiel. Seine Augen waren rot und wirkten übermüdet.

„Hallo, Becky!", sagte er vorsichtig, als befürchtete er durch seine Worte ein Erdbeben auszulösen.

„Hallo, Dennis!", erwiderte sie kühl.

„Ich … äh … Becky, Schatz, ich würde gerne in Ruhe mit dir sprechen. Können wir nicht …?"

„Es gibt nichts mehr zu reden. Mein Anwalt wird dir die Scheidungspapiere zusenden." Sie dachte an die Worte ihrer Mutter, den Kopf nie hängen zu lassen, und hob ihn stolz in die Höhe.

„Lass mich doch wenigstens erklären …".

„Was willst du mir erklären? Dass es dir vor gar niemanden mehr graut, nicht einmal vor einer, wie Yvonne?"

„Hey, immerhin war sie mal deine Freundin!"

„Und mittlerweile ist sie deine."

„Ist sie nicht." Er rieb seine Schläfen: „Ich will sie doch gar nicht. Hab sie nie gewollt."

„Wer hat dich denn gezwungen, mit ihr ins Bett zu steigen."

„Der Alkohol."

„Oh, was für eine plumpe Ausrede!"

„Ja, ich weiß, aber so war es."

„Ach und wie kommt es, dass du dich mit ihr so betrunken hast? Was hattet ihr zusammen in der Kneipe verloren?"

„Da war dieser Gerd. Er hatte uns gesehen, als ich in der Stadt zufällig auf Yvonne getroffen bin. Irgendwie war er davon ausgegangen, dass sie meine Frau ist, und hat uns zum Darten eingeladen. Yvonne und ich fanden die Idee lustig und …".

„Lustig? Dass du dich nachts mit meiner Freundin in Kneipen herumtreibst und mit ihr Ehepaar spielst?" Rebecca schnaufte ungehalten: „Euer Humor ist schon bizarr."

„Es war albern, ich weiß."

„Nicht albern, Dennis! Es war bescheuert. Denn, wer weiß – hättet ihr euch nicht so dämlich angestellt, wäre ich euch vielleicht nie auf den Verrat gekommen." Sie machte einen Schritt zurück, um die Türe zu schließen. Schnell hielt Dennis mit seiner Hand dagegen: „Das darf nicht vorbei sein, Schatz! Bitte, vergib mir! Ich liebe dich doch."

Überrascht sah ihn Becky an: „Du liebst mich?"

„Aber ja, natürlich. Du bist die schönste Frau, die mir je begegnet ist. Ich will dich nicht verlieren. Wir gehören zusammen."

Die Komplimente waren Rebecca eine gewisse Genugtuung. Sie gewann wieder Boden unter den Füßen. *Schönste Frau* hatte er gesagt. Ja, das stimmte wohl. Ob er diese schönste Frau verdiente, sollte er erst beweisen und - kämpfen.

Sie sah ihn herausfordernd an: „So einfach ist das nicht. Ich bin kein Spielzeug, ich bin deine Frau. Das, was du dir erlaubt hast, ist ein Scheidungsgrund."

„Ja, ich weiß." Er fasste in die Innentasche seines Jacketts und zog eine Schatulle mit dem Logo von Rebeccas Lieblingsjuwelier heraus: „Aber ich werde alles versuchen, um meinen Fehler wieder gut zu machen." Seine hellblauen Augen schimmerten hoffnungsvoll, „Das hier soll dir zeigen, wie sehr ich dich wertschätze." Vorsichtig streckte er die mit bordeaux-rotem Samt überzogene Kassette in ihre Richtung, wie einen Leckerbissen für ein Raubtier.

Rebeccas Puls stieg. Sie versuchte, sich zu beherrschen, nicht zu schnell und gierig danach zu greifen. Betont gleichgültig nahm sie es entgegen und öffnete es mit den gewohnten Handgriffen. Ihr stockte der Atem. Das lang ersehnte Collier aus Diamanten und Saphiren blendete ihre Augen. Um Contenance bemüht klappte sie die Schatulle wieder zu, gab es ihrem Mann widerwillig aber bestimmt zurück und sagte nur: „Bitte geh jetzt, Dennis! Ich brauche erst einmal Zeit für mich." Ohne eine Antwort abzuwarten, schloss sie vor den hilflos entsetzten Augen ihres Mannes die Tür.

Die Hand, mit der sie das Collier berührt hatte, zitterte. Sie hatte nie gedacht, dass sie fähig wäre, ein solches Geschenk zurückzugeben. Doch sie wäre sich billig vorgekommen, hätte sie es angenommen. Sie war gewiss oberflächlich, arrogant und materialistisch – billig war sie definitiv nicht.

Überrascht von ihrer Entschlossenheit fühlte sie sich gestärkt, den nächsten Entschluss zu fassen. Es tat gut eigene Entscheidungen zu treffen. Und es war ihr eine Genugtuung, den Mann mit der gebührenden Verachtung zu strafen, der sie gedemütigt hatte. Auf Knien bettelnd sollte er um Vergebung flehen. Wie sehr würde er erst leiden, wenn sie weit weg, am südlichsten Ort Europas wäre, mitten unter rassigen Adonissen?

Zum ersten Mal, seit der Enthüllung der

Schock-Nachricht, lächelte Rebecca wieder – ein teuflisches Lächeln.

Vielleicht nehme ich mir ja einen Griechen, überlegte sie. Entschlossen wandte sie sich zu ihren Eltern um: „Ihr habt Recht. Ich fliege nach Kreta."

Kapitel 3

„Sind das jetzt alle Koffer?"

Franziska lehnte sich gegen ihren alten Pick-up und strich sich die rötlichen Ringellocken aus dem Gesicht.

Rebecca musterte sie. Ihre Schwester hatte ihren Rat, ihre Vorzüge durch etwas Styling hervorzuheben, nicht beherzigt. Die sportlich schlanke Figur steckte in einer ausgewaschenen Jeans, mit schlotterndem T-Shirt. Nichts Figurbetontes, keine kräftigen Farben, nicht einmal ein modisches Accessoire.

Seufzend nickte Rebecca und trippelte in ihren schicken neuen Highheels zur Beifahrertür.

Franziska rollte entnervt ihre Augen: „Was hast du denn mit deinen Stöckelschuhen vor? Die Ballsaison ist noch nicht eröffnet." Sie setzte sich auf den Fahrersitz. Sofort fielen ihr Rebeccas lange lackierte Fingernägel auf und der edle Schmuck an ihren Armen und Händen. Wie gedachte sie damit zu arbeiten? War es ein Fehler, sie nach Kreta geholt zu haben?

Ihre zwei Jahre jüngere Schwester war das Nesthäkchen der Familie und wurde von den Eltern schon verhätschelt, bevor sie laufen konnte. Selbst Dominik war ihr gegenüber immer viel zu nachsichtig und verständnisvoll gewesen. Sie hatte nie Eigeninitiative oder Verantwortung gelernt. Ihr

Dogma war: *Schönheit gewinnt immer.* Aber im Süden Kretas war es zu heiß, um immer schön zu sein, besonders, wenn man dabei schuften musste.

„Nur weil ich zum Arbeiten komme, muss ich ja nicht herumlaufen, wie eine Küchenmagd.", maulte Rebecca und prüfte ihre künstlichen Fingernägel. Sie bemerkte den abschätzigen Blick ihrer Schwester. „Fang jetzt nicht wieder an zu streiten! Für mich ist ein gepflegtes Äußeres nun einmal wichtig.", verteidigte sie sich und fügte stichelnd hinzu: „Im Gegensatz zu dir."

Zicke! Anscheinend merkt sie nicht einmal, wie beleidigend sie ist, dachte Franziska und beschloss zu dem Thema in Zukunft den Mund zu halten, obwohl ihr das sicher schwerfallen würde – spätestens, wenn das Geheul um den ersten abgerissenen Fingernagel losging.

Sie startete den alten Pick-up ihres Mannes und fuhr aus dem großen Parkplatz des Flughafens Heraklion in Richtung Süden. Das Ziel war Agia Galini, ein kleiner Fischerort, der vor über 20 Jahren vom Tourismus aus dem Dornröschenschlaf geweckt worden war. Inzwischen beherbergte er jeden Sommer um ein Vielfaches mehr an Touristen, als an Fischern.

Die Bewohner hatten gewusst, wie sie sich dem Ansturm gewinnbringend stellten und ihre Läden, Kafenions und Tavernen dem Geschmack der

Fremden angepasst. So gab es inzwischen überall nicht nur griechische Speisen, sondern den obligatorischen Hamburger, Spaghetti und Pizza.

Rebecca sah gelangweilt aus dem Fenster. Erst die Enttäuschung über das alte schäbige Gefährt, mit dem Franziska sie abholte - wackelten sie nun alles andere, als standesgemäß mit der Karre über alte abgefahrene Straßen. Ihre Abneigung gegenüber der Insel wuchs mit jedem Kilometer, den sie zurücklegten. Es hatte so gar nichts von der Côte d'Azur oder Hawaii.

„Die Leute hier sind wohl sehr arm.", bemerkte Rebecca und bereute sofort, dass sie ihre Gedanken laut ausgesprochen hatte.

„Zumindest sind sie reicher als du, Schätzchen, denn sie haben ihren Stolz. Alles, was sie besitzen, haben sie sich selbst erarbeitet. Sie liegen nicht auf dem Kanapee und warten, bis jemand das Geld nach Hause bringt und sie mit teuren Edelsteinen behängt, sondern schuften sich für jeden Cent die Finger wund."

„Oh je", stöhnte Rebecca. „Das war ja klar, dass ich mir das wieder anhören muss."

„Nur bei solchen Aussagen", rief Franziska und schlug auf die Hupe. „Diese Touristen! Die glauben im Urlaub gelten keine Verkehrsregeln."

Rebecca drehte am Radio: „Gibt es denn wenigstens gute Musik hier?"

„Für Leute mit gutem Geschmack, ja!" Franziska

stellte ihren Lieblingskanal wieder ein und überging die verzogene Miene ihrer Schwester. Demonstrativ laut sang sie mit der griechischen Sängerin die schwungvollen Klänge der Bouzouki-Musik mit. Erstaunlicherweise beherrschte sie den gesamten griechischen Text. Rebecca konnte nicht umhin sie zu bewundern. Offiziell zugeben würde sie das nie. Es war ja allgemein bekannt: Franziska war der kluge und Rebecca der schöne Engel – in Anspielung auf ihre Familiennamen. Inzwischen waren beide verheiratet und hießen Nikolaidis und – passend zu Rebeccas Selbstwahrnehmung – Kaiser.

Die Fahrt durch die hügelige Landschaft Kretas war für Rebecca voll neuer Eindrücke. Die Häuser waren schlicht und meist alt. Keine prunkvollen Villen, die von parkähnlichen Gartenanlagen umgeben waren. Oftmals standen nur ein paar Plastikstühle vor dem Haus, auf denen alte schwarzgekleidete Leute saßen und plauderten. Sie wirkten keineswegs verhärmt, sondern fröhlich. Ihre Armut schien ihnen nichts auszumachen. *Wahrscheinlich wissen sie nicht einmal, was Reichtum ist,* dachte Rebecca mitleidig. Die Regionen, die sie bisher mit ihrem Ehemann bereist hatte, waren von Luxus geprägt. Kontakte mit Einheimischen zählten nicht zum Programm - außer sie entsprachen der Vorstellung von Ebenbürtigen. Schon immer hatte sich Rebecca zu jener Welt gehörig gefühlt. Das Schicksal hatte sie zwar nicht in eine reiche Familie geboren – korrigierte seinen Fehler jedoch, indem es sie mit Dennis Kaiser zusammengeführt hatte.

Lang hatte der Mann, der im Fitness-Center als reicher gelangweilter Playboy galt, um Rebecca werben müssen, bevor sie ihm ein Rendezvous gewährte. Sie gedachte nicht nur eine weitere Kerbe an seinem Bettpfosten zu sein. Sie begehrte Geld und Status, aber gleichermaßen Respekt.

Dennis führte sie in seine Kreise ein und Rebecca vergaß schnell, dass ihr Elternhaus nicht das einer Adligen war, sondern das eines mittelständischen Geschäftsmannes im Sanitärbereich. Sie schritt kaiserlich durchs Leben und streckte ihre Nase erhoben über die Köpfe der finanziell weniger Beglückten.

Kreta versetzte sie emotional in ihre Kindheit und Jugend zurück - in die Zeit, in der sie *nur* die Tochter eines Sanitärladen-Besitzers war. Sie war wieder die verkannte Prinzessin, die sich in einer für sie unwürdigen Umgebung bewegte. Niemand sah zu ihr auf, was nicht verwunderlich war. Sie schaukelte mit einem alten klapprigen Pick-up über holprige Straßen. Woher sollten die Leute wissen, dass ihr Mann vermögend war? Zum ersten Mal würde sie arbeiten müssen und nett zu Leuten sein, egal, ob sie ihrem Stand entsprachen oder nicht.

Sie seufzte bei diesem Gedanken und betrachtete verdrossen die vorüberziehende Gegend. Franziska hatte gesagt, dass es im April saftig grün war und voll bunter Frühlingsblumen. Sie hatte Recht. Die Luft war klar, aber warm und der Himmel leuchtete in einem wolkenlosen hellblau. Zwischen unzähligen Oliven- und Zitrusbäumen blühten roter Mohn und ein Meer aus Margeriten. Rebecca gestand sich ein, dass die Landschaft gar nicht so unansehnlich war, aber auch diese neue Einsicht behielt sie erst einmal für sich. Es spielte keine Rolle, ob es ihr hier gefiel. Sie rechnete fest damit, dass ihr Dennis in Kürze nachreiste und sie weiter anflehte, zu ihm zurückzukommen. Seitdem sie ihn vor der Tür ihrer Eltern abgewiesen hatte, hatte er sie mit Anrufen und Nachrichten überhäuft. Jeden seiner Versuche, Kontakt herzustellen, hatte sie ignoriert. Die tägliche Blumenlieferung nahm sie hingegen gerne an. Ihre Eltern freuten sich über die frische Pracht.

Im Gegensatz zu ihm hatte es Yvonne nicht gewagt auf ihre ehemals beste Freundin zuzugehen. Rebecca legte gleichfalls keinen Wert darauf. Ihr war es nur wichtig, zu wissen, dass sie selbst als Gewinnerin aus dem hässlichen Zwischenfall hervorging.

Inzwischen zog sie die Möglichkeit in Betracht, ihrem Mann zu vergeben. Natürlich müsste sie darauf bestehen, mehr Mitspracherecht bei den Anschaffungen zu haben. Die große Metallstehlampe des Künstlers Pedro war zwar keine Schönheit, aber 'in'. „Jeder, der etwas auf sich hält, besitzt ein Kunstwerk von ihm. Das gehört sich einfach so", hatte sie vor drei Monaten versucht, Dennis zu belehren. Die Stehlampe, mit den Pickeln aus quietschbunten Plastikbällen, diente schließlich nicht als Schmuckstück, sondern war ein Signal: *Hier wohnen Menschen mit Kunstverständnis und Niveau. Die Dame des Hauses hat den Finger am Puls der Zeit.*

Mit gerümpfter Nase hatte sich Dennis geweigert, das übergroße Unikat zu erwerben. Für Rebecca ein unentschuldbarer Entschluss.

Sie stellte sich Dennis' Gesicht vor, wenn er demnächst auf der Kreditkarten-Abrechnung sah, dass seine Frau einen Flug nach Kreta gebucht hatte. Ein Lächeln huschte über ihre Lippen. Er würde sich ausrechnen können, dass sie bei ihrer Schwester war. Sie hatte die Spur gelegt, nun war es an ihrem Mann, ihr zu folgen und sie aus dieser Situation zu befreien. Denn verschwitzte Touristen zu bedienen gehörte nicht zu ihrer Lebensplanung.

Franziska lenkte den Pick-up noch immer singend durch das Hinterland, um sich von ihrer anfänglichen Wut gegenüber Rebecca abzulenken. Sie brauchte ihre Schwester überhaupt nicht für die Arbeit in der Strandbar. Es gab genügend junge Einheimische oder Aussteiger, die hervorragend für den Job geeignet gewesen wären. Mit dem Stellenangebot hatte sie ihrer kleinen Schwester nur helfen wollen. Alle Bewerber hatte sie weggeschickt, damit Rebecca mit der Stelle eine Ablenkung von ihrem Liebeskummer hatte. In diesem Augenblick befürchtete sie sowohl ihr, als auch sich selbst damit einen Bärendienst erwiesen zu haben. Sie steckte all ihre Befürchtungen in ihre Stimme und sang noch einen Tick lauter und vielleicht sogar etwas verzweifelter mit der Sängerin um eine verlorene Chance auf das große Glück.

Währenddessen versuchte Rebecca in ihrem Handy Nachrichten abzurufen, die ihr hoffentlich verzweifelter Ehemann hinterlassen haben könnte. Doch die Verbindung war zu schlecht. Darum stierte sie stattdessen durchs Fenster.

„Weiß Dennis, dass du hier bist?"

„Er wird es auf der Kreditkartenabrechnung sehen", feixte Rebecca. Sicher war er davon ausgegangen, dass sie weiter trauernd bei ihren Eltern darauf wartete, von ihm zurückerobert zu werden. Er würde einsehen müssen, dass dafür ein höherer Einsatz nötig war.

Franziska schnaufte: „Wehe, er taucht hier auf!"

„Lass ihn doch!", forderte Rebecca eindringlich. Ihre Schwester durfte ihr auf keinen Fall eine showreife Versöhnung verderben. Sie sah es förmlich vor sich, wie der arme Dennis sich verzweifelt auf die Knie warf und unter Tränen um Vergebung flehte -

mit einem teuren Schmuck in der Hand. Sie würde ihn erhören, aber nur unter einem gewissen Vorbehalt, den er gleichwohl aus dem Weg schaffen könnte, indem er sie regelmäßig mit Kostbarkeiten überraschte.

Rebeccas hellblaue Augen blitzten wie lupenreine Aquamarine, als sie an die Auslagen ihres Lieblingsjuweliers dachte. „Er soll betteln!", sagte sie mehr zu sich selbst und erschrak, als ihre Schwester laut lachte.

„Ach so, du hast vor ihn noch einmal leiden lassen, bevor du ihn endgültig abschießt. Bravo, Becky!"

Rebecca wollte widersprechen, überlegte es sich aber und schwieg. Ihre Schwester war zu vernunftorientiert, um eine romantische Versöhnung zu schätzen.

Nachdem sie quer durch Kretas Bergwelt gefahren waren, bog Franziska in eine Straße, die laut Schild direkt nach Agia Galini führte. Kleine strahlend weiße Häuser schmiegten sich an die Hänge der Hügel, die zum Meer hin ausliefen.

Rebecca konnte sich der inneren Ergriffenheit nicht erwehren, die der Anblick des tiefblauen Meeres im Kontrast zu den weißen Häusern und dem Zusammenspiel mit Zypressen und Palmen auf sie ausübte. Es war das Flair des mediterranen Südens, das sie in ihrer launenhaften Gleichgültigkeit überraschte. Für einen Moment vergaß sie ihre arrogante Haltung und verrenkte sich den Hals, um die Schönheit des Ortes zu erfassen.

Vereinzelt störten Touristen das Bild, die träge durch die engen Straßen schlenderten und die angepriesenen Souvenirs inspizierten. Freizeitkleidung und bleicher Teint entlarvten die Neuankömmlinge. Die Gesichter der hellhäutigen Gäste wirkten ausdruckslos und leer. Rebeccas Herz sank. Sie mochte sich nicht mit Menschen abgeben, die weder Ausstrahlung noch Geld besaßen. Für ihr Empfinden passten sie überhaupt nicht in dieses bezaubernde Bild von Ferne, mediterranem Charme und sonnigem Süden.

Aus der Tür eines zweistöckigen Stadthauses trat plötzlich ein Mann, dessen sportliche Statur Rebeccas Aufmerksamkeit auf sich zog. Genüsslich begutachtete sie den gebräunten Körper und jene trainierten Körperpartien, die nicht unter Shorts und T-Shirt verborgen waren.

Da drehte er sich um. Große kastanienbraune Augen ertappten ihren interessierten Blick. Die harten Gesichtszüge des schwarzhaarigen Mannes, die eine erotische Verwegenheit ausstrahlten, schienen sich zu mildern.

Eine seltsame Magie vereinte Rebecca und den Fremden. Erstaunt nahmen sie einander wahr. Die Zeit stand still. Der Rest der Welt versank in

Bedeutungslosigkeit.

Als hätte diese Sekunde eine Verbindung zwischen ihnen geschaffen, riss sie fühlbar, als der Pick-up Rebecca außer Sichtweite entführte. Mit pochendem Herzen blieb sie für Sekunden gefangen im Augenblick.

Freudig bemerkte Franziska, wie interessiert sich ihre Schwester umsah. Sie glaubte ihre Neugier galt ausschließlich dem Ort.

War es denkbar, dass ihre kleine verwöhnte Schwester in der Lage war, den Aufenthalt auf Kreta ein wenig zu genießen? Sie hatte bewusst den Schlenker durch das Zentrum gewählt, um ihr zu zeigen, dass sie nicht gänzlich von der Welt abgeschnitten war. Da das Wohnhaus mit dem daneben liegenden Hotel etwas abseits lag, könnte Rebecca sonst das Gefühl von Einsamkeit bekommen.

Sie fuhren nur wenige Kilometer weiter durch karge Anhöhen zur nächsten Tiefebene, die in einen Strand mündete.

Kleine Hotels reihten sich entlang der halbrunden Bucht und boten Touristen Liegen und Sonnenschirme in geordneten Reihen an.

Rebecca pflegte im Pool zu baden, wo es weder Pflanzen noch Tiere gab, die sie unschön überraschten. Außerdem hatten Pools etwas Mondänes. Ungeachtet dessen sah das türkis schimmernde Wasser einladend aus.

„Hier sind wir!" Franziska fuhr in die Einfahrt eines kleinen Häuschens. Es duckte sich im Schatten eines auffallend stilvollen Hotels. Die drei waren Stockwerke mit ausladenden Balkonen versehen. Seine großen Fenster boten dem Gast einen Panoramablick. Umrankt war das terrakottafarbene Gebäude von kräftig leuchtender Bougainville.

Franziska hielt neben dem Bungalow auf dem kleinen Parkplatz, dessen Untergrund nur aus lockerem Kies bestand. Das Haus wirkte zwar sehr ansprechend, war aber keineswegs groß genug für ein Hotel. *Möglicherweise vermietet sie nur ein bis zwei Zimmer und hat mit der Bezeichnung Hotel schlicht und einfach hochgestapelt*, überlegte Rebecca. Besorgt betrachtete sie den unbefestigten Untergrund des Stellplatzes, der Gift für ihre vornehmen Schuhe war. „Fahr doch bitte noch einmal zurück auf die geteerte Zufahrt und lass mich dort aussteigen!", flehte sie ihre Schwester an.

Das heftige Zuschlagen der Fahrertür signalisierte ihr, dass sich Franziska nicht einmal ansatzweise für die Abnutzung ihrer Fußbekleidung interessierte. Stattdessen ließ diese die Ladeklappe mit einem heftigen Knall nach unten sausen und zerrte zwei von Rebeccas Koffern von der Ladefläche. „Kommst du jetzt oder bleibst du bis zum Ende der Saison da sitzen?" Sie wartete keine Antwort ab, schleppte stattdessen einen Teil des Gepäcks zur Haustür. Kurz bevor sie sie öffnete, wurde sie schwungvoll aufgeschlagen. „Jia sou, agapi mou!", überrumpelte Lefteris seine Frau und drückte ihrem überrascht geöffneten Mund einen Kuss auf. Franziska konnte nicht umhin und lachte: „Du hast auch nur Flausen im Kopf." Lefteris nickte, dass seine wilden Locken heftig wippten und ihm beinahe die Nickelbrille von der Nase rutschte: „Das wusstest du schon, bevor du mich geheiratet hast."

„Stimmt", gestand Franziska und erinnerte sich an ihr erstes gemeinsames Jahr. Vor sechs Jahren hatte sie ihn versehentlich in einer Taverne angerempelt und sich auf Englisch entschuldigt. Sie war erschrocken, als er ihr im Münchner Dialekt geantwortet hatte. Er war, wie sie, in der Landeshauptstadt geboren und aufgewachsen. Erst als ihm seine Großmutter das uralte Hotel hinterlassen hatte, war er nach Kreta gegangen, um es aus einem mehrjährigen Schlaf zu erwecken. Seit zwei Jahren war es fertig restauriert und von ihm und Franziska in Betrieb genommen worden. Mittlerweile war es ihr gemeinsamer Schatz.

Franziska gab ihm einen zärtlichen Klaps auf den Hintern: „Schau lieber mal nach deiner Schwägerin! Die beabsichtigt nämlich im Auto zu übernachten." Mit einer Kopfbewegung deutete sie Richtung Parkplatz.

Lefteris eilte mit seinen langen schlaksigen Beinen auf die Beifahrertür zu, hinter der Rebecca verloren auf den Boden stierte. „Kalos irsate, liebe Schwägerin, willkommen auf Kreta!"

„Jia sou, Lefteri!" Rebecca sah freudig auf. Sie wartete auf Anerkennung, da sie zum ersten Mal von selbst daran gedacht hatte, das Endungs-s seines Namens bei der Anrede wegzulassen. Enttäuschenderweise überging er es: „Was ist los? Was machst du hier? Komm doch herein!"

„Ach, das würde ich ja gerne.", seufzte sie gequält. „Aber dieser Kies macht meine Schuhe kaputt und ich weiß nicht, wie ich ins Haus kommen soll." Sie hoffte, ihr tragisches Schicksal ihrem Schwager verdeutlicht zu haben, und wartete auf eine rettende Idee.

„Barfuß.", sagte der nur schulterzuckend und erhielt ein wütendes Schnauben als Antwort.

„Komm!" Er drehte sich um und deutete ihr, dass er beabsichtigte sie huckepack zu nehmen: „Ich bringe dich schon sicher zur Tür."

Rebecca zögerte, wusste aber, dass diese unwürdige Art getragen zu werden, die einzige Möglichkeit war, mit heilen Schuhen und sauberen Füßen auf festen Untergrund zu gelangen. Ergeben kletterte sie auf den Rücken, klammerte sich wie ein hilfloser Affe an seine Schultern und bemühte sich um Haltung – was in dieser Position vergeblich war. An der Türe angekommen, ließ Lefteris sie zu Boden. „Du hast dich nicht verändert", lachte er herzlich, während sie Rock und Bluse zurechtzupfte. Er wusste nicht, dass Rebecca seine Bemerkung fälschlicherweise auf ihr Aussehen bezog, statt auf ihr oberflächliches Gebaren. „Vielen Dank! Ich tue ja auch etwas dafür.", sagte sie mit der Attitüde einer Prinzessin, deren Dienerschaft eine Anordnung zu ihrer Zufriedenheit ausgeführt hatte.

Lefteris überging ihre Bemerkung, holte ihr restliches Gepäck vom Pick-up und fragte höflich: „Hattest du eine angenehme Reise."

„Puh!" Rebecca stöhnte gekünstelt: „Frage besser nicht!" Mitgenommen rollte sie ihre Augen. Es war eine ihrer vielen einstudierten Show-Einlagen, die sie sich bei anderen Damen der feinen Gesellschaft abgeguckt hatte.

Lefteris verstand Franziskas Wut gegenüber ihrer Schwester nicht. Sie war zwar etwas abgehoben, aber ansonsten amüsant. Ihm war egal, welche Eigenarten ein Mensch hatte, solange er oder sie das Herz am rechten Fleck hatte. Das eine Mal, an dem er mit seiner Frau in Deutschland das Ehepaar Kaiser zum Essen getroffen hatte, war zwar kurz, aber nett gewesen.

Rebecca betrachtete erstaunt, wie geschmackvoll der Weg zum Hauseingang mit Blumen verziert war. Die Tontöpfe, in die man sie gepflanzt hatte, waren alten Ausgrabungsstücken nachempfunden und betonten mit den Palmen das mediterrane Ambiente. Eine plötzliche Böe trug den Duft des Meeres an sie heran. Sie liebte diesen typischen Geruch, der sich mit dem von frischer warmer Erde und erwachender Natur vermischte. Er vermittelte ihr ein seltsam wohliges Gefühl. Wie ein Gruß aus der Kindheit, erinnerte er sie an unbeschwerte Zeiten.

Abgesehen davon, dass sie ihren Luxus vermisste, hatte sie Kreta positiv überrascht.

„Wo bleibt ihr denn?" Franziska kam durch den Flur auf sie zu: „Ich habe den ersten Schwung Koffer schon aufs Zimmer gebracht." Sie packte Rebecca am Arm und zog sie mit sich: „Komm! Ich zeige es dir. Es ist klein, aber besitzt alles, was du über den Sommer brauchen wirst."

In diesem Moment wäre Rebecca am liebsten umgekehrt. Die Beschreibung ihrer Schwester klang nach spartanischer Kammer. Rebecca sah sich nicht als selbstkasteiende Asketin. Aber jetzt war sie hier und durfte ihre Schwester nicht enttäuschen. Sie beabsichtigte, Franziska auszuhelfen, bis Dennis sie zurück nach München holte. Vor dem Abflug würde sie nach einem Ersatz für die Bar suchen.

Mit gemischten Gefühlen folgte sie Franziska durch die Tür. Aus purer Gewohnheit sah sie sich nach einer Rezeption um.

„Was ist denn? Suchst du etwas?"

„Die Rezeption. Aber das braucht ihr hier

vermutlich nicht. Ist ja zu klein."

„Was redest du nur wieder? Selbstverständlich haben wir eine Rezeption. Aber die ist dort, wo sie hingehört – im Hotel."

„Oh, dann ist das hier gar nicht …?"

„Natürlich nicht! Das ist unser kleiner Bungalow. Hier wohnen Lefteris und ich. Und für den Sommer auch du – und zwar im Gästezimmer." Franziska zeigte auf den dreistöckigen Bau nebenan, den Rebecca bereits bewundert hatte: „Das ist das *Pelagia*, das Hotel." Abrupt blieb sie stehen und sah ihre jüngere Schwester verständnislos an: „Hast du etwa geglaubt, diese kleine Hütte sei alles, was wir in den letzten Jahren zustande gebracht haben?"

Rebecca zuckte nur mit den Schultern: „Woher soll ich denn wissen, wie sich euer Hotel entwickelt hat."

„Richtig, du hattest ja nie die Zeit und schon gar keine Lust uns zu besuchen."

Rebecca überhörte den unterschwelligen Vorwurf und umarmte ihre Schwester gespielt tröstend: „Jetzt bin ich ja da."

„Ja das bist du", antwortete diese laut und fügte leise hinzu: „Welch Freude!" Sie lenkte ihre Schwester ins Gästezimmer, das sich direkt hinter der großen Wohnküche befand und sogar ein eigenes Bad besaß.

Erstaunt betrachtete Rebecca die geschmackvolle Einrichtung aus massivem Holz, dessen dunkelbraune Farbe sich vom hellen Marmor der

Böden abhob. Alles schimmerte und erzeugte den Eindruck, auf Hochglanz poliert worden zu sein. Es hatte beinahe etwas von Luxus.

Das große Himmelbett war der Mittelpunkt des Zimmers. Die Türen des geräumigen Schranks besaßen Spiegel, in denen sich Rebecca ausgiebig bewundern konnte. Für den Großteil ihrer mitgebrachten Kleider würde der Platz genügen. Den *Schreibtisch könnte man als Schminktisch umfunktionieren, wenn man ihn mit einem passenden Spiegel ausstattete,* überlegte sie.

Franziska öffnete die Terrassentür: „Hier hast du deinen eigenen Bereich mit einem separaten Zugang zum Strand - falls du mal Zeit für dich alleine benötigst. Aber du bist bei uns selbstverständlich jederzeit willkommen." Letzteres betonte sie, in der Hoffnung aufrichtig geklungen zu haben. Denn es war absehbar, dass ihre Schwester sich früher oder später über den vielen Sand, das nasse Wasser oder die durstigen Gäste der Bar beschweren würde. Das könnte mühselig werden.

Rebecca glaubte ihr ihre Gastfreundschaft und stolzierte zufrieden auf die Terrasse hinaus. Eine Trennwand aus Oleander in voluminösen Töpfen grenzte ihr Revier ab und schuf mit zwei Stühlen, einem Tisch und zwei Liegen ein persönliches Reich. Wohlwollend begutachtete sie ihr kleines Paradies. Bis auf den fehlenden Jacuzzi war es äußerst ansprechend.

„Und jetzt pack deine Badesachen aus! Wir gehen zum Strand." Franziska zerrte ihre Schwester zurück zu ihrem Gepäck, damit sie ihren Bikini auspackte. Sie selbst eilte in ihren Wohnbereich, um sich ihrerseits strandfertig zu machen.

Nur wenige Minuten später kam sie zurück. Mit Erstaunen stellte Rebecca fest, dass Franziskas Figur makellos war. Der Bikini war nicht modisch, sondern schlicht, aber er saß perfekt und unterstrich ihre sportliche Erscheinung.

Schnell zerrte auch sie ihre Badeutensilien aus dem Koffer und zog sich um. Ihre Handtücher warf sie in eine große Umhängetasche und folgte ihrer Schwester über den sonnenerwärmten Sand zum Meer.

Die Bucht war nicht zu klein, besaß aber dennoch ein familiäres Ambiente, zumindest jetzt, in der Nebensaison.

Rebecca versuchte, die Umgebung genau zu erfassen, denn sie würde eine Weile ihr Zuhause sein. Hotels und Pensionen in verschiedenen Größen reihten sich versteckt hinter Bäumen aneinander und überließen dem Strand die offene Bühne. Touristen waren kaum unterwegs. Nur vereinzelt lagen ein paar wenige auf ihren Strandtüchern und genossen die südliche Sonne.

„Das ist sie - unsere Bar, das *Onirá Gliká,* was übrigens *süße Träume* bedeutet", erklärte Franziska voller Stolz. Sie deutete auf eine ins Meer ragende Strandbar: „Sie wird für diesen Sommer dein beruflicher Wirkungskreis sein." Ihre Augen leuchteten, als stellte sie ihrer Schwester ihr erstes Kind vor.

Rebecca blieb stehen und betrachtete kritisch das an ein altes Schiff erinnernde Gebilde aus Holz. Franziska sah die Skepsis in ihrem Blick und rief: „Aber heute musst du dich noch nicht damit auseinandersetzen." Sie winkte heftig: „Komm Becky, das Meer wartet! Es wird dir gefallen."

Der Anblick des glasklaren Blaus war verführerisch. Rebecca folgte dem Beispiel ihrer Schwester, ließ die Badetasche in den Sand fallen und lief ins Wasser. Das Meer war unruhig. Doch die Wellen waren kaum hoch genug, um sie als solche zu bezeichnen. Beeindruckt von der milden Temperatur des Wassers ließ Rebecca ihre Beine umspülen.

„Hey, Warmduscher!", schrie Franziska. „Zier dich nicht so!" Wie ein Delfin sprang sie in die Wellen, um dahinter jauchzend wieder aufzutauchen.

So war sie schon während unserer Kindheit in den See gesprungen, dachte Rebecca. *Jetzt fehlt nur noch Dominik, dann wäre unser Trio wieder perfekt.* Eine Sehnsucht packte sie.

Mit ein paar Sprüngen tat sie es ihrer Schwester gleich. Es war schon zu lange her, seit sie im Meer oder einem See geschwommen war. Ihre Eleganz kam eben an einem türkisfarbenen Swimmingpool weit besser zur Geltung. Doch in dieser Sekunde war sie froh, wie es war, denn es rief wundersame Erinnerungen an ihre Kindheit hervor. In Gedanken erlebte sie erneut, wie sie mit Franzi und Nik tobte. Es war ein anderes Leben gewesen, unschuldig und unbelastet – fern ihres heutigen Seins. Mit einem entspannten Lächeln schob sie sich durch das kristallklare Wasser und fand Gefallen an der natürlichen Umgebung.

„Deine Haare sind ja trocken!",hörte sie Franziskas gespielt empörte Stimme. „Das ist auf Kreta verboten." Schon traf Rebecca eine Salve Wasser mitten ins frischgepuderte Antlitz.

Das Opfer wischte sich die nassen Haarsträhnen aus dem Gesicht und hustete das Salzwasser aus ihrer Luftröhre. „Bist du verrückt?", schrie sie empört, sobald sie wieder in der Lage war Atem zu holen. „Jetzt hast du meine Frisur und das Make-up ruiniert."

Das Entsetzen in Rebeccas Gesicht animierte Franziska zu einem lauten Grölen und einer weiteren Salve Meerwasser.

„Hör auf!" Wutentbrannt starrte Rebecca ihre mitleidlose Schwester an. Doch, anstatt den Ernst der Lage zu verstehen, fuhr diese mit ihrer Planscherei fort, bis sich Rebecca auf eine Antwort herabließ. Von Rache getrieben hechtete sie auf Franziska zu, packte sie an den Schultern und drückte sie mit aller Kraft unter Wasser.

„Hast du nicht mehr zu bieten?", rief ihr vermeintliches Opfer lachend, als sie wieder an die Oberfläche kam. „Bist du so ein Weichei geworden?" Sie drehte sich auf den Rücken und strampelte wild mit ihren Füßen in Richtung Rebecca, die sich mit ein paar schnellen Zügen vom Tatort entfernt hatte.

Letztere war mit ihrer Geduld am Ende. Wie eine Furie bespritzte sie Franziska, bis diese sich die Hände vor Augen und Nase hielt. Als sie sie wieder herunternahm und in Rebeccas wutschnaubenden Blick sah, prustete sie vor Vergnügen, stürzte sich auf sie und tauchte ihr stures Gesicht unter die Wellen.

Ein Kräftemessen begann, das an alte Kindheitstage erinnerte. Aus den Rufen und Verwünschungen Rebeccas wurde immer öfter Gelächter, bis sie sich beide vor Lachen krümmten.

„Franziska!", erschallte plötzlich Lefteris Stimme. „Ela, agapi mou!" Er wedelte mit dem Handy und deutete, dass ein Gespräch auf sie wartete.

Franziska nickte: „Erchomai!" Sie drehte sich zu ihrer Schwester um: „Schön, dass du hier bist, Schwesterherz", sagte sie aufrichtig lächelnd und begab sich auf den Weg zum Ufer.

Rebecca sah erstaunt auf und nickte nur überrascht von der Offenheit. Franziska hasste Gefühlsduselei.

Sie selbst war sich noch nicht im Klaren darüber, ob

sie froh war, auf Kreta zu sein. Andererseits hatte sie schon lange nicht mehr so ausgelassen getobt und gelacht, wie hier und heute. *Doch*, gestand sie sich ein, *in diesem Moment ist es tatsächlich ein gutes Gefühl, hier zu sein*. Sie lächelte und beschloss noch etwas zu schwimmen. Es fühlte sich zu gut an.

Während sie sich in den Luxus-Pools stets nur abkühlte, hatte sie hier das Bedürfnis ihre Kräfte zu testen. Das Meer war unendlich und sie spürte plötzlich eine immense Energie. Rebecca schwamm auf die endlose Weite zu.

Das Wasser unter ihr war klar. Sie hielt die Luft an und tauchte, wie sie es als Kind schon leidenschaftlich gerne getan hatte. Sobald sie das Blau umschloss, spürte sie eine grenzenlose Unbeschwertheit. Wie ein Delfin drehte sie sich um die eigene Achse und tauchte mit einem Jauchzer wieder auf. Die Sonne lachte ihr ins Gesicht und verleitete sie, sich auf dem Rücken treiben zu lassen.

Es schien nicht viel Zeit vergangen zu sein, als sie bemerkte, dass sich die Temperatur des Wassers abkühlte. Das Meer wurde unruhiger und schwappte in ihr Gesicht.

Rebecca sah sich um und realisierte, dass sie sehr weit vom Strand entfernt war. Sie war bereits aus der Bucht hinausgetrieben und befand sich auf offener See. Die leichte Brise vom Ufer schien gegen Rebeccas Mühen zu arbeiten.

Entschlossen kraulte sie auf den Strand zu und zog ihre Arme kraftvoll durchs Wasser. Sie hielt inne, um zu sehen, wie weit sie nach ihrem Einsatz gekommen war, stellte aber irritiert fest, dass sie sich der geschützten Bucht in keiner Weise genähert hatte. Sie hatte offenbar nicht genug Energie in ihre Schwimmzüge gelegt.

Aufs Neue startete sie einen Sprint. Dieses Mal rief sie sich Dominiks Kommandos in Erinnerung, die er ihr in ihrer Kindheit gegeben hatte. Jede Bewegung und jede Haltung diente dazu, mit möglichst wenig Kraftaufwand durch das Wasser zu gleiten.

Wieder orientierte sie sich und konnte nicht fassen, was sie sah. Sie hatte sich von der Bucht sogar noch entfernt. War die Strömung so stark?

Niemand schien sie zu vermissen, denn kein Boot startete vom Ufer.

„Franzi!", rief sie verhalten. Das darauf folgende Schweigen trieb sie an, lauter und inständiger zu rufen. Ihre Stimme klang verloren und unbedeutend, wurde vom Wind sofort in die Weite des Ozeans getragen.

Erneut gab Rebecca alles und kraulte in Richtung Bucht. Ihre Arme schmerzten und die Kraft nahm merklich ab. Panik erfasste ihr Herz. Es pochte, begann zu rasen. „Hilfe!", schrie sie verzweifelt. Salzwasser schwappte in ihren Mund. Sie schluckte und röchelte. Würgen krümmte ihren Körper. Weitere

Wellen rauschten heran und klatschten in ihr Gesicht. Keuchend ruderte sie mit den Armen, um ihren Kopf über Wasser zu halten. Ihre Schreie gipfelten in ein tonloses Kreischen, das unbarmherzig vom Meer erstickt wurde.

Rebeccas Gliedmaßen wurden schwer, die Bewegungen langsam. Sie glaubte, noch immer zu schwimmen, aber die Kälte lähmte ihren Körper, stahl ihm die letzten Energiereserven.

Sie wurde sich der Aussichtslosigkeit ihres Kampfes bewusst, vermochte aber nicht, sich ein weiteres Mal dagegen aufzubäumen. Ihr Ringen ums Überleben erlag den Kräften der offenen See.

Im Geiste sah sie ihre Eltern und ihren Bruder, die nicht im Geringsten ahnten, was mit ihrer Prinzessin geschah.

Sie dachte an Dennis. Würde er an ihrem Grab weinen? Sie hatte ihm noch nicht zurückgezahlt, was er ihr angetan hatte. War sein Betrug, diese scheußliche Episode, die letzte ihres Daseins? Sie hatte doch noch gar nicht gelebt - war viel zu jung und vor allem: zu hübsch, um jetzt schon zu sterben. Wofür hatte sie so angestrengt trainiert und ihr Äußeres gepflegt, wenn ihr Körper in so jungen Jahren im nassen Grab dahin faulte.

Der sportlich attraktive Mann mit den kastanienbraunen Augen erschien vor ihrem inneren Auge. Nur einen kurzen gemeinsamen Moment hatten sie miteinander gehabt – den Blickkontakt. Sie würde ihn nie kennenlernen, nie mit ihm sprechen.

Das Meer wirkte endlos. Sein freundliches Blau hatte sich zu einem bedrohlichen Schwarz gewandelt. Die Wellen spielten mit ihrer Hilflosigkeit.

Ein letztes Mal stießen ihre Hände durch die Wasseroberfläche und suchten nach Halt.

Vergeblich. Rebecca sank. Die kalte Tiefe zog sie zu sich hinab, hüllte sie in ihre dumpfe Undurchdringlichkeit.

Alles war still.

Jegliche Regungen froren ein.

Es war ihr nicht möglich, einzuordnen, was mit ihr geschah. Der fehlende Sauerstoff raubte ihr die Sinne.

Ein großer Schatten näherte sich. Er schien aus der Unendlichkeit zu kommen, nahm von ihr Besitz und zerrte ihren wehrlosen Körper mit sich.

Betäubt ergab sich Rebecca der fremden Macht.

Kapitel 4

Undefinierbare Geräusche drangen an Rebeccas Ohr. Jemand zählte im Rhythmus. Kräftiges kurz aufeinander folgendes Pressen auf ihrem Brustkorb, holte sie zurück ins Bewusstsein. Weiche Lippen lagen fest auf ihrem Mund und hauchten ihrem Leib neues Leben ein. Dem Erwachen folgte ein heftiger Hustenanfall, der sie gehörig schüttelte. Ihr Körper wand sich auf dem harten Boden. Flüssigkeit, die sich in ihren Lungen gesammelt hatte, sprudelte aus ihrem Mund. Feste Griffe drehten sie sofort zur Seite.

Die Berührungen wurden sanfter, hatten nur noch etwas von einem fürsorglichen Klopfen. Rebecca schnappte nach Luft. Laute Stimmen und Applaus bejubelten ihren Kampf zurück ins Leben und spornten sie weiter an.

Sie nahm ihr Umfeld nur schemenhaft wahr. Die Bretter eines alten Holzbodens strömten den Duft von Lack aus. Sie glaubte, die Reling eines Bootes zu erkennen. Vergeblich versuchte sie sich aufzustützen und etwas zu sagen. Ein kräftiger Arm hielt sie zurück.

Da war eine angenehme Stimme, die beruhigend auf sie einsprach. Rebecca verstand nicht, vermochte aber nicht zu reagieren. Alles klang dumpf. Ihr Kopf dröhnte. Das Atmen fiel ihr schwer. Geschwächt sank sie in die kräftigen Arme zurück, die sie umschlossen.

Behutsam hob man sie auf und trug sie ins Warme. Es musste das Innere des Bootes sein. Rebecca versuchte, ihre schweren Lider zu öffnen. Sie wollte die Person sehen, die sich so fürsorglich um sie kümmerte und sie vermutlich sogar vor dem Tode bewahrt hatte. Wie durch einen Schleier nahm sie das Gesicht eines Mannes wahr, dessen große kastanienbraune Augen sie sorgenvoll musterten. Sie erweckten eine gewisse Vertrautheit. Das Muttermal unter seinem linken Auge faszinierte sie. Rebecca fühlte ein Verlangen, es zu berühren, besaß aber nicht die Kraft, ihm nachzugeben.

Sie wurde auf eine schmale, harte Sitzbank gelegt und sorgsam mit einer Wolldecke zugedeckt. Erschöpft schloss sie ihre Augen und verfiel in einen tiefen Schlaf. Sie hörte nicht den Funkspruch an den ortsansässigen Arzt, der den Transport ins nächste Krankenhaus organisierte. Auch das Einlaufen in den Hafen von Agia Galini verschlief sie - sowie die mitfühlenden Blicke des Mannes, der sie ohne zu zögern mit einem Hechtsprung ins aufgewühlte Meer gerettet hatte.

Ungeduldiges Rufen holte sie aus einem traumlosen Schlaf. Jemand tätschelte wiederholt ihre Wangen, bis sie endlich ihre Augen öffnete. Der Blick eines grauhaarigen Mannes mit wildem Schnauzer lag prüfend auf ihr.

„Was?", fragte Rebecca verstört. „Wieso …?" In ihrer Benommenheit vermochte sie die Ereignisse nicht zuzuordnen, lag sie noch immer im Ehebett neben Dennis.

„Deutsch?", fragte der alte Herr mit ausländischem Akzent. Scharfer Zigarrengeruch umgab seine kleine Erscheinung.

„Ja.", antwortete Rebecca irritiert und grübelte, warum dieser fremde Mann über sie gebeugt in ihrem Schlafzimmer stand und sie sich so elend fühlte.

„Okay.", antwortete er. „Ich bin Doktor Georgiou." Sein „R" rollte, wie das Surren einer Nähmaschine. „Sie sind in Krankenhaus von Iraklio. Wir machen Untersuchung und geben Sauerstoff."

Ihre Lider schlossen sich, bis erneut eine Hand ihre Wangen tätschelte. „Hallo! Wissen Sie ihre Name?", hakte der Arzt weiter nach, erhielt von Rebecca aber nur ein säuselndes „Ja, ja." Wieder ergab sie sich ihrer Erschöpfung und glitt hinüber in die Traumwelt, in der sie die weibliche Hauptrolle in einer leidenschaftlichen Liebesgeschichte spielte und von ihrem braunäugigen Traummann verführt wurde. Vor ihrem inneren Auge sah sie das Gesicht des Mannes, der in diesem Augenblick im Wartezimmer vor der Intensivstation wartete und hoffte, ihr das Leben gerettet zu haben.

„Herr Demetriou!", schallte eine helle Stimme durch das große, kahle Wartezimmer des

Krankenhauses und ließ den Lebensretter aufspringen. Er eilte der wartenden Schwester entgegen, in der Hoffnung endlich mehr über den Zustand seines Schützlings zu erfahren. Sie führte ihn zum behandelnden Arzt.

„Wie geht es ihr, Doktor Georgiou?", fragte Nikos auf Griechisch. „Ist sie außer Lebensgefahr?"

Der Arzt sah die Besorgnis in den Augen des Retters und drückte ihm mitfühlend den Arm: „Haben Sie etwas Geduld, Herr Demetriou! Wichtig sind die ersten 24 Stunden. Fahren Sie jetzt nach Hause und rufen Sie morgen früh bei der Schwester an. Dann können wir schon mehr sagen."

Nikos wurde kalt vor Angst: „Also, ist sie noch immer in Lebensgefahr?"

„Geduld, mein Freund, Geduld!", antwortete der Doktor und tätschelte seinen Rücken. „Wir haben gerade erst mit der Behandlung begonnen."

Nikos schluckte betreten, bemühte sich aber höflich zu nicken: „Vielen Dank, Herr Doktor." Er atmete tief durch, lehnte sich gegen die Wand und überlegte, ob er dem Rat folgen sollte, nach Hause zu fahren. Doch er konnte sich nicht dazu durchringen. Gedankenverloren schlenderte er zur Kantine und nahm sich einen Kaffee. Auf dem ersten freien Stuhl ließ er sich fallen und lehnte sich zurück. Die Ruhe brachte die Bilder der dramatischen Rettung wieder empor. Noch einmal sah er vor seinem inneren Auge, was geschehen war:

Er war alleine mit einer kleinen Gruppe Touristen auf dem Meer unterwegs gewesen. Er fuhr die Küstenrundfahrt, die sie im Frühjahr anboten. Da war Manolis' Anwesenheit nicht nötig. Der Tauchlehrer wurde nur für die Kurse gebraucht.

Einer der Urlauber hatte mit seinem Fernglas die Wasseroberfläche nach Delphinen abgesucht. Mit einem Aufschrei und hysterischem Deuten hatte er Nikos, den Kapitän, auf die Schwimmerin aufmerksam gemacht. Ihre Schwimmzüge waren kläglich und vermochten ihren Kopf kaum über Wasser zu halten. Es gab keine Zeit zum Nachdenken. Nikos steuerte das Boot auf sie zu und drehte bei. Er griff sich den Rettungsring und warf ihn ins Meer. Dann riss er sich das Oberteil vom Leib, zog die Schuhe aus und hechtete ins Meer. Als er auftauchte, sah er sich um. Seine Passagiere lehnten über die Reling und deuteten hektisch auf die Stelle, an der die Frau gerade zu kämpfen aufgegeben hatte. Ihre Haut schimmerte nur noch andeutend durch das Wasser. Mit kräftigen Zügen tauchte Nikos zu ihr in die Tiefe. Das zarte Porzellangesicht war gut sichtbar. Hell hob es sich von der Dunkelheit hervor. Der schlanke Körper erweckte den Eindruck, in Zeitlupe zu einer lautlosen Melodie dahinzugleiten - in eine undurchdringliche Schwärze. Langes blondes Haar wirbelte um ihren Kopf wie glänzende Seide und umrahmte das scheinbar friedlich schlafende Gesicht.

Für den Bruchteil einer Sekunde starrte Nikos die Schönheit nur an - gefangen im Zauber des Anblicks. Rasch fing er sich wieder, packte ihren Arm und zog sie mit sich. Jetzt zählte jede Sekunde. Nikos setzte seine ganze Kraft ein, um den leblosen Körper an die rettende Luft zu bringen.

Als er endlich mit ihr durch die Wasseroberfläche stieß, wurde er vom lauten Applaus und von „Bravo"-Rufen der Touristen empfangen.

Gehetzt von dem kleinen Zeitfenster, das er hatte, um die Ertrunkene wiederzubeleben, schwamm Nikos mit ihrem Rücken an seiner Brust und ihrem Kopf gegen den seinen lehnend, auf die helfenden Hände zu, die sich ihm vom Heck entgegenstreckten. Gemeinsam zogen sie das fremde Mädchen an Bord. Dann lag sie regungslos vor ihm, ohne das geringste Lebenszeichen. Nikos fühlte ihren Puls. Nichts. Mit harter Stimme kommandierte er einen Touristen zur Herzmassage. „30 Mal drücken, dann beatme ich zweimal, alles klar?"

Der Mann mittleren Alters nickte und bewies sofort seine Fähigkeit.

Es wurde still an Board. Nur das Zählen des Touristen war zu hören, der nach dem dreißigsten Pressen Nikos' Beatmung abwartete.

Nach etwa zehn Minuten tastete Nikos erneut an ihrem Hals nach dem Puls. Kein Leben war zu spüren. Ein kalter Schauer lief über seinen Rücken. Die beiden Männer kämpften weiter. Manche der Umstehenden hielten sich erschrocken die Hände vor den Mund.

Weitere zehn Minuten vergingen, als Nikos glaubte, eine zarte rosa Färbung in ihrem blassen Gesicht zu bemerken. Seine Finger befühlten hoffnungsvoll ihren Hals. Er nahm ein schwaches Pochen wahr. Ein Glücksgefühl übermannte ihn, das ihm die Tränen in die Augen trieb. Noch nie hatte er einen Menschen vor dem Tod retten müssen. Er empfand eine tiefe Verbundenheit mit dieser Frau.

Nikos stellte die Tasse Kaffee auf den Tisch und zog sein Mobiltelefon hervor. Er rief seinen besten Freund an: „Jia sou, Lefteri! Ist deine Frau in der Nähe?" Der erklärte hektisch, dass sie beide keine Zeit hatten: „Meine Schwägerin Rebecca wird am Strand vermisst. Franziska ist wahnsinnig vor Sorge."

„Rebecca heißt sie?"

„Ja, aber ich habe jetzt keine Zeit zum Telefonieren. Wir müssen weiter suchen."

„Hör mir zu, mein Freund! Sie liegt im Krankenhaus von Iraklio. Ich habe sie ungefähr vor einer Stunde aus dem Wasser gezogen und …"

„Was? Bist du sicher, dass sie es ist?" Lefteris' Stimme überschlug sich.

„Es ist dieselbe blondhaarige Frau, die ich vor ein

paar Stunden mit Franziska in eurem Pick-up gesehen habe." Nikos hörte nur ein Klicken und wusste, dass sein Freund auf dem Weg war.

Kapitel 5

„Das ist nicht dein Ernst!" Lefteris rutschte vor Schreck beinahe die Nickelbrille von der Nase: „Du hast doch nicht wirklich … ?"

„Natürlich habe ich." Franziska hatte mit seinem Entsetzen gerechnet und erklärte: „Solange Rebecca nicht bei Bewusstsein war, waren Nikos' Besuche kein Problem. Aber selbst da habe ich schon gesehen, wie er sie angeschmachtet hat. Aber sie wird nicht seine nächste flüchtige Affäre werden! Er wird sie nicht in die Finger bekommen."

„Das waren sorgenvolle Blicke. Ist doch normal, wenn er sie aus dem Meer rettet. Abgesehen davon, wären die beiden tatsächlich ein hübsches Paar!"

„Das werde ich zu verhindern wissen.", polterte Franziska wütend durch die Küche. „Nikos wird die Finger von ihr lassen, oder …"

„Oder was?" Lefteris stand bereit, seinen besten Freund zu verteidigen.

In diesem Moment war die Küche zu klein für das streitende Paar.

„Oder ich werde ihn nicht mehr ins Haus lassen."

„Du lebst hier nicht alleine und Nikos ist mein bester Freund." Lefteris schob seine Nickelbrille wieder zurück, die bei schnellen Kopfbewegungen den Nasenrücken herunter zu gleiten drohte. „Es genügt doch schon, dass du ihm verboten hast,

Rebecca im Krankenhaus zu besuchen."

„Sicher wartet er nur auf eine Gelegenheit, sich ihr zu nähern."

„Das hat er gar nicht nötig. Was hältst du von ihm?"

„Ich halte ihn für einen Playboy."

„Ist er nicht. Er hat nur noch nicht die Richtige gefunden." Lefteris war mit den Hintergründen für Nikos' Scheu vor Bindungen vertraut. Er kannte ihn weit besser und wusste wesentlich mehr über ihn, als Franziska ahnte.

Die warf die Butter etwas zu schwungvoll in den Kühlschrank und musste nun die Reste der zerbrochenen Dose mühsam wegwischen. „Für deinen Freund sind Frauen nur Wegwerfgegenstände.", erklärte sie mit dumpfer Stimme aus dem Kühlschrank heraus. „Nach einmaligem Benutzen werden sie fallen gelassen, wie Abfall."

„Wusste gar nicht, dass du so schlecht von ihm denkst."

„Wenn es sich um Nikos und Frauen handelt - schon. In dieser Hinsicht ist er eiskalt und herzlos."

Lefteris wurde ungehalten: „Er wird deine holde Rebecca schon nicht ins Unglück stürzen."

„Dann soll er meine holde Schwester in Ruhe lassen."

„Er macht sich doch nur Sorgen um sie.",

schnaubte Lefteris. „Immerhin hat er sie vor dem Tod gerettet. So eiskalt kann er also gar nicht sein." So kannte er seine Franzi gar nicht. Zum ersten Mal schien sie ihr Gefühl für Fairness verloren zu haben.

„Du vergisst, dass ich Nikos ebenso schon seit ein paar Jahren kenne – vor allem seine oberflächlichen wechselhaften Liebschaften."

„Das geht uns nichts an. Lass doch die beiden selbst entscheiden, wie sie zueinander stehen wollen!"

„Wenn sich meine Schwester in ihn verliebt, ist es zu spät. Dann wird Nikos der nächste Mann sein, der ihr das Herz bricht. Sie hat schon genug durchgemacht."

„Nikos ist ein anständiger Kerl."

„Nicht, wenn es sich um Frauen handelt."

„Vielleicht ist es mit Rebecca ja anders. Er mag sie offenbar."

„Jeder Mann mag Rebecca. Sie ist eine Traumfrau."

„Aber Rebecca mag nicht jeden Mann. Sie ist wählerisch. Ist doch möglich, dass Nikos gar nicht ihr Typ ist."

Franziska lachte bitter: „Den schönen Nikos wird sie sicher toll finden."

„Warum auch nicht? Er ist ein toller Mensch und:" – er hielt inne und hob seinen Finger für den Effekt - „Er hat ihr das Leben gerettet."

„Dafür werde ich ihm ewig dankbar sein, aber nicht, indem ich zulasse, dass er sich Rebecca angelt."

Franziskas Aufräumen der Küche nach dem Frühstück glich einem Wirbelsturm, der durchs Haus fegte. In jedem Handgriff war ihre Wut zu erkennen.

„Na und?" Lefteris warf seine Arme hoch. „Dann werden sie halt ein Paar."

„Niemals! Sie sind Gift für einander.", zischte Franziska ungehalten. Warum verstand er nicht die Brisanz?

„Das hast du nicht zu entscheiden."

„Das ist keine Entscheidung - das ist eine Tatsache." Lefteris warf seiner Frau einen enttäuschten Blick zu.

Franziska bemerkte ihn und versuchte einzulenken. Sie schraubte ihr Temperament herunter: „Es liegt ja nicht daran, dass ich Nikos nicht leiden kann, Schatz." Sie kam, mit ihren grellgelben Putzhandschuhen an den Händen, auf ihn zu: „Aber es gibt Dinge …"

„Du musst nichts erklären!", unterbrach er schroff. „Ich weiß Bescheid. Wenn es darauf ankommt, stehst du nicht zu unserem Freund." Er war zu enttäuscht, um sich weiter der Diskussion zu stellen. Viele Male war Nikos schon zum Essen eingeladen gewesen. Sie hatten zusammen gelacht und gemütliche Stunden miteinander verlebt. Und jetzt war ihr Kumpel plötzlich nicht gut genug für Rebecca.

Mit einem schnellen Griff nahm er die Schlüssel seines Motorrollers vom Küchentisch und verließ Türen knallend das Haus. Franziska war emotional, manchmal gereizt und hin und wieder ungeduldig mit sich und ihrer Umwelt. Damit konnte er leben, denn sie war gleichzeitig der humorvollste, abenteuerlustigste und liebevollste Mensch, den er je kennengelernt hatte. Er liebte sie, wie keine Frau zuvor. Aber Nikos war sein bester Freund, auf den er sich immer verlassen konnte, der ihm schon aus mancher Notlage geholfen hatte. Selbst das Hotel hätte er ohne seine Hilfe nicht so bald eröffnen können. Er vertraute ihm – glaubte nichts von dem, was behauptet wurde. Natürlich war er nicht perfekt, aber wer war das schon? Die Tatsache, dass er Rebecca mit einem Hechtsprung ins aufgewühlte Meer das Leben gerettet hatte, gab Lefteris in seiner Meinung über Nikos recht.

Heute hatte er Franziska zum ersten Mal unfair erlebt. Das musste er erst einmal verarbeiten. Er setzte sich auf seinen Motorroller und trieb ihn durch die Straßen der umliegenden Hügel.

Franziska liebte das Temperament ihres Mannes. Er war zwar in Deutschland aufgewachsen, doch sein südländisches Blut konnte er nicht verleugnen. Seine Gestik und Mimik waren durch und durch Griechisch. Aber heute hatte sie weder Zeit noch Nerven, sich über die Befindlichkeiten ihres Mannes Gedanken zu machen.

Sie stellte die Vase mit dem Strauß bunter Schnittblumen auf Rebeccas Nachttisch und strich noch einmal liebevoll das Bettlaken glatt. Die Kleidung hatte sie sorgfältig aus den Koffern in den Kleiderschrank geräumt, den sie zuvor mit ausreichend Bügeln bestückt hatte. Es sollte perfekt sein, wenn ihre Schwester aus dem Krankenhaus entlassen wurde.

Fast zwei Wochen hatte sie dort verbracht.

Die Erinnerungen an die entsetzlichen Stunden, in denen sie verzweifelt den Strand nach Rebecca abgesucht hatte, stiegen ihr im Geiste auf und ließen sie innehalten.

Wegen des dringenden Anrufs eines Reiseveranstalters hatte Franziska sie im Meer alleine gelassen. Sie war gezwungen sich ins Büro zu begeben, um die Angelegenheit zu klären.

Rebecca war eine hervorragende Schwimmerin – Franziska wäre nie auf den Gedanken gekommen, dass sie einmal in Not geraten könnte. Als sie jedoch bei ihrer Rückkehr nur die Badetasche im Sand vorfand und weit und breit keine Rebecca zu sehen war, hatte Franziska die Panik gepackt. Hysterisch war sie die gesamte Bucht abgelaufen, hatte Lefteris zur Hilfe gerufen und sämtliche Leute befragt.

Nikos' heldenhaften Einsatz hatte niemand gesehen.

Franziska drohte ein Nervenzusammenbruch. Es war der schwärzeste Moment ihres Lebens.

Erst Nikos' Anruf hatte ihr das Licht der Hoffnung

zurückgegeben.

„Das ist sie.", hatte Franziska Lefteris zugerufen, war in den Pick-up gesprungen und durch die Straßen Kretas in Richtung Hauptstadt gerast.

Die Sonne schien in das Krankenzimmer und blendete Rebeccas Blick in Richtung Fenster. Sie liebte den Kontrast zwischen dem Blattgrün der Bäume und dem strahlend blauen Himmel.

Vom zweiten Stock des Krankenhausgebäudes hatte man eine gute Sicht über die Häuser und das bunte Treiben auf der Straße. Der Mai hatte Einzug gehalten und brachte die Farben des Frühlings zum Leuchten.

Dr. Georgiou war ausgesprochen zufrieden mit den Fortschritten seiner Patientin. „Sie können bald nach Hause, junge Frau.", hatte er bei der Visite fröhlich zwinkernd versprochen. „Obwohl Sie auf Station sehr beliebt. Wir lassen Sie nur ungern gehen, haben nicht immer so nette Patienten, wie Sie."

Rebecca hatte den freundlichen alten Herren mit seiner buschigen Gesichtsbehaarung über den Augen und dem Mund ins Herz geschlossen. Sie freute sich jeden Tag auf sein herzliches Lachen, das ihm selbst der größte Stress nicht zu nehmen vermochte. Der Zigarrenduft, der ihn umgab, kündigte ihn schon von weitem an und versprach ein paar aufbauende Worte.

Rebecca war überzeugt, dass seine Freundlichkeit

eine Menge zu ihrer raschen Genesung beitrug.

„Er ist ein ausgesprochen kompetenter Arzt.", sagte die grauhaarige Dame vom Nebenbett in gutem Deutsch, nachdem Dr. Georgiou mit seinem Gefolge das Krankenzimmer verlassen hatte.

Rebecca pflichtete ihr bei. Voller Elan schlug sie die Bettdecke beiseite, stand auf und schlurfte zu ihrem Lieblingsplatz, dem Fenster. Wie üblich beugte sie sich weit vor, um dem Leben in der Stadt zuzusehen. Es war eine neue, fremdartige Welt, die sich ihr präsentierte – so viel lebendiger, als die Welt, die sie kannte. Rebecca gefiel, was sie sah. Aber seit ihrem Badeunfall gefiel ihr ohnehin alles, was sie umgab. Sie liebte die Sonne und ihre leuchtende Wärme, die Frische des Morgens, den Abend mit seinen Farben während der Dämmerung, die Nacht, mit ihrer mystischen Stimmung und den funkelnden Sternen. Die vielen verschiedenen Düfte nach Kräutern und Essen, die durch das Fenster strömten, sprachen ihre Sinne an. Sie war neugierig darauf. Ebenso auf die Einheimischen, die so lebhaft miteinander sprachen und dabei wild gestikulierten, egal, ob sie sich inmitten der Straße oder beim Telefonieren befanden. Sie konnte es kaum erwarten, Kretas Schönheit zu erkunden.

Irgendetwas hatte sich in ihr verändert. Sie vermochte nicht, es zu deuten - nur fühlen.

„Dr. Georgiou hat Ihnen geholfen gesund zu

werden.", erklärte die nette alte Dame auf ihrem Zimmer, als hätte sie Rebeccas Gedanken gelesen. Sie lächelte wissend. „Aber diese Veränderung, die Sie in sich spüren,", sie hob erklärend den Zeigefinger und fuhr in einem verschwörerischen Ton fort „das kommt vom Ertrinken. Sie haben den Tod gesehen. Das löst immer etwas in einem aus."

Rebecca zuckte bei den Worten zusammen. Sie hatte längst die Brisanz verdrängt, dass sie wahrhaftig im Meer dem Tod näher gewesen war, als dem Leben.

Ihre Zimmergenossin bemerkte dies und besänftigte: „Sie haben es ja überstanden. Es ist alles gut. Sie leben."

„Ja, ich hatte einen Schutzengel."

Die Frau nickte und präzisierte: „Der Schutzengel hat sie aus dem Wasser gezogen, aber das Schicksal hat ihn gesandt."

Sie stand auf, zog ihren samtenen Morgenmantel an und ging auf Rebecca zu. Es war ihr nicht entgangen, dass das junge Mädchen die Botschaft nicht einordnen konnte. Darum legte sie sanft die Hand auf ihren Arm: „Ich wollte damit nur sagen, dass es das Schicksal gut mit Ihnen meint. Es ist ein Zeichen. Sie sollen leben. Aber machen Sie sich nicht zu viele Gedanken, Kind! Ich habe Sie nicht mit meinen Überlegungen verwirren wollen. Werden Sie schnell gesund und genießen Sie Ihr Leben! Alles andere ist unwichtig." Mit diesen Worten schlurfte sie zur Tür, drehte sich noch einmal um und sagte: „Aber vergessen Sie nicht, dass Sie beschenkt wurden! Und zwar mit einem neuen Leben. Das ist eine Botschaft."

Rebecca nickte nachdenklich und wandte sich wieder dem Treiben jenseits des Fensters zu.

Die alte Dame hatte ihrem Empfinden einen Namen gegeben. Das neue Leben fühlte sich wunderbar an – wie ein Geschenk. Es war so harmonisch und voller Glücksgefühle. Jeder Augenblick, jede Begebenheit und jeder Geruch war verbunden mit Emotionen. Alles war intensiver, runder sozusagen. Sie hatte den Eindruck, dass das, was sie zuvor als selbstverständlich genommen hatte, nur eine 2-D Version ihres Lebens war, während sie jetzt in einer 3-D Version lebte.

25 Jahre hatte sie auf Äußerlichkeiten, wie Statussymbole gesetzt und geglaubt, nur damit ließe sich sorgenfrei leben. Natürlich strebte Rebecca weiterhin nach Sicherheit und Schönheit, aber sie fand sich nun auch ohne viel Make-up und Schmuck attraktiv. Vor allem war sie jetzt neugierig auf ihr neues Ich. Denn der unglaubliche Lebenshunger, den sie plötzlich spürte, warf eine Frage auf: Hatte sie je wirklich gelebt?

Franziska ahnte nichts von den emotionalen Veränderungen ihrer Schwester. Sie versuchte krampfhaft, ihr schlechtes Gewissen zu kompensieren. Sie fühlte sich schuldig an dem Badeunfall, der Rebecca beinahe das Leben gekostet hätte.

Jeden Tag hatte sie Stunden im Krankenhaus verbracht und beobachtet, wie Rebecca zu ihrer alten Stärke gelangte. Manchmal hatte sie geglaubt, an ihrer bisher so verzogenen Schwester eine charakterliche Veränderung zu erkennen. Es gab Tage, an denen sie sich ohne Schminke auf den Gängen des Krankenhauses bewegte. Ihr Lächeln war entspannter – ehrlicher, die Augen größer und interessierter und den Kopf trug sie nicht mehr arrogant erhoben, sondern erkundend.

Der Familie hatte Franziska nichts erzählt – kein Wort über den Beinahe-Tod ihrer kleinen Schwester verloren. Ihre Eltern wären womöglich in Ohnmacht gefallen und ihr Bruder hätte Rebecca überredet zurück nach Deutschland zu kommen. Sie hörte ihn förmlich, wie er sie verantwortlich machte: „Du kennst die Strömungen, aber Becky nicht. Wie konntest du sie nur alleine lassen, in diesen fremden Gewässern? Du musst doch auf sie aufpassen, du bist ihre ältere Schwester."

Franziska konnte auf solcherlei Vorwürfe verzichten – sie machte sich selbst mehr als genug davon. Erst, als der Tag der Entlassung kam, war sie in der Lage aufzuatmen.

Sie lenkte den Pick-up in die Auffahrt des

Krankenhauses und sah Rebecca neben dem Eingang warten. Franziska hielt den Wagen direkt vor ihr. Sofort nahm diese ihren Koffer und hievte ihn auf die Ladefläche. Als sie die Beifahrertür öffnete, sah sie in das erstaunte Augenpaar ihrer Schwester. Rebecca stieg ein und sah sie besorgt an: „Geht es dir nicht gut?"

Franziska schüttelte nur stumm den Kopf, startete den Wagen und fuhr in Richtung Agia Galini. Sie fragte sich, was es damit auf sich hatte, dass ihre verwöhnte kleine Schwester sich zum ersten Mal dazu herabgelassen hatte, ihren Koffer selbst aufzuladen. Es musste wahrlich eine tiefer greifende Wandlung stattgefunden haben.

Rebecca drehte an der Kurbel für das Fenster. Sie wollte der Insel nah sein, wollte sie sich vertraut machen und sich keinen Duft mehr entgehen lassen. Es roch nach Blumen, würzigen Kräutern, nach warmer Erde, Süden und Mittelmeer – eine Kombination, die romantisches Flair verbreitete. Es rief das schöne Gesicht in Rebeccas Erinnerung, das sie immer wieder in Gedanken vor sich sah. Fast jede Nacht hatte sie von diesem Adonis mit dem Muttermal unter dem linken Auge geträumt. Würde sie ihn doch nur einmal im wahren Leben kennenlernen! Die Vorstellung, dass es ihn wirklich geben könnte, zauberte ein Lächeln auf ihre Lippen. Heute genoss sie die Fahrt nach Agia Galini. Dennis'

Betrug war nicht mehr vordergründig, hatte an Wichtigkeit verloren. Im Moment war ihr ihre Ehe sogar egal.

Die Insel wirkte durch die steigenden Temperaturen wesentlich einladender. Sie nahm die Hänge mit den Oliven- und Zitrusbäumen wahr. Zypressen, Kakteen und Palmen vervollständigten den mediterranen Eindruck. Kleine Ortschaften aus weißen Häusern verschafften sich auf Hügelkuppen einen perfekten Ausblick. Rebecca gestand sich ein, dass der Anblick etwas Malerisches hatte. Sie sah dem Ziel heute wesentlich optimistischer entgegen, als auf der Fahrt vom Flughafen nach Agia Galini. Außerdem wusste sie nun, was sie erwartete. Die Ortschaft, Franziskas Haus und ihr zukünftiger Arbeitsplatz waren keine Unbekannten mehr. Ein vielversprechender Zauber lag in der Luft.

„Zur Feier des Tages gehen wir heute Abend zum Essen. Hoffentlich hast du genügend Hunger."

Rebecca nickte und antwortete sparsam mit einem: „Ja". Sie dachte an den Tag nach dem Badeunfall. Entfesselt, durch einen minutenlangen Weinkrampf, hatte sich die Flut an neuen Emotionen bahngebrochen. Die Schwestern, die sie liebevoll trösteten, gaben ihr das Versprechen, Stillschweigen darüber zu bewahren, behielten ihre labile Patientin trotzdem vorsorglich im Auge. Doch die Tage vergingen ohne weitere Gefühlsausbrüche. Nur das

Glück schien fühlbarer geworden zu sein.

Allein das Wissen um ihre Rettung vor dem Tod, schenkte ihr das Empfinden von wohliger Geborgenheit. Selbst wenn sie die alten Gewohnheiten und Einstellungen bisher nicht gänzlich abgelegt hatte, so war für Rebecca das Leben keine Selbstverständlichkeit mehr. Es war vergänglich und kostbar.

Der Tod hatte die Hand nach ihr ausgestreckt. Er verhandelte nicht oder wartete, bis sie alt und grau war – er war allgegenwärtig und allzeit bereit.

Sowohl das Leben, als auch der Tod waren völlig neue Größen in Rebeccas Erfahrungsschatz.

Franziska wollte den Abend früh einläuten. Das gemeinsame Essen, sollte ihrer Schutzbefohlenen nicht zu schwer im Magen liegen, damit sie ihre erste Nacht in ihrem Haus gut schlief.

Die Taverne am Hafen war gut besucht.

In Deutschland hatten die Osterferien begonnen, was dafür sorgte, dass die Gassen, Cafés und Tavernen mit Menschen gefüllt waren.

„Kalos irsate!", hieß Antonis die Schwestern über die Köpfe der Speisenden hinweg willkommen. „Dein Mann wartet schon.", fügte er auf Griechisch hinzu und deutete auf den Tisch, den das Ehepaar für gewöhnlich für sich reservierte. Dort saß Lefteris vor zwei Karaffen eisgekühlter Getränke und winkte heftig.

Gefolgt von einigen Augenpaaren zwängten sich die beiden Frauen durch Tische und Stühle. Es hatte sich in Agia Galini herumgesprochen, dass die beinahe Ertrunkene Franziskas Schwester war und heute bei Antonis bewundert werden konnte. Es gab keinen freien Platz mehr. Auch die Blicke der ahnungslosen Touristen folgten den beiden, aber nur, um die Schönheit Rebeccas zur Kenntnis zu nehmen. Ihr blondes langes Haar hatte seinen vollen Glanz zurück, während ihre großen blauen Augen heute noch leuchtender und offener strahlten, als sonst. Ihre Wangen waren vor Aufregung leicht gerötet und verliehen ihr einen Hauch von Naivität. Eine lebendige Fröhlichkeit lag in ihrer Erscheinung.

Franziskas und Lefteris' Stammplatz befand sich an der Fensterfront. Franziska liebte es, dort zu sitzen und den heimkehrenden Fischern zuzusehen. Doch heute hatte sie nur Augen für ihren Schützling.

„Ich fühle mich wohl, Franzi, lass es gut sein!", sagte Rebecca entnervt, als sie beim Weglegen der Speisekarte abermals den besorgten Blick ihrer Schwester wahrnahm.

„Du kannst heute deinen zweiten Geburtstag feiern." Lefteris schenkte den gekühlten Weißwein ein, um eine Diskussion zwischen den beiden zu unterbinden. Feierlich erhob er das Glas: „Auf dich Rebecca und dass wir dich unversehrt zurückhaben."

In diesem Moment kam Antonis, der Inhaber der Taverne höchstpersönlich an den Tisch. Er deutete auf Rebecca: „Ist das deine Schwester?", fragte er Franziska auf Griechisch. „Ist sie das Mädchen, das fast ertrunken wäre?"

Franziska nickte. Sofort drückte er der knapp dem Tode Entronnenen die Hand und überschüttete sie mit griechischen Glückwünschen. Lefteris und Franziska versuchten die Lawine an Worten so korrekt und schnell, wie möglich zu übersetzen.

Völlig überfordert flogen Rebeccas Blicke von Jorgos zu Franziska und zu Lefteris. Als seine Frau Panajota samt Personal aus der Küche anrollte, um die lokale Prominenz zu bewundern, erstarrte Rebecca.

Die füllige Köchin wischte hektisch ihre Hände an dem über ihrer Schulter hängenden Geschirrtuch ab und streckte ihr ihre kleinen Finger entgegen. Höflich schüttelte Rebecca ihre Hand. In diesem Moment riss Panajota die schmächtige Person schwungvoll auf die Beine und drückte sie wie eine Puppe an ihre Brust.

Irritiert bemühte sich das Opfer, die Umarmung zu lösen. Sie fühlte sich erdrückt von so viel Herzlichkeit. Vorsichtig entwand sich Rebecca den großen Oberarmen und lächelte dabei entschuldigend.

Panajota tupfte sich mit dem Geschirrtuch die Tränen von den Wangen und ließ einen Schwall an griechischen Worten auf Rebecca herabregnen.

„Du bist ein Glückskind, sagt sie.", übersetzte

Lefteris schnell, damit ihm keine ihrer Sätze entging. „Es ist eine große Ehre für sie und ihre Familie, dass du heute in ihre kleine Taverne kommst.", fuhr er fort. „Iss so viel du kannst – du bist heute ihr Gast."

Noch während ihrer Rede tischte der jugendliche Sohn Oliven, Fetakäse, Tsatsiki und Weißbrot auf. Dann begann die Fragestunde.

Widerstrebend beschrieb Rebecca jedes Detail des Unglückstages. Die Umstehenden verlangten Einzelheiten.

Ihre Schwester und Lefteris dolmetschten.

Immer mehr Interessierte fanden sich ein, um das Wunder von Agia Galini persönlich kennenzulernen. Rebecca fühlte sich zunehmend bedrängt. Es musste sich schon das halbe Dorf bei ihr vorgestellt haben und es war kein Ende abzusehen.

Sie hielt es nicht mehr aus. „Es tut mir leid.", sagte sie mehrfach, entschuldigte sich und flüchtete vor die Tür. Sie wollte nicht mehr an ihren Todeskampf denken. Sie strebte danach, sich an ihrem Glück zu leben zu erfreuen und zu sehen, was ihr jeder einzelne Tag zu bieten hatte. Das Heute und das Morgen waren ihr wichtig – nicht das Gestern.

Mit dem ersten Schritt, den sie vor die Tür setzte, atmete sie auf. Um Abstand zu gewinnen, schlenderte sie ein paar Schritte weiter zum Hafen.

Fischkutter in verschiedenen Größen schaukelten fest vertäut an den Pollern. Ihre Arglosigkeit strahlte etwas Beruhigendes aus. Rebecca fühlte sich sofort besser. Sie überlegte, ob eines der Boote ihrem Lebensretter gehörte. Gerne hätte sie sich bei ihm persönlich bedankt, doch Franziska war es bisher nicht gelungen, ihn ausfindig zu machen.

Entspannt flanierte sie die Hafenmole entlang und genoss die Abendluft.

Die Dämmerung setzte ein. Am intensiv leuchtenden Blau des Himmels erkannte Rebecca, dass die sogenannte Blaue Stunde einsetzte – die Stunde der Fotografen, wie ihr Dominik vor einigen Jahren erklärt hatte.

Er hatte sich eine neue Spiegelreflexkamera zugelegt und mit jedem neu angelesenen Wissen geprahlt. Rebecca war sein Model gewesen. Als stolzer Bruder hatte er es geliebt, sie und ihre Schönheit in Szene zu setzen – bis er seine heutige Frau Julia kennenlernte. Sie hatte Rebecca unsanft von ihrem Thron gestoßen. Eine Verletzung, die sie ihr und Dominik lange nicht vergeben hatte. Erst das Versprechen auf ein Leben in Luxus mit einem Mann, der sie auf Händen trug und mit Juwelen behängte, tröstete sie über die Enttäuschung hinweg.

Rebecca wandte sich wieder der Taverne zu und verfolgte aus sicherer Entfernung das Geschehen.

Noch immer standen ihre Schwester und Lefteris den Einheimischen Rede und Antwort. Aus den

Mienen und Gesten schloss sie, dass es dabei weiterhin um sie ging.

Die Lichter der Laternen leuchteten auf.

Rebecca drehte eine weitere Runde entlang des Ufers und sah noch einmal zur Fensterfront. Könnte sie es wagen, wieder hineinzugehen? Da starrte ihr ein entsetztes Augenpaar entgegen. Es gehörte ihrer Schwester. Was jagte ihr so einen Schrecken ein? Verwundert sah sich Rebecca um.

Ein großer Schatten bewegte sich auf sie zu. Er gehörte einer stämmigen Person, die irgendetwas Schweres in den Händen hielt. Rebecca erschauderte und blieb stehen. Sie versuchte zu erkennen, was der Mann vorhatte.

„Hallo Rebecca!" Er kannte ihren Namen. Seine Stimme klang vertraut – angenehm vertraut.

Ihr angsterfüllter Blick löste sich von den vermeintlichen Mordwaffen in seiner Hand und wanderte hinauf zum Gesicht des Fremden. Das Licht einer Laterne fiel auf sein Antlitz, aus dem sie große kastanienbraune Augen anblickten.

Rebecca verschlug es die Sprache. Ungläubig versuchte sie zu erfassen, was sie für einen romantischen Wunschtraum gehalten hatte.

„Hallo!", wiederholte der Mann. Er existierte. Das wunderschöne Gesicht war real.

„Hallo?", sagte sie fragend, überwältigt von dem Moment.

Seine großen Augen mit dem Muttermal trafen sie mitten ins Herz. Sie sahen sie durch lange schwarze Wimpern an und ließen die Zeit stehen bleiben. Rebecca verlor sich in seinem Blick und spürte eine Nähe, die sie sprachlos machte.

Der Fremde stellte die Geräte auf den Boden, die sich als Sauerstoff-Flaschen entpuppten, und streckte ihr die Hand entgegen: „Ich bin Nikos."

„Das freut mich.", hörte sie sich sagen, während sie ihm ihre Hand gab.

Ihre Augen verschlangen seine attraktive Erscheinung. Sein Gesicht war makellos, wie die Figur. Er war groß und durchtrainiert.

Alle Gesetze der Physik schienen außer Kraft gesetzt. Die Erde stand still und die Schwerkraft entließ Rebecca in höhere Sphären.

Sein Blick erweckte in ihr Gefühle, die ihr gänzlich unbekannt waren. Sie sahen tief in ihre Seele. Sie fühlte sich nackt und ungeschützt. Es lag eine Ernsthaftigkeit in seinen Augen, die von einer gewissen Härte durchdrungen waren. War es die Gefahr, die sie an ihm faszinierte?

Wie in Trance hob Rebecca ihre andere Hand, begehrte das Muttermal unter seinem linken Auge zu berühren – kam gerade noch zu sich, um sich stattdessen selbst eine Strähne hinter das Ohr zu streichen. Diese geheimnisvolle Vertrautheit erwischte sie zu unvermittelt, um sich dagegen mit distanzierter

Kühle zu wappnen.

„Es freut mich, dich wiederzusehen." Seine raue Stimme löste in ihrem Bauch ein unbekanntes, aber angenehmes Kribbeln aus.

„Kennen wir uns denn?", fragte sie verunsichert. Es war klar, dass sie das Gesicht nicht nur aus ihren Träumen kannte – dass sie ihn in der Tat gesehen haben musste – aber wann und wo?

„Du erinnerst dich nicht mehr, weil du kaum bei Bewusstsein warst. Vor circa zwei Wochen habe ich dich aus dem Meer gezogen."

Rebecca trat einen Schritt zurück: „Du warst das?"

Nikos nickte.

„Dann habe ich *dir* mein Leben zu verdanken.", hauchte sie dankbar.

Vor diesem Mann vergaß sie das Gehabe der unterkühlten arroganten High Society Lady – es war ihr ohnehin schon fremd geworden. Sie lachte gelöst: „Endlich hab ich dich gefunden. Du bist mein Lebensretter!"

„Na ja.", schmunzelte er. „Die Ärzte im Krankenhaus haben schon auch etwas dazu beigetragen."

„Ohne dich, hätten die Ärzte keine Chance gehabt, mich gesund zu machen. Du bist mein Retter!" Rebeccas Augen strahlten glücklich. „Warum hast du mich nie besucht?", schoss ihr plötzlich die brennende Neugier aus dem Mund. Im nächsten Augenblick hätte sie ihre Frage am liebsten zurückgezogen. Sie sollte ihm dankbar sein und nicht auch noch Vorwürfe machen.

„Ich …", begann er stockend. „Es ist so …" Nikos wollte Franziskas Bitte, sich von ihrer Schwester fernzuhalten, nicht erwähnen. „Touristen!", antwortete er schließlich. „Es sind so viele Anfragen für Tauchkurse, da hab ich einfach keine Zeit gefunden."

„Tauchkurse?"

„Ja." Er deutete auf die Sauerstoff-Flaschen neben sich: „Biete mit einem Kumpel Kurse, Tauchgänge und Küstenrundfahrten an. Wobei Manolis der Taucher ist und ich das Boot steuere."

„Das klingt großartig." Rebecca fand die Vorstellung, von einem Boots-Kapitän gerettet worden zu sein, ungemein erotisch. Sie wäre gerne einmal mitgefahren, aber sie traute sich noch nicht hinaus aufs Meer. Abgesehen davon, wollte sie sich nicht aufdrängen. Wäre er an ihr interessiert, hätte er sie im Krankenhaus besucht. Und dann war da ja noch ihr Ehemann.

Nikos Augen wanderten über ihr Gesicht.

Rebecca glaubte, eine gewisse Zärtlichkeit in seinem Blick zu lesen. Die harten Züge wirkten auf einmal weicher.

„Becky!", tönte es plötzlich schrill von der Taverne und unterbrach die Magie. Franziska stand an der Tür und winkte so eindringlich, dass Rebecca glaubte, sie müsse jeden Moment vom Boden abheben.

Lachend deutete sie auf Nikos: „Sieh doch! Ich hab ihn gefunden. Das ist mein Lebensretter." Und als sie den Mund öffnete, um den Namen hinzuzufügen, rief ihre Schwester schon: „Jia sou, Niko!"

„Du kennst ihn?", hakte Rebecca verwundert nach. Ihre Schwester hatte ihr im Krankenhaus beteuert, dass sie nicht wüsste, wer sie aus dem Meer gefischt hatte, sich aber bemühen wollte, den Namen herauszufinden.

„Jia sou, Franziska!", erwiderte Nikos und fügte an Rebecca gewandt hinzu: „Das ist ein kleiner Ort. Hier kennt jeder jeden." Er bezweckte, den angespannten Moment zu entschärfen. Doch seine Worte erreichten das Gegenteil.

Nun war sich Rebecca sicher, dass ihre Schwester sie angeflunkert hatte: „Aber du hast doch …."

„Das erkläre ich dir beim Essen." Franziska winkte erneut: „Komm jetzt, bitte! Wir sollten endlich bestellen, sonst gibt es nichts mehr." Diese Begründung war zwar unlogisch – in griechischen Tavernen gab es immer genug zu essen – aber eine andere Ausrede fiel ihr auf die Schnelle nicht ein.

Rebecca sah die Ungeduld im Gesicht ihrer Schwester und wusste, wie unausstehlich sie in solchen Momenten war. Also folgte sie der Aufforderung. Entschuldigend lächelte sie: „Dann geh ich mal besser." Innerlich hoffte sie, von ihrem attraktiven Helden zurückgehalten oder zumindest um ein Rendezvous gebeten zu werden, aber er nickte nur verständnisvoll, hob grüßend seine Hand und wandte sich wieder den Sauerstoff-Flaschen zu.

Enttäuscht ging sie zurück zur Taverne.

Franziska hielt noch inne und fixierte Nikos mit zusammengekniffenen Augen. Wehe, er sah ihrer Schwester hinterher! Sie war kein Freiwild und würde niemals eine weitere Kerbe in dessen Bettpfosten werden.

Kapitel 6

„Hast du überhaupt zugehört?" Franziska stupste ihre Schwester an, deren Blick sich verträumt übers Meer verlor.

Rebecca reagierte nicht.

Die gestrige Begegnung mit Nikos beschäftigte sie. Der Moment hatte sie überwältigt. Mit purer Logik versuchte sie, die Sinnlichkeit dieses Augenblicks zu begreifen.

„Es ist wichtig, dass du weißt, wie man einen Frappé mixt. In Griechenland ist das essentiell." Die unschuldigen babyblauen Augen - die schon im Sandkasten die Herzen ihrer Spielkameraden zum Schmelzen gebracht hatten, egal, wie viele Förmchen sie enteignete - sahen sie verständnislos an. Dann schien sie sich zu besinnen und nickte: „Du hast Recht, entschuldige." Ihre Stimme klang ungekünstelt.

„Ist schon okay, Becky, das wird wieder." Franziska strich ihr verständnisvoll über den Arm. Sie glaubte, ihr hing noch immer der schreckliche Badeunfall nach. Oder holte sie der Schmerz über Dennis' Verrat hier und heute ein? „Das schaffst du schon." Sie ahnte nicht den wahren Grund ihrer geistigen Abwesenheit.

„Sicher.", antwortete Rebecca schulterzuckend. „Warum nicht? Ist ja nur Kaffee."

Erneut vermittelte sie die Botschaft, dass sie nicht zugehört hatte. „Eben nicht!", rief Franziska ärgerlich und schlug entnervt mit der Hand auf die Arbeitsoberfläche aus Edelstahl. „Es ist nicht nur Kaffee. Pass jetzt auf, damit du mal den Unterschied zwischen Kaffee und Frappé erkennst!"

Noch einmal führte sie sie durch die kleine rund geformte Strandbar, holte die Zutaten aus den Schränken unter dem Tresen hervor und mixte. Zuletzt standen die verschiedenen Geschmacksversionen eines Frappés auf der Theke, von pur, über mittel, bis süß mit Milch.

„Das ist kinderleicht.", beantwortete Rebecca den fragenden Blick Franziskas. Erleichtert schüttete diese die Frappés bis auf zwei in die Spüle und stieß mit ihrer Schwester an. Würde es doch kein totaler Reinfall mit ihr werden? Zeichnete sich hier ein zarter Schimmer der Hoffnung am finsteren Horizont der Verzweiflung ab?

Etwas enthusiastischer zeigte sie ihr die restlichen Utensilien und deren Gebrauch, in der Hoffnung, sie möge ihre Aufgabe ernst genug nehmen und aufmerksamer zuhören.

Die kleine Bar war ein Alleinstellungsmerkmal für ihr Hotel in dieser Bucht. Lefteris hatte sie mit seinen männlichen Familienangehörigen in großer Anstrengung und mit viel Herzblut auf die Felsen gebaut, die unter Wasser im Meer vor dem Strand lagen. Das durfte nicht umsonst gewesen sein.

Franziska liebte das *Onirá Gliká*. Der Bereich um die Theke war dem Bug eines Schiffes nachempfunden, das bereit war, in See zu stechen – so, wie die süßen Träume und Wünsche, die an ihr hafteten. Alte Fischernetze zierten das Geländer, das die Bar begrenzte. Die Theke selbst saß wie eine Kajüte in der Mitte des angedeuteten Schiffes. Ein Hauch von Abenteuer umgab die kleine künstliche Halbinsel. Von Wellen umspült, schien sie bereit, aufs offene Meer hinausgetragen zu werden.

Dort zu sitzen und im Meer die Fische zu beobachten, die zwischen den Felsen nach Nahrung suchten, war über die Wintermonate zu Franziskas und Lefteris' Lieblingsbeschäftigung geworden. Auf einer Decke mit einer kleinen Brotzeit und heißem Bergkräutertee waren sie oft stundenlang dort gesessen und hatten alles besprochen, was sie erfreute oder belastete. Die Bar war zu ihrer Zuflucht geworden, wenn der Alltag drohte, die Harmonie zwischen den beiden zu zerstören.

Franziska öffnete jede Schranktür unterhalb des Tresens: „Hier findest du Säfte und Gläser und dort …", sie deutete auf die pyramidenartige Anordnung der Alkoholika in der Mitte der Bar, „sind die Zutaten für Cocktails, Longdrinks und härtere Getränke. Von Rum über Cognac bis Whisky - siehst du ja alles hier aufgebaut."

„Klar." Rebecca versuchte mal wieder, die E-Mails auf ihrem Handy abzurufen. Sie musste sich ablenken. Ihre Gedanken waren gerade gemeinsam mit Nikos in See gestochen und steckten auf seinem Boot in einer erotischen Schnulze fest, die ihren Puls gefährlich hochfuhr.

„Preise stehen auf der Karte. Es ist nicht nötig, sie auswendig zu lernen."

„Natürlich.", antwortete sie unkonzentriert.

„Nur die Zubereitung der Cocktails, die solltest du schon lernen."

„Sicher."

„Dann fang am besten jetzt gleich an."

„Ja."

„Wunderbar."

„Was?"

„Ich wusste, dass du wieder nicht zugehört hast." Franziska wischte sich schnaufend ihre widerspenstigen Locken aus dem Gesicht, die der Wind verhöhnend wieder zurückblies: „Du ruinierst mich, wenn du mir mit deiner Gleichgültigkeit die Gäste vertreibst."

„Sei doch nicht so verkrampft! Ich mach das schon."

„Wie denn, wenn du keine Ahnung hast?"

„Du hast es mir doch gezeigt. Ich habe alles verstanden." Rebecca puderte ihre zarte Stupsnase mit einem kleinen Schwämmchen und betrachtete prüfend im Spiegel des Puderdöschens ihr Konterfei. Nur noch etwas Lippenstift. Man wusste ja nie, wann sich Nikos hierher verirrte. Apropos: „Warum hast du mir eigentlich verschwiegen, dass du meinen Lebensretter kennst."

„Das habe ich doch selbst erst erfahren, als wir beim Essen waren."

„Wie ist das möglich, wo ihr euch doch schon länger kennt?"

„Wie kommst du darauf?"

„Weiß nicht. Dann erzähl doch mal, wie lange ihr euch kennt!"

„Keine Ahnung. Vermutlich, seit ich verheiratet bin."

„Aber das ist ein kleiner Ort und du bist schon vorher jahrelang als Touristin nach Kreta gekommen." Sie war sich sicher, dass ihre Schwester ihr nicht die Wahrheit sagte. Sie verstand nur nicht warum.

„Ach, da war ich immer nur für ein paar Wochen hier. Da lernst du die Menschen nur flüchtig kennen."

„Soso."

Franziska versuchte mit Ungeduld abzulenken. Sie schnaufte demonstrativ: „Können wir uns bitte wieder deiner zukünftigen Arbeit zuwenden?"

Rebecca überlegte, wie sie ihrer Schwester die Wahrheit entlocken könnte, bis diese ihr drohte: „Wehe, wenn ich die Strandbar wieder schließen muss, nur weil du den Gästen nicht servieren kannst, was sie bestellen!" Sie hob mahnend ihren rechten Zeigefinger, während sie ihre linke Hand resolut in die Hüfte stemmte: „Wenn du das hier in den Sand setzt …"

Rebecca brach in schallendes Gelächter aus.

„Was ist so lustig?", knurrte Franziska.

„In den Sand setzen, Franzi …". Rebecca deutete mit dem Finger auf den Strand: „Deine Bar ist …", sie hielt sich an ihrer Schwester fest, „… sie ist doch zum Teil schon in den Sand gesetzt" Ihr Lachen wurde immer lauter und schriller.

Franziska schlug ihre Hände über dem Kopf zusammen: „Was hab ich nur getan, um das zu verdienen?" Sie beschloss, die Flucht anzutreten. Trotzig marschierte sie über den kurzen Steg zum Strand, der sich begann mit Touristen zu füllen.

„Ist Ihre Bar nun eröffnet?", fragte eine ältere Dame im leichten Sommerkleid freundlich, deren Strohhut sie nicht vor einem Sonnenbrand bewahrt hatte.

Franziska überlegte. Eigentlich wollte sie erst morgen eröffnen, um ihre Schwester besser vorzubereiten. Doch die hörte sowieso nicht zu. Außerdem wäre es eine kleine Lektion, die sie ihrer Schwester verpassen könnte. Also, warum nicht? Und wenn das Schicksal wollte, dass sie mit der Bar unterging, war sie in diesem Moment gewillt dem Übel in die Augen zu sehen. Hauptsache, Rebecca bekam ihre Lektion.

Sie nickte: „Selbstverständlich! Gehen Sie nur hinein!"

Mit rötlich leuchtendem Gesicht marschierte die Dame über den Steg, direkt in ihr Unglück – wie Franziska glaubte.

Um einen günstigen Ausblick auf das Geschehen zu bekommen, nahm sie sich einen der Liegestühle, die zum Hotel gehörten, und setzte sich hinein. Das Schauspiel wollte sie sich nicht entgehen lassen. Die Füße ausgestreckt in der Sonne, beobachtete sie, wie sich die Kundin an die Theke setzte und mit Rebecca ein Gespräch begann.

Es dauerte nicht lange, bis die beiden gemeinsam lachten. Offensichtlich verstanden sie sich hervorragend miteinander. Die neue Barkeeperin beugte sich kurz unter den Tresen, hantierte etwas herum und stellte der Kundin ein gefülltes Glas an den Platz, das auffallend nach Frappé aussah.

Franziska setzte sich gespannt auf. Würde sich die Frau nun beschweren, dass man ihr das Falsche serviert hatte, oder gar etwas Untrinkbares? Dann würde ihrer Schwester in diesen Minuten das Lachen vergehen. Sie kniff ihre Augen zusammen, um genauer zu beobachten. Wie ein Katastrophentourist gierte sie nach dem großen Krach.

Die Dame nippte an ihrem Getränk, stellte es wieder auf die Theke und … unterhielt sich fröhlich weiter mit Rebecca.

Beinahe enttäuscht überlegte Franziska, ob die Kundin zum ersten Mal einen Frappé probierte und gar nicht wusste, wie ein korrekt gemixter schmeckte.

Ein älterer Herr mit Schlapphut erschien und zielte direkt in Richtung Bar. Rebecca begrüßte ihn herzlich, nahm seine Bestellung auf und stellte ihm ein Bier mit einer passenden Portion Schaum an den Platz. Alles blieb friedlich. Rebecca integrierte ihn sogar geschickt in die Unterhaltung mit der Frau. Natürlich, Rebecca war die Königin des Smalltalks. Täglich geübt und praktiziert in den dekadenten Kreisen der High Society, war es zu ihrem zweiten Ich erwachsen. Ein Pluspunkt.

Franziska überlegte, ob sie ihre Schwester verkannt hatte oder das böse Erwachen noch folgte.

Zwei Jugendliche, die sie aus dem Ort kannte, warfen ihre Handtücher in den Sand, unterhielten sich nebenbei und wurden plötzlich auf die geöffnete Bar aufmerksam. Interessiert schlurften sie durch den Sand darauf zu. Zwei Griechen, die genau wussten, wie ihr Frappé zu schmecken hatte. Sie lümmelten sich auf die Hocker, lehnten sich cool mit ihren Rücken gegen die Bar und gaben ihre Wünsche lässig über die Schulter an Rebecca weiter.

Franziska wurde nervös, denn gerade eben stellte ihre neue Angestellte zwei Frappés auf die Theke.

Als ihnen die zauberhafte Barkeeperin ihre

Bestellung servierte, drehten sich die Jugendlichen um und bekamen auf einmal verträumte Augen. Schmachtend auf Rebecca konzentriert tasteten ihre Hände blind über die Bar zu ihren Gläsern. Sie tranken wie hypnotisiert. Wahrscheinlich könnte der Frappé mit Chili gewürzt sein und sie merkten es in ihrem Liebestaumel nicht einmal. Damit könnte Franziska leben. Doch die Kunden, die keine Verehrer waren, würden genau wissen, was sie tranken.

Nun, da ihre Wut über Rebeccas Unaufmerksamkeit abgekühlt war, drängte sich wieder die Sorge um das *Onirá Gliká* in den Vordergrund. Sie erhob sich aus der Liege und marschierte von Neugier erfüllt zur Bar.

Mit ein paar verstohlenen Blicken auf die Gesichter und Getränke der Kundschaft, nahm sie sich einen Barhocker und setzte sich.

„Jia sou, Franziska", rief einer der Jugendlichen fröhlich, woraufhin sich der andere umdrehte und ebenso grüßte.

Die Angesprochene nickte freundlich und deutete auf deren Gläser, „Íne kalá?", fragte sie kurz und wunderte sich über die Antworten. Geradezu schwärmerisch lobten sie ihre Frappés als die besten, die sie je getrunken hätten, und sparten nicht mit Komplimenten für die neue Barkeeperin.

„Dann will ich auch einen!", rief Franziska Rebecca hoffnungsvoll zu. Akustisch versuchte sie zu ergründen, ob ihre Schwester hinter der Säule den Mixer bediente, aber die Wellen, das Lachen der Kinder am Strand und das Stimmengewirr der Gäste in der Bar, überdeckten etwaige Mixgeräusche.

„Bitte schön!" Rebecca stellte ihr ein Glas mit aufgewirbeltem braunen Inhalt und etwa zwei Zentimeter hohem weißen Schaum vor die Nase.

Im ersten Bruchteil der Sekunde schlug Franziskas Herz höher. Der Frappé besaß Schaum. Im nächsten Bruchteil plumpste ihr das Herz in die Hose. Der Instantkaffee war nicht gemixt, sondern nur umgerührt, hatte sich nicht einmal aufgelöst. Der Schaum konnte demnach gar nicht aus dem Mischen entstanden sein. Franziska probierte. Sie schnitt eine Grimasse. Es war Sprühsahne aus der Dose.

Sofort sprang sie von ihrem Hocker, eilte hinter die Bar und griff sich die Frappés der jungen Griechen, die in ein Gespräch mit hinzugekommenen Freunden vertieft waren. Sie schüttete den Inhalt in den Ausguss und zauberte rasch zwei neue.

Rebecca war indes mit ihrem Handy beschäftigt. Sie bekam gar nicht mit, wie ihre Schwester in großer Eile ihren Ruf rettete.

Entweder waren die beiden Einheimischen so verblendet von Rebeccas Charme, dass sie nicht merkten, wie katastrophal ihre Frappés schmeckten oder sie logen, um die attraktive Barkeeperin nicht zu kränken.

Franziska nickte der Dame, die zuerst ihr Getränk erhalten hatte freundlich zu und warf einen flüchtigen Blick auf ihr Glas. Zu ihrer Erleichterung war es schwarzer Johannisbeersaft. Eine Bestellung, die nicht im Ausguss landete.

Kopfschüttelnd kam sie auf ihre Schwester zu und zog sie auf eine Seite, an der noch kein Gast saß: „Du hast es verbockt, Becky. Du hast richtig Mist gebaut."

„Was?", rief Rebecca entsetzt. Ihre Augen drückten wieder diese unschuldige Verletzlichkeit aus, mit der sie jeden entwaffnete. Doch heute ging es um Franziskas Existenz: „Deine Frappés sind Katastrophen. Du …"

„Aber nein", empörte sich Rebecca und deutete auf die jungen Griechen: „Den beiden hat er geschmeckt, sie haben gesagt …"

„Vergiss die beiden", herrschte Franziska sie an. „Die würden alles sagen, um dir zu schmeicheln."

Rebecca lächelte zufrieden, obwohl ihre Schwester im Begriff war, sie in der Luft zu zerreißen.

„Hör auf zu grinsen, verdammt!" Franziskas Kopf glühte vor Wut: „Du begreifst offenbar nicht, worum es hier geht. Das hier …", sie schweifte mit ihrem Arm vom Hotel zur Bar: „… das ist Lefteris' und mein Leben, unsere Existenz und du …", sie suchte nach den passenden Worten: „Du machst Urlaub. Für dich ist das ein Spiel, ein Zeitvertreib."

„Franzi, was hast du denn? Ich tu doch alles, was

du …"

„Nein, eben nicht! Du rührst Instantkaffee in Wasser und servierst die Brühe als Frappé, obwohl ich dir genau gezeigt habe, wie es gemacht wird." Sie deutete auf die Überreste der Sahne in der Spüle: „Und was soll das hier bitte schön? Wie kommst du auf so etwas?"

„Das ist der Schaum, von dem du ständig …"

„Der Schaum entwickelt sich durch das Mixen!"

„Ach so."

„Warum *Ach so*? Ist das etwa neu für dich?"

Rebecca fühlte sich in die Ecke gedrängt. Wann immer jemand in diesem Ton mit ihr sprach, pflegte sie den Gegner mit ihrem unschuldigen Augenaufschlag, einem flirtenden Zwinkern oder einem Küsschen auf die Wange Schach-matt zu setzen. Im Notfall half ihr verletzter Hundeblick. Ihrer Schwester stand sie nun ratlos gegenüber. Sie hatte Recht, das wusste Rebecca genau.

„Es ist keine zwei Stunden her, da habe ich dir mehrmals gezeigt und erklärt, wie du was zu tun hast, und du meintest nur, es sei ja so kinderleicht."

Rebecca wagte die Flucht nach vorne: „Du hast Recht! Entschuldige!"

Franziska stockte. Hatte ihre selbstgefällige Schwester einen Fehler eingestanden?

Rebecca entging der überraschte Gesichtsausdruck nicht und glaubte wieder eine Tür geöffnet zu haben.

„Ich werde mir ab sofort mehr Mühe geben", gelobte sie feierlich. Der neue Weg, den sie mit dem Schuldeingeständnis beschritt, gefiel ihr. Ein Hauch von Heldentum umwaberte ihn. Und dann war da dieses neuartige Zwicken in der Magengegend. Es lag im Bereich des Möglichen, dass es sich hierbei um ein schlechtes Gewissen handelte. Rebecca gefiel es nicht. Aber es gehörte wohl zu ihrem neuen Ich.

Franziska wollte sich bezüglich ihrer Schwester keinen Illusionen hingeben. Andererseits liebte sie sie zu sehr, um ihr die Arbeit zu kündigen, wie sie es bei jedem Fremden getan hätte. „Hier!" Sie hielt ihr ein Glas vor die Nase: „Zeig mir, wie du einen Frappé mixt. Sobald dir ein Schnitzer unterläuft, schreite ich ein."

Gehorsam nahm Rebecca das Glas und ließ sich auf eine erneute Lektion ein.

Den restlichen Nachmittag blieb Franziska an ihrer Seite, schritt ein, wenn Rebecca drohte einen Fehler zu machen und staunte über ihre schnelle Auffassungsgabe. Sie hatte es ja immer gewusst – sie war weder dumm noch unbeholfen - sie war bisher schlicht zu bequem und arrogant gewesen, um einen Finger zu viel zu rühren.

Franziska ertappte sich hin und wieder dabei, die Zeit mit Rebecca zu genießen. Inzwischen gab sie sich tatsächlich Mühe, hatte ihr Handy ausgeschaltet und den Anweisungen aufmerksam gelauscht. Ihre

Frappés waren trinkbar – nur die Bestellungen in griechischer Sprache verstand sie noch nicht. Aber Franziska war zuversichtlich, dass sie die auch noch lernen würde.

Selbst Rebecca war zufrieden. Die Beschäftigung bewirkte etwas Positives in ihr. Sie tat ihr gut. Es war eine neue Erfahrung. Außerdem gefiel es ihr, im Mittelpunkt zu stehen. Sie unterhielt sich mit den Gästen, die um sie herum saßen, kümmerte sich um die Bestellungen und machte Menschen miteinander bekannt. Da war der einsame ältere Herr, dem sie die Dame mit dem Strohhut vorstellte, die nun beabsichtigten sämtliche Ausflüge gemeinsam zu unternehmen. Oder die Frau, die den ganzen Tag hinter ihrem Buch versteckt gewesen war. Sie hatte in einem anderen Gast eine Gesprächspartnerin gefunden, mit der sie über das Leben philosophierte.

Diese kleinen Erfolge beflügelten sie in ihrem neuen Lebensgefühl. Sie vermittelten ihr ein Wohlbefinden, das mit nichts vergleichbar war. Doch Nikos kam ihr trotz Ablenkung immer wieder in den Sinn. Diese Gedanken waren mit heftigem Herzklopfen verbunden. Das Aufblitzen seines ebenmäßigen Gesichts, die tiefgründigen Augen mit dem Muttermal und die große kräftige Statur drängten sich mit einer Macht in ihre Erinnerung, die sie nicht unterbinden konnte. Es war ein wohltuendes Gefühl gewesen, seine kräftige Hand zu halten –

selbst, wenn es nur für einen kurzen Augenblick war. In dieser Sekunde hatte sie ihm gegenüber eine Nähe und Verbundenheit verspürt, die ihr aus bisherigen Beziehungen fremd waren. Selbst Dennis hatte auf sie noch nie diese Wirkung gehabt. Hatte sie ihn je geliebt? Oder lag ein Zauber über der Insel, der sie ihrer Sinne beraubte?

Rebecca hatte heute viel gelernt. Nicht nur, wie man Frappés mixte, auch dass sie mit ihrer Schwester ein gutes Team darstellte. Außerdem hatte sie festgestellt, dass diese Arbeit ein unterhaltsamerer Zeitvertreib war, als die Maniküre bei Jaqueline oder der Friseurtermin bei Giovanni.

Franziska hatte ihr gezeigt, wie man Menschen bediente, ohne seine Würde zu verlieren. Es war eine neue Welt – überraschenderweise keine unangenehme.

Am nächsten Morgen servierte Franziska ihr das reichhaltigste Frühstück, das ihr einfiel. Von einem Früchtemüsli, bis zu Rühreiern mit Speck, ließ sie nichts aus.

„Hast du das ganze Dorf eingeladen?", fragte Lefteris neckend. „Für wie viele Leute ist das alles?"

„Gewöhne dich nicht daran!", lachte Franziska beim Anblick seines überraschten Gesichts. „Das ist ein Spezialfrühstück für meine kleine Schwester."

„Diese schlanke zarte Person im Gästezimmer?

Wohin soll sie denn das ganze Essen packen? Oder hast du noch andere Schwestern, von denen ich nichts weiß?"

„Ich will ihr nur eine Auswahl bieten. Sie hat sich an ihrem ersten Arbeitstag tapfer geschlagen." Franziska wischte die Krümel vom Brotschneiden von der Arbeitsfläche: „Ich weiß nicht, was sie morgens zu sich nimmt. Sie ist ja nur das Beste gewöhnt."

„Dann erwartet sie sicher Kaviar."

„Nein, ich bin nicht anspruchsvoll", tönte es von der Tür des Gästezimmers. „Eine Schale mit frischen Blaubeeren, etwas Magerquark, Chiasamen, Leinöl und Honig genügen völlig."

Überrascht sah das Paar zur Tür, in dessen Rahmen Rebecca fertig gestylt lehnte und ihnen zu zwinkerte. „Aber ich bestehe nicht auf Chiasamen", fügte sie gespielt großmütig hinzu.

In einem Versuch, locker zu wirken, hatte sie für heute statt eines ihrer Markenkleider, eine luftig legere Dreiviertelhose gewählt, weiße Stoffschuhe und ein leichtes Top in Blau. Das Ensemble wirkte dennoch modisch und teuer, war aber für die Arbeit in der Strandbar angemessen.

„Guten Morgen, fleißige Arbeiterin!", begrüßte Franziska ihre Schwester herzlich und bot ihr an, Platz zu nehmen. „Ich hoffe, du hast gut geschlafen, nach deinem anstrengenden Tag!"

„Wie ein Baby.", bestätigte Rebecca und folgte der

Aufforderung.

Ihr leicht gewelltes Haar, um das Franziska sie schon immer beneidete, war heute zu einem praktischen Zopf nach hinten gebunden. Aber selbst der änderte nichts an Rebeccas stilvollem Auftritt. Ihre Schönheit, der erhobene Kopf und die eleganten Bewegungen, die sie seit ihrer frühen Jugend verinnerlicht hatte, ließen selbst einen Kartoffelsack schick an ihr aussehen. Rebeccas Bemühen, eine manierliche Barkeeperin zu werden, hatte Franziskas Haltung ihr gegenüber erweicht. Sie war nicht mehr so hart in ihrem Urteil. Offensichtlich hatte ihre kleine eitle Schwester mehr zu bieten, als nur Selbstgefälligkeit.

„Hier in der Schale sind Früchte und daneben steht griechischer Joghurt. Seine Konsistenz ist cremiger als jeder Quark und besitzt genug Eiweiß." Sie platzierte ein großes Glas mit goldbraunem Inhalt auf dem Tisch: „Und das ist der berühmte kretische Thymianhonig. Er kommt direkt aus unseren Bergen."

Nachdem Rebecca sie noch immer erwartungsvoll ansah, fiel ihr ein: „Ach so, Leinöl haben wir nicht, aber ich kann dir das beste Olivenöl anbieten, das die Welt gesehen hat."

Rebecca betrachtete das Angebot unschlüssig, entschied sich sodann für eine Mischung aus Äpfeln und Trauben, mit Joghurt und Honig.

„Heute Nachmittag kommen wieder neue Gäste fürs Hotel an", erzählte Franziska und schenkte ihrer Schwester Kaffee ein. Sie stellte ihr Milch, Zucker und Süßstoff parat. „Das heißt, dass ich dir nicht in der Bar helfen kann. Aber ich glaube, du schaffst das schon allein, oder?"

Rebecca nickte. Sie dachte nicht im Traum daran, den überraschenden Genuss in ihrem Mund schneller herunterzuschlucken, nur um zu antworten. Sie konnte kaum glauben, wie köstlich die Mischung schmeckte. Der Honig besaß keine aufdringliche Süße. Er harmonierte perfekt mit den frischen saftigen Früchten, ohne deren Geschmack zu dominieren.

„Vergiss nicht, dass du um zwölf Uhr die Bar öffnest!", mahnte Franziska mit erhobenen Augenbrauen.

„Hmmm." Rebecca nickte nur. Es war zu früh, um sich Gedanken über die Mittagszeit zu machen. In diesem Moment gab es nur Rebecca, den Joghurt, den Honig und die köstlichen Früchte. Sie schloss ihre Augen, um die Gaumenfreude intensiver zu erleben.

„Dir schmeckt unser kretisches Essen, ja?" Lefteris klopfte seiner Schwägerin erfreut auf die Schulter. Die riss erschrocken ihre Augen auf, verschluckte sich im selben Augenblick und hustete, bis Franziskas Klopfen auf ihren Rücken ein Atmen wieder ermöglichte.

„Oh!", jammerte sie mitgenommen. „Tu' das nicht

noch einmal!" Sie drohte Lefteris mit dem Löffel.

Er hob ergeben seine Hände. Doch sein schelmisches Grinsen konnte er sich nicht verbeißen.

Rebecca tupfte sich ihre tränenden Augen: „Jetzt ist mein Make-up ruiniert."

Noch etwas hüstelnd raffte sie sich auf und verschwand in ihrem Zimmer.

Franziska verpasste ihrem Mann einen leichten Klaps auf den Hinterkopf, der mehr von einem zärtlichen Streicheln hatte: „Vertreib mir ja nicht meine Barkeeperin! Sie muss den ganzen Sommer hier aushalten und die Saison hat gerade erst angefangen."

Lefteris zog seine Frau zu sich auf den Schoss: „Na sowas! Hast du etwa deine Einstellung gegenüber deiner Schwester geändert?"

Franziska schlang ihre Arme um seinen Hals: „Im Moment ist es nur ein Verdacht, aber ich würde gerne erleben, dass er sich bestätigt. Es wäre denkbar, dass ich sie unterschätzt habe."

„Ernsthaft?", alberte Lefteris. „Meine strenge und gewissenhafte Frau hat sich geirrt?"

„Man wird sehen.", zwinkerte sie, gab ihm einen Kuss und machte sich an die Arbeit, die Reste des Frühstücks vom Tisch zu räumen, die von ihrem Mann und ihr beansprucht worden waren.

„Dann hat Nikos auch eine zweite Chance verdient. Auch er vermag sich zu ändern."

Es läutete. Dankbar, sich vor einer Antwort

116

drücken zu können, ging Franziska zur Haustür.

Kapitel 7

„Wo ist sie?" Dennis nutzte den Moment der Überraschung und stürmte an seiner Schwägerin vorbei in die Küche, wo sich Rebecca wieder an den Tisch setzte.

Franziska versuchte, sich ihm entgegenzustellen.

Er drängte sie beiseite, ohne zumindest eine gewisse Form zu wahren.

Plötzlich stand sie vor ihm - Rebecca. Sie war aufgestanden, um ihrer Schwester zur Hilfe zu eilen.

In seinem feinen weißen Anzug wirkte er auf sie fremd und deplatziert.

Lefteris hielt Dennis am Arm fest: „Bleib friedlich oder ich schmeiß dich aus meinem Haus!"

Der schnaufte kurz, nickte aber und entzog sich mit einem Ruck dem Griff seines Schwagers.

„Ist schon okay, Lefteri. Ich rede mit ihm", sagte Rebecca bemüht ruhig.

Franziska winkte ihrem Mann, ihr aus der Küche zu folgen und rief im Gehen über die Schulter: „Falls du uns brauchst - wir sind nebenan."

„Danke." Rebecca drehte sich zu Dennis: „Was ist denn das für ein Auftritt?"

„Zuerst erklärst du mir, was du hier machst! Du haust einfach ab. Ist das etwa deine Art von Rache? Ich hoffe, du bist jetzt fertig mit dem Theater. Verdammt, Rebecca, es wird Zeit, dass du endlich vernünftig wirst!" Dennis' Stimme hatte nichts mehr von dem in München um Vergebung flehenden Ehemann.

Rebecca schnaufte kurz genervt auf, schüttelte den Kopf und setzte sich wieder an den Tisch. „Beruhige dich, dann können wir reden!"

Er stützte sich vor seiner Frau auf den Küchentisch - wie ein Polizist im Verhörraum vor dem Verdächtigen. „Heute Abend fliegst du mit mir zurück nach Deutschland!"

„Wie gesagt: Wenn du mit mir sprechen möchtest, dann bitte in einem anderen Ton!", erwiderte Rebecca scharf. Sie stieß mit dem Fuß gegen einen Stuhl: „Und jetzt setz dich erst einmal hin und entspann dich!"

Dennis überging ihre Forderung: „Ich kann nicht glauben, dass du nach Kreta abgehauen bist." Seine Stimme überschlug sich vor Fassungslosigkeit. Er marschierte zum Fenster und warf einen flüchtigen Blick hinaus, ohne bewusst den Strand oder das Meer wahrzunehmen. „Das muss ich erst einmal verdauen. Da kann ich nicht so tun, als wäre ich bei einem Kaffeekränzchen."

„Ach!" Rebecca lehnte sich zurück und zog verächtlich ihre Mundwinkel hinunter: „Aber Befehle geben – das kannst du in jeder Lebenslage."

Wütend fuhr er herum: „Ich will meine Frau zurück. Das ist doch nicht zu viel verlangt. Immerhin versteckst du dich auf einer Insel. Was ist denn nur in dich gefahren?"

„In mich ist gar nichts gefahren." Rebecca behielt ihre kühle Distanz, wie eine Herrscherin: „Aber es ist gar nicht lange her, da bist du in Yvonne gefahren." Rebeccas Augen wurden schmal: „Wie geht es unserer Freundin eigentlich so? Ist sie immer noch so unansehnlich? Du kennst ihren Körper besser als ich." Der Hieb saß. Die Erinnerung an seinen Betrug machte ihn wieder etwas kleinlaut. „Was weiß denn ich?" Dennis atmete tief durch: „Hab sie seither nicht mehr gesehen. Interessiert mich auch nicht." Er nahm sich einen Stuhl und setzte sich nun doch. „Jeden Tag bin ich zu deinen Eltern gefahren, um mit dir zu sprechen. Nicht ein einziges Mal hat man mir aufgemacht." Er tippte auf die Tischplatte, als stünden dort seine Worte für sie zum Nachlesen: „Das war entwürdigend. Wie einen Idioten hat man mich vor der Türe stehen lassen."

„Schrecklich!", alberte Rebecca.

Dennis schlug ungehalten auf den Tisch: „Jawohl! Das ist schrecklich, wenn man Tag für Tag hofft, endlich seine Frau zu Gesicht zu bekommen, um diese blöde Sache aus der Welt zu schaffen, und stattdessen nur ignoriert wird."

„Mit der blöden Sache meinst du dein Rendezvous mit anschließendem Bettgeflüster."

„Und du bist nach Kreta abgehauen, ohne mir etwas zu sagen."

„Glaubst du ernsthaft, dass ich dir noch Rechenschaft schulde?"

„Solange du meine Ehefrau bist – ja."

„Du hast nicht das Gefühl, dass dein Fehler schwerwiegend und verletzend genug war, um mich scheiden zu lassen?"

„Natürlich weiß ich, wie schrecklich das für dich war, und ich werde mein Bestes geben, um dir zu beweisen, wie sehr ich dich liebe. Aber deswegen muss man sich doch nicht scheiden lassen."

„Dann hast du nichts verstanden." Rebecca schüttelte ungläubig den Kopf: „So einfach ist das nicht. Du irrst dich, wenn du glaubst, ich komme zu dir zurück und ganz nebenbei vertraue ich dir wieder und unsere Ehe ist wie neu. So läuft das nicht."

„Warum denn nicht?" Er nahm ihre Hände und hielt sie fest in seinen: „Komm wieder mit mir nach Hause, mein Schatz! Ich werde dir jeden Tag beweisen, wie sehr ich dich liebe. Du wirst es nicht bereuen." Sein Blick wirkte auf einmal verletzlich, beinahe unschuldig.

Rebecca entzog ihm ihre Hände mit einer Selbstverständlichkeit, die sie selbst überraschte: „Es tut mir leid, Dennis, aber ich kann nicht."

„Herr Gott, hast du es mir denn mit deiner Flucht nach Kreta nicht schon genug heimgezahlt?"

„Was?" Rebecca sah ihn entgeistert an.

„Wann sind wir denn endlich quitt?"

„Es geht doch nicht ums Heimzahlen oder miteinander quitt sein – es geht um Betrug und Verrat."

„Ach was! Das war ein dummer kleiner Seitensprung."

„Und wieder beweist du, dass du nichts begriffen hast."

„Natürlich hab ich begriffen."

„Aber?"

„Aber das hatte keine Bedeutung."

„Dann hättest du es dir besser verkniffen."

„Herr Gott, lass es doch endlich gut sein, Becky!" Verzweiflung mischte sich in seine Ungeduld. Die Ausreden waren zu armselig, um Rebecca von der Harmlosigkeit des Betrugs zu überzeugen. Keines seiner Worte ließ sie gelten.

Sachlich fasste Dennis noch einmal zusammen: „Ich habe Mist gebaut. Das weiß ich. Aber es geschah aus Dummheit. Da waren keinerlei Gefühle im Spiel. Ich wünschte, ich könnte es ungeschehen machen. Aber das kann ich nicht. Ich kann dir nur immer wieder beteuern, wie unendlich leid mir das alles tut." Er blinzelte vorsichtig, um zu ergründen, ob er endlich erhört wurde. Doch Rebeccas kühles Wesen wirkte auf ihn wie das einer Eiskönigin. Entsetzt verfolgte er, wie sie aufstand und zur Tür schritt. Sie legte ihre Hand auf die Klinke und drehte sich um: „Du hast es mir mehrfach erklärt. Aber es ändert nichts an meinen

Gefühlen. Was du getan hast, kann ich nicht abschütteln. Flieg nach Hause! Ich brauche Abstand von allem, was vorgefallen ist – besonders von dir. Und jetzt wünsche ich dir einen angenehmen Heimflug."

Dennis erschrak: „Was soll das heißen? Das war's? Du gibst mir keine Chance mehr? Bedeutet es nichts, dass ich dir nach Kreta hinterher gereist bin?"

„Ich weiß nicht einmal, ob ich dich noch liebe Dennis. Ich brauche Zeit. Das musst du doch verstehen. Das ist doch kein Spiel, bei dem der eine für den anderen etwas macht und dann ist sofort alles vergeben und vergessen. So repariert man kein verlorenes Vertrauen."

Er sprang auf und eilte zu ihr: „Ich weiß doch, dass das kein Spiel ist. Becky, du bekommst alles, was du erträumst. Aber …" Er packte sie an den Armen und drehte sie zu sich: „Du darfst nicht aufhören, mich zu lieben! Komm mit mir zurück nach München! Bitte! Ich brauch dich. Außerdem vermissen dich alle. Jeder fragt nach dir."

„Wer?"

„Na, zum Beispiel meine Eltern."

„Sie haben Interesse am Verbleib ihrer *geldgierigen* Schwiegertochter?"

Dennis rollte entnervt die Augen: „Sie haben dich längst als die Frau an meiner Seite akzeptiert."

„Aber das Wort *vermissen,* ist wohl etwas

übertrieben." Rebecca versuchte, sich aus seinem Griff zu winden, doch Dennis war entschlossen: „Liebling, bitte glaub mir, dass ich nur dich liebe! Du bist mein Leben. So darf es nicht enden! Wir gehören doch zusammen." Schnell umfasste er ihren Körper und presste ihn an sich: „Das ist doch alles nicht deine Welt hier. Ich verstehe, dass du mir damit etwas heimzahlen willst, aber jetzt flehe ich dich an, wieder mit nach Hause zu kommen. Ich habe mir Urlaub genommen. Mein Vater ist für mich in der Firma eingesprungen. Wir können sofort nach New York zum Shoppen fliegen oder nach Nizza zum Flanieren über die Promenade oder wir machen Badeurlaub auf den Seychellen, ganz egal. Wir werden wieder gemeinsam glücklich sein." Sein Gesicht vergrub sich in ihrem Nacken. „Ich liebe dich so sehr." Rebecca spürte seine Küsse auf ihrem Hals. Sie versuchte sich der Begierde ihres Mannes zu entziehen, doch je mehr sie sich wehrte, desto fester umschlangen sie seine Arme: „Du gehörst zu mir, Becky.", hauchte er mit zitternder Stimme. „Du bist meine Frau. Ich will dich – jetzt, sofort."

„Nein.", sagte Rebecca laut und stemmte ihre Arme gegen seine Brust: „Hör auf, Dennis!" Seine Lippen beknabberten ihr Ohr, küssten ihre Wangen und suchten nach ihrem Mund.

Seine Nähe wurde ihr unerträglich. „Nein", schrie sie ungehalten. „Hör auf, hab ich gesagt." Mit aller

Gewalt stieß sie ihn von sich und starrte ihn wütend an: „Glaubst du etwa, du kannst mich mit Sex zurückgewinnen?"

Fassungslos, dass ihn Rebecca wirklich zurückgestoßen hatte, wich er zurück. Noch nie hatte sie seinen Avancen widerstanden. Es war immer das wirksamste Mittel gewesen, Streitigkeiten endgültig vom Tisch zu fegen. Jetzt hatte er wirklich alles versucht. Seine Machtlosigkeit entfesselte Panik in ihm. Fieberhaft überlegte er. Was sollte – oder was konnte er noch tun, um sie zu halten? Er durfte sie auf keinen Fall verlieren. Rebecca war doch seine große Liebe, die schönste Frau, die er je kennengelernt hatte.

„Ich a-r-b-e-i-t-e hier auf Kreta. Ich habe nicht die Zeit, mir noch weiter deine Erklärungen anzuhören, die uns offensichtlich nicht im Geringsten weiterhelfen." Rebecca genoss es, den Spieß umzudrehen. Zu oft hatte sie sich von ihm in der Vergangenheit angehört, dass er zu beschäftigt sei, sich mit ihren unwichtigen Nöten auseinanderzusetzen. Seine Tätigkeit betrachtete er als essentiell – Rebeccas nur als reinen Zeitvertreib.

Nachdem sie sich seinen verdutzten Gesichtsausdruck in ihr Gedächtnis eingebrannt hatte, schloss sie triumphierend lächelnd die Tür hinter sich.

Dennis' Erscheinen auf Kreta war ihr eine Genugtuung, aber noch erfüllender empfand sie die

Tatsache, ihn überrascht zu haben. Er hatte geglaubt, sie ganz einfach zurückerobern zu können. Das war zu Anfang zwar auch ihre Meinung gewesen. Doch inzwischen hatte sie Spaß auf Kreta. Das Arbeiten war gar nicht so unerträglich, sogar recht amüsant. Zum ersten Mal hatte sie den Eindruck, gebraucht zu werden. Sie tat Gutes, indem sie für ihre Schwester in der Bar arbeitete und ihr mit Freundlichkeit und Fleiß einen positiven Ruf verschaffte. Das gab ihr eine innere Zufriedenheit, die ihr bisher kein teures Geschenk hatte bieten können.

Und dann war da dieser Nikos, der mehr Macht über ihre Emotionen hatte, als sie selbst. Es war beängstigend. Doch die Neugier auf das Unbekannte, verursachte ein aufregendes Kribbeln. Das Leben war wesentlich bunter, als es sich ihr bisher gezeigt hatte. Eine neue Tür hatte sich geöffnet.

Dennis war nicht in der Lage, diese Wandlung nachzuvollziehen, genauso wenig, wie ihr Bedürfnis nach Abstand. Da war sich Rebecca sicher. Er kannte nur Besitz und Macht.

„Es ist noch nicht vorbei, Becky!", schrie Dennis hinter ihr her. Den Stuhl, der ihm im Weg stand, trat er polternd beiseite.

Alarmiert von dem Lärm kam Lefteris in die Küche und packte seinen aufgebrachten Schwager am Arm: „Entweder du beruhigst dich sofort oder du gehst!"

„Schon gut. Bin ganz ruhig". Ergeben erhob Dennis

beide Hände. Bevor er das Haus verließ, wandte er sich an Lefteris: „Hast du in deinem Hotel noch ein Zimmer für mich?"

Der schüttelte den Kopf, woraufhin Dennis verständig nickte: „Das dachte ich mir schon. Ihr wollt mich nicht hier haben. Dann werde ich mir im Ort eine Unterkunft suchen."

„Tut mir leid, mein Freund, aber es ist Ferienzeit. Da ist alles überbucht." - würde er doch nur wieder zurück nach Deutschland fliegen!

Dennis lächelte bitter: „Ach, mach dir mal keine Gedanken, *mein Freund*! Ich finde schon etwas, verlass dich drauf!"

Kapitel 8

Rebecca saß auf einem der Barhocker des *Onirá Gliká* und betrachtete das Meer. Spiegelglatt und friedlich bis zum Horizont lag es vor ihr, offenbarte keinerlei Anzeichen eines gierigen Monsters.

Vor ein paar Wochen hatte es gedroht, sie zu verschlingen. Heute lud es wieder zum Schwimmen ein. Doch Rebecca war nicht so weit. Ihr aussichtsloser Kampf um sicheren Boden und Luft hatte etwas verändert. In den Wellen war sie plötzlich klein und hilflos gewesen, hatte die Kontrolle über ihr Leben verloren. Nicht der wertvollste Diamant hätte sie retten können. Sie wäre gestorben - wäre da nicht dieser Nikos gewesen. Könnte sie ihm nur danken.

Hatte er wirklich keine Zeit gehabt, sie im Krankenhaus zu besuchen? So, wie er sie am Hafen angesehen hatte, hatte sie geglaubt ein gewisses Interesse gesehen zu haben.

Schon seine Gegenwart löste etwas in ihr aus, das sie nicht einzuschätzen wusste. Bisher hatte sie ihre Emotionen gut im Griff gehabt. Sie hatte sogar ihre Macht über die Gefühle anderer genossen und ausgenutzt. Die Manipulation ihrer Umwelt für ihre Zwecke war zu einem Teil ihrer Persönlichkeit geworden. Vor Nikos schien jegliche Kontrolle außer Kraft gesetzt. Zum ersten Mal hatte sie sich selbst wie einen unsicheren Teenie erlebt. Oder hatte ihr

Beinahe-Tod ihre Selbstsicherheit zum Einsturz gebracht und jegliche Selbstbeherrschung vernichtet?

„Hallo, Schwägerin!" Lefteris unterbrach ihre Gedankengänge und nahm sich einen Hocker, um sich zu ihr zu gesellen. „So allein und dazu so nachdenklich." Er stieß sie freundschaftlich mit seinem Ellbogen an: „So kenne ich dich gar nicht."

Rebecca sah sich um und schmunzelte: „Ach, ich habe das Gefühl, ich kenne mich selbst nicht mehr." Sie wandte sich wieder dem Meer zu: „Es ist so viel passiert."

„Ja" Lefteris stützte sich auf die Balustrade. „Du wärst fast ertrunken."

„Ein Fremder hat mir das Leben gerettet."

„Und dein Ehemann versucht dich zurück nach Deutschland zu holen."

„Der mich mit meiner besten Freundin betrogen hat."

„Und jetzt sitzt du auf einer fremden Mittelmeerinsel und arbeitest in einer Strandbar. Dein bisheriges Leben ist ziemlich aus den Fugen geraten."

Rebecca nickte, was Lefteris nicht sah, weil er ebenso über das Meer in die Ferne blickte. Er wollte den Moment nicht zerstören, in dem sie ihm so wahrhaftig erschien. „Und wie geht es dir mit all den Veränderungen?"

„Ich weiß nicht so recht." Sie versuchte, ihre Gefühle zu sortieren, um sie besser auszudrücken: „Es ist, als wäre da unten im Meer etwas mit mir passiert – ganz tief im Inneren, meine ich." Rebecca sah Lefteris nach Worten suchend an: „Es ist, als hätten sich in mir irgendwelche verborgenen Türen geöffnet. Da sind plötzlich überwältigende Gefühle. Ich empfinde ganz anders, viel intensiver. Überall duftet es nach Meer, Erde, Gewürzen – einfach nach Leben. Es ist gewaltig, so berauschend."

„Davon habe ich schon mal gehört. Das kann passieren, wenn man dem Tod so nahe war, wie du."

„So etwas Ähnliches hat meine Zimmergenossin im Krankenhaus auch zu mir gesagt."

„Beunruhigt es dich?"

„Es macht mir ein wenig Angst."

„Warum?"

„Da war diese plötzliche Machtlosigkeit. Ich war dem Meer völlig ausgeliefert. Und jetzt entwickelt sich in mir ein komplett neues und ungewohntes Lebensgefühl. Vorher war ich stärker, gefestigter."

Lefteris schüttelte den Kopf: „Vorher warst du distanziert und – entschuldige meine Ehrlichkeit – furchtbar arrogant."

Rebecca lachte auf: „Ja, da hast du wohl Recht." Sie wurde wieder nachdenklich: „Mein altes Ich hatte aber den Vorteil, nicht so verletzbar zu sein."

„Meine Großmutter hat immer gesagt: *Aus den Tiefen schöpft das Leben*. Das bedeutet: Um das Leben zu spüren, ist es wichtig, dass du dich dafür öffnest.

Du musst es tief in deine Seele lassen – mit all seinen Höhen und Tiefen! Denn nur, wenn du bereit bist, Verletzungen zu ertragen, bist du in der Lage Glück zu empfinden."

„Eine weise Frau. Ich bin gespannt, wohin mich diese neuen Gefühle führen."

„Für den Anfang vielleicht in den Ort." Lefteris hatte das erste Zusammentreffen zwischen Nikos und Rebecca vom Restaurant aus verfolgt und gesehen, wie beeindruckt sie voneinander gewesen waren. Weder bei ihr, noch bei seinem Freund hatte er je zuvor solch eine Reaktion gesehen. Die Kälte in Nikos Augen war für jenen Moment verschwunden. Seine Gesichtszüge hatten ihre Härte verloren. Lefteris war entschlossen, die beiden einander näher zu bringen, egal, wie sehr Franziska dagegen war. Sie tat seinem Freund Unrecht.

„Was meinst du?", fragte Rebecca unkonzentriert, in Gedanken bei Nikos.

„Dort wohnt und arbeitet dein Lebensretter."

Sofort horchte Rebecca auf: „Was ist mit meinem Lebensretter?"

„Er ist kein Fremder. Er ist mein bester Freund."

„Du kennst Nikos näher?"

„Er ist wie ein Bruder und das schon seit fast vier Jahren." Lefteris Stimme war voller Stolz: „Ich schätze ihn sehr."

Rebeccas Herz sprang vor Freude. Gleichzeitig

tauchten ein paar Fragen auf. Warum hatte ihr Franziska das verschwiegen? Sie musste von Anfang an gewusst haben, wer ihr Lebensretter war und es ihr bewusst vorenthalten haben. Was war ihr Problem? Sie konnte doch nicht eifersüchtig sein, immerhin war sie mit Lefteris glücklich verheiratet. Sollte sie sich nicht für ihre betrogene Schwester freuen, die möglicherweise die Chance auf ein neues Glück mit einem anderen Mann hatte? So kannte sie Franziska nicht. Sie - die so verletzend geradeheraus war und dazu stolz auf ihre rückhaltlose Ehrlichkeit – hatte ihr ins Gesicht gelogen.

„Nachdem er mich vor dem Ertrinken gerettet hat, bin ich ihm einiges schuldig." Rebecca lachte vorsichtig, wollte kein offenes Interesse bekunden.

„Ach", winkte Lefteris ab, „das sieht er nicht so. Er ist eher der stille Held im Hintergrund. Protzt nicht gerne. Aber er freut sich natürlich, dass du alles gut überstanden hast. Er fragt öfter nach dir."

Bingo! Dieser Satz verdreifachte Rebeccas Herzschlag. Am liebsten wäre sie jauchzend aufgesprungen und umher getanzt, aber sie bewahrte Haltung: „Würde mich ja gerne bei ihm bedanken. Aber ich habe keine Ahnung, wie ich ihm eine Freude bereiten könnte." Sie schielte hoffnungsvoll in Richtung Lefteris. Sie brauchte dringend einen Tipp.

„Warum besuchst du ihn nicht erst einmal in seiner Tauchschule? Die ist ganz in der Nähe vom Hafen.

Kannst du gar nicht verfehlen."

„Da geh ich aber nicht ohne ein Geschenk hin."

„Was soll er denn mit einem Geschenk?"

„Freuen soll er sich. Ich möchte ihm unbedingt für seinen Einsatz danken."

Lefteris schmunzelte wissend: „Glaub mir, Becky, das ist nicht nötig." Er lehnte sich seitlich gegen das hölzerne Geländer und betrachtete die zarten Züge seiner schönen Schwägerin. Wie konnte er ihr erklären, dass jegliche Ausgaben in Bezug auf Nikos lächerlich waren, jedoch ohne den Grund dafür zu verraten? „Ein Geschenk würde ihn nur beschämen. Das wäre ihm unangenehm. Aber zu sehen, dass die Frau gesund und munter ist, die er gerettet hat – das würde ihn freuen."

Rebecca schwieg. Sie versuchte, aus Lefteris' Worten einen Zwischenton herauszuhören, der ihr sagte, dass sie für Nikos nicht nur die Gerettete war, sondern eine begehrenswerte Frau.

„Vormittags, wenn du frei hast, ist er meistens im Geschäft. Da wirst du ihn sicher antreffen."

„Wen?", unterbrach plötzlich Franziskas bestürzte Stimme die friedliche Unterhaltung. Wobei Lefteris' letzter Satz aussagekräftig genug war, um zu wissen, was das Thema war.

Er drehte sich zu seiner Frau und antwortete kampfbereit: „Ihren Lebensretter."

Franziskas aufkeimende Wut drohte zu

explodieren. Nur die Anwesenheit Rebeccas ermahnte sie zur Selbstkontrolle. Wie konnte er es wagen, die beiden gegen ihre Zustimmung zusammenzuführen? Immerhin ging es hier um ihre Schwester. Das war eine Familienangelegenheit.

Um sich zu beruhigen, zählte sie im Geiste bis drei und atmete einmal kräftig durch. Dann sagte sie bemüht gleichgültig: „Nikos ist viel zu beschäftigt." Sie winkte ab: „Da stehst du nur im Laden und wartest ewig." Sie lachte etwas zu gekünstelt, um Rebecca von ihren Worten zu überzeugen. Im Gegenteil, es wurde immer deutlicher, wie sehr Franziska gegen ein Treffen mit ihm war. Die Frage war, warum? Die ganze Situation war befremdend. Während Lefteris sie in ihrem Wunsch, Nikos zu sehen unterstützte, war ihre Schwester bereit, Rebecca zu belügen, um sie davon abzuhalten. Sie drehte sich um und sah Franziska prüfend an: „Warum hast du mir nicht schon im Krankenhaus gesagt, dass du meinen Lebensretter kennst? Immerhin ist er der beste Freund deines Ehemannes."

Völlig überrumpelt, starrte Franziska erst Lefteris an, der ihr offensichtlich in den Rücken gefallen war und dann Rebecca. Sie öffnete den Mund, ohne etwas zu sagen. Verlegen senkte sie den Kopf und schabte mit dem Fuß über den Boden: „Was? Ach …", stotterte sie. „Also, äh … ganz einfach. Ich hatte so große Angst um dich, da war ich gar nicht mehr imstande klar zu denken. Das war alles zu viel für mich." Trotzig hob sie ihre Schultern: „Was glaubst du denn, wie schwer diese Situation für mich war? Keiner wusste, ob du überlebst. Ich war völlig außer mir, stand kurz vor einem Nervenzusammenbruch." Ihre Stimme wurde immer lauter und hallte vorwurfsvoll nach. „Ich hätte dich beinahe verloren."

Lefteris bekam Mitleid und pflichtete ihr bei: „Sie war wirklich kaum ansprechbar."

Rebeccas Miene blieb ungerührt. Franziska verstand, dass sie ihr kein Wort glaubte und weiter auf eine Erklärung wartete – auf eine ehrliche.

Auch Lefteris war neugierig auf Franziskas Antwort. Er konnte sich die Vehemenz ihres ablehnenden Verhaltens gegenüber Nikos nicht erklären. Schließlich war er sonst immer ein gern gesehener Gast in seinem Haus gewesen.

„Na gut." Franziska verschränkte schützend ihre Arme vor ihrem Brustkorb. „Nikos ist ein toller Kumpel", erklärte sie. „Er ist immer da, wenn man einen guten Freund braucht, und steht einem mit all seinen Möglichkeiten bei." Sie sah fragend zu ihrem Mann, der ihr zufrieden zunickte. Erleichtert fuhr sie fort: „Nikos kennt aber auch seine Wirkung auf Frauen und …", sie holte tief Luft: „… und nutzt sie entsprechend aus. Das bedeutet: Erwarte von ihm keine Gefühle und schon gar keine Beziehung! Er ist hart, wie Stein. Wenn du dich in ihn verliebst, wird er der nächste Mann sein, der dich verletzt. Das ist seine Natur."

Rebeccas Herz sank. „Ach so.", seufzte sie enttäuscht und sackte in sich zusammen. „Dann wolltest du mich also nur vor dem nächsten Hallodri bewahren?"

„Ganz genau!" Franziska war zufrieden. Sie sah, dass ihre beiden Gegenüber ihre Erklärung akzeptierten.

Rebecca schluckte über die Enttäuschung und raffte sich auf. Sie brauchte ein paar Minuten für sich allein. Mit einem gequälten Lächeln deutete sie auf das Wohnhaus: „Ich zieh mir rasch andere Schuhe an, bevor ich die Bar aufmache."

„Schon okay", sagte Franziska und ließ sie ziehen. Gestärkt durch die Akzeptanz ihrer Worte, sprach sie frei von der Seele: „Hauptsache, sie fällt nicht auf diesen Playboy herein. Nikos ist nichts für sie. Frauen liegen ihm scharenweise zu Füßen. Er kann sich aussuchen, welche er für die Nacht will. Zu einer echten Beziehung ist er ohnehin nicht fähig. Das stellt jede Frau früher oder später fest. Kaum ist man in seinem Bett, verliert er das Interesse und dann warf er mich weg."

Lefteris zuckte zusammen: „Was?" Seine Stimme war so leise, dass Franziska sie überhörte und weiter redete: „Wenn er eine Frau erst um den Finger …"

„Was hast du gesagt?", unterbrach er ihren

Redefluss.

Franziska hielt inne. In dem Moment, in dem sie Lefteris fragend ansah, wurde ihr bewusst, was sie von sich gegeben hatte. Ihr war das Thema entglitten, sie hatte sich selbst verraten. Sie wagte es kaum zu atmen, starrte Lefteris nur entsetzt an. Die fröhlichen Stimmen, die vom Strand her tönten und das Lachen und Jauchzen der Kinder, die im Meer planschten, waren wie eine Farce, die den Ernst der Lage verhöhnte.

„Wiederhole, was du gesagt hast!", forderte er heiser.

„Es tut mir leid!", flüsterte Franziska vorsichtig. „Bitte - Lefteri, es war völlig bedeutungslos."

„Was tut dir leid? Was war bedeutungslos?" Seine Augen waren schreckensgeweitet, suchten in ihren nach der Franziska, die er liebte und der er vertraute. Mit wenigen Worten war sie eine Fremde geworden.

„Schatz, alles, was vor dir war, war und ist bedeutungslos."

„Dann sag doch endlich, wovon wir hier reden, verdammt!" Wütend sprang er auf und stellte sich ein paar Meter von ihr entfernt an die Balustrade. Er konnte seine Frau kaum ertragen. „Sprich es aus! Sonst kann ich es nicht glauben."

„Aber es war doch vor deiner Zeit, Lefteri - vor *unserer* Zeit." Franziska flehte um Verständnis: „Damals war ich noch Touristin und kannte dich gar nicht."

„Dann ist es also wahr. Es war nicht nur ein peinlicher Versprecher: Meine Frau und mein bester Freund waren miteinander im Bett." Er fuhr sich mit den Händen durch die Haare: „Unfassbar! Und ich dachte die ganze Zeit, wie blind Rebecca doch gewesen sein muss, dass sie nie den Hauch einer Ahnung von dem Techtelmechtel ihres Ehemannes hatte."

Zu all dem Entsetzen und der Verzweiflung mischte sich Wut: „Fünf Jahre habt ihr mir verschwiegen, dass ihr ein Paar gewesen seid, fünf Jahre."

„Nikos und ich, wir waren doch gar kein Paar. Wir waren gar nichts. Es war nur ein dummer Moment, ein blöder Ausrutscher …"

„Ach, dann war es nur eine Bettgeschichte?" Er lachte bitter: „Welch ein Trost."

Franziska kämpfte gegen die Tränen: „Nicht einmal das." Sie warf ihre Hände hilflos in die Luft: „Es war nach einer Feier in Antonis' Taverne. Anja, mit der ich doch öfter nach Kreta flog, hatte sich in den Kopf gesetzt, dort ihren Geburtstag zu feiern. An diesem Abend haben wir unter anderem auch Nikos kennengelernt."

„Wer weiß von euch beiden?"

„Nur Anja und Nikos, sonst niemand."

„Du hättest es mir erzählen müssen."

„Wozu? Es ist nicht wichtig."

„Warum hast du dann so ein Riesengeheimnis daraus gemacht?", schrie er. Er fühlte sich betrogen. „Das hättest du mir sagen müssen! So etwas verschweigt man nicht!"

Franziskas sah, dass er ebenfalls Tränen in den Augen hatte und senkte ihre Lider. Seine verletzten Gefühle schmerzten. In der Hoffnung, dass er ihre Erklärungsversuche akzeptieren würde, kam sie einen vorsichtigen Schritt auf ihn zu: „Was hätte ich dir denn sagen sollen? Schatz, ich habe vor unserer Beziehung mit deinem besten Freund geschlafen. Ist hoffentlich kein Problem für dich?"

„Das wäre wenigstens ehrlich."

„Nikos war aber schon längst kein Thema mehr. Warum hätte ich ihn erwähnen sollen?"

„Weil er mein bester Freund ist."

Tränen quollen aus Franziskas Augen und liefen ihre Wangen hinab: „Und warum hat er es dir dann nicht gesagt?"

„Weil ihr vermutlich ein Schweigegelübde verabredet habt, korrekt?"

„Wir waren uns nur einig, dass wir einander nichts bedeuten."

„Deine Worte waren: Er warf mich weg." Lefteris Atem beschleunigte sich: „Warum diese Wortwahl, wenn da keinerlei Gefühle im Spiel waren?"

Franziska schüttelte verzweifelt den Kopf und

wandte sich ab. Sie vermied es, ihren Mann anzusehen, während sie sprach: „Weil ich von mir selbst enttäuscht war. One-Night-Stands sind nicht meine Welt. Ich kam mir schmutzig und benutzt vor, eben wie Abfall."

„Dann hast du dir wohl mehr erhofft. Musst ja sehr in ihn verliebt gewesen sein." Lefteris hatte auf Widerspruch gehofft. Das Schweigen seiner Frau trieb ihn zur nächsten Frage: „Hast du Nikos geliebt?"

Franziska sagte auch jetzt nichts. Wie festgefroren stand sie mit dem Rücken zu ihm. Sie konnte ihrem Ehemann nicht gestehen, dass sie seinen besten Freund vergöttert hatte. Wie ein Hund war sie ihm damals nachgelaufen und hatte auf eine Beziehung gehofft.

Lefteris spürte ihre innere Zerrissenheit. Er ging zu ihr, riss sie herum und starrte ihr in das tränenüberströmte Gesicht. Betroffen ließ er sie los. Er hatte sie noch nie weinen gesehen. War er der Grund, der Streit oder die Erinnerung an Nikos? „Bitte antworte mir, Franziska! Hast du ihn geliebt?"

Sie konnte nicht aufhören zu weinen, so sehr sie sich bemühte. Darum schüttelte sie nur den Kopf. Ihre Hand berührte seine Wange. Sie hätte ihm so gerne gesagt, wie sehr sie ihn liebte - dass er es war, der sie glücklich machte. Doch er wich zurück, sah sie mit diesem erschütterten Blick an und eilte davon.

Es gab keinerlei Zweifel. Er war auf dem Weg zu

seinem vermeintlichen Rivalen, um auch ihn zur Rede zu stellen.

Verloren blieb seine Frau zurück. Sie war sich bewusst, Lefteris wäre nicht einmal mit ihr ausgegangen, hätte sie ihm von ihrer kurzen Episode mit Nikos erzählt. Schon am Tag der ersten Begegnung mit ihrem zukünftigen Ehemann, hatten sich ihre Gefühle für Nikos als oberflächliche Liebelei entlarvt. Sie war in sein Aussehen vernarrt gewesen und fasziniert von seiner Unnahbarkeit. Sein Charakter hatte sie gar nicht interessiert.

Mit jeder Sekunde, die sie mit Lefteris verbrachte, war die Vergangenheit unwichtiger geworden, hatte sich ihr ganzes Sein auf diesen einen Mann ausgerichtet. Ihre Liebe und ihre Beziehung waren zu einem Schatz erblüht, hatte sie reifen lassen und ihr die Erkenntnis gebracht, wie unwichtig alles Vorangegangene war.

Sie öffnete die Pendeltüre zum Inneren der Bar, schlurfte zur Spüle und hielt ihr verweintes Gesicht unter den laufenden Wasserstrahl. Dann zog sie ihr Mobiltelefon aus der Tasche und wählte: „Er weiß es", sagte sie schniefend, sobald am anderen Ende abgehoben wurde. „Er ist auf dem Weg zu dir."

„Wer? Wovon redest du?", reagierte Nikos irritiert.

„Lefteris. Er weiß das mit uns. Jetzt hat er vor mit dir darüber zu sprechen."

„Woher weiß er das?"

„Ich habe mich verplappert. Aber das ist jetzt egal. Du sollst nur vorbereitet sein."

„Okay, danke." Er legte auf.

Franziska putzte ihre Nase und holte mehrmals tief Luft. Jetzt war es wichtig, Rebecca zur Rückkehr nach Deutschland zu bewegen. Dabei durfte sie sich nichts anmerken lassen. Sie sollte auf keinen Fall misstrauisch werden, sondern einfach nur Nikos vergessen. Es gäbe nur weiteres böses Blut, würde Rebecca mit diesem Mann ein Paar werden und herausfinden, dass ihre eigene Schwester zuvor mit ihm im Bett gewesen war.

Kapitel 9

Die Fackeln entlang des Weges zum Strand verbreiteten einen Hauch von Abenteuer. Der Wind zerrte an den Flammen, deren Schatten der Fantasie manch einen Streich spielten. Wären da nicht die edel gedeckten Tische des Restaurants mit den funkelnden Kristallgläsern und den wehenden weißen Tischdecken, könnte man glauben, man sei in das Versteck von Schmugglern geraten.

„Nehme einen gemischten Vorspeisenteller", entschied sich Rebecca und klappte die Speisekarte zu.

„Hervorragende Wahl!" Nikos gab dem Kellner beide Karten zurück und orderte auf Griechisch die Wünsche. An Rebecca gerichtet sagte er anerkennend: „Ein gemischter Vorspeisenteller, so bekommt man eine ausgezeichnete Mischung aus allen Köstlichkeiten." Er schenkte ihr ein unwiderstehliches Lächeln: „Sonst nehme ich immer eine Hauptspeise, aber das ist eine interessante Abwechslung."

Sie errötete wie ein Schulmädchen und versuchte abzulenken: „Das ist ein bezauberndes Lokal hier."

„Taverne", berichtigte Nikos augenzwinkernd. „Hier heißt alles Taverne, das kein Kafenion ist."

„Aha!" Rebeccas Wangen glühten vor Aufregung. Es schien ihr unvorstellbar, dass sie wahrhaftig mit ihrem attraktiven Lebensretter allein beim Essen war.

Franziskas Warnung vor ihm hatte sie nahezu verdrängt.

Unvermutet war Nikos am Nachmittag in der Bar aufgetaucht und hatte angekündigt, sie um sieben Uhr an der kleinen Kreuzung abzuholen, die um die Ecke des Hotels und somit außerhalb Franziskas Sichtweite lag. Rebecca, die soeben einem Gast einen perfekt gemischten Frappé kredenzt hatte, war so überrascht, dass sie nur still nickte und ihm mit offenem Mund und großen Augen hinterher sah. Im Nachhinein hatte sie sich über sich selbst geärgert. Es wäre sicher besser gewesen, sich nicht mit ihm zu treffen, sondern mit einer teuren Flasche Cognac oder Whiskey für die Rettung zu bedanken. Wenn er so ein Frauenverführer war, wie Franziska behauptete, würde er ihr das Herz brechen. Dem fühlte sich Rebecca noch nicht gewachsen. Andererseits bereute sie es gewiss, ihn nicht persönlich kennengelernt zu haben, um sich ein eigenes Bild zu machen.

Nun saß er vor ihr – der erste Mann, der ihr Herz zum Rasen brachte, dessen Muttermal sie mehr faszinierte, als Dennis' Körper.

„Es freut mich, dass du heute Abend für mich Zeit hast, obwohl ich dich praktisch überfallen habe." Er warf ihr einen prüfenden Blick zu. „Aber ich wollte sehen, wie es dir nach deinem Krankenhausaufenthalt geht." Rebecca hing an seinen Lippen, während er weitersprach: „Außerdem sollst du ein paar schöne

144

Erinnerungen mit nach Hause nehmen und dazu gehört eben ein Abendessen in meiner Lieblingstaverne."

„Ich habe mich sehr über deine Einladung gefreut", erwiderte Rebecca wahrheitsgemäß, verschwieg ihm jedoch ihre Ängste, von ihm verletzt zu werden. Sie hatte sich vorgenommen, ihn trotz Franziskas Warnungen kennenzulernen. Nun, da sie vor ihm saß, hoffte sie, ihm nicht gnadenlos zu verfallen. Ein unbekanntes Kribbeln bemächtigte sich ihres Körpers. Ihr wurde heiß. Sein Blick schien die verborgensten Winkel ihres Wesens zu erfassen. Keinen Gedanken würde sie vor ihm verbergen können. Doch sie hatte noch ein Anliegen: „Aber die Rechnung übernehme ich heute. Also, wage es ja nicht zu bezahlen! Ich würde mich gerne für deine Rettung erkenntlich zeigen." Sie sah Nikos' Versuch, sich dagegen zu wehren und fuhr hastig fort: „Lefteris war mir auch keine Hilfe. Den hab' ich bereits gefragt, wie ich mich bei dir bedanken könnte."

„Mein Dank ist, dass du gesund bist und heute Abend mit mir hier sitzt. Da die Idee, zum Essen zu gehen von mir kam, bezahle ich." Sein Blick war streng und seine Worte bestimmt. Sie duldeten keinen Widerspruch. Dennoch hörte er ihre Bitte mit Wohlwollen.

„Komm schon, Niko! Wenigstens diese kleine Geste des Dankes musst du mir lassen. Ich werde mich ohnedies nie dafür revanchieren können, dass du mein Leben gerettet hast."

Fasziniert von so viel Leidenschaft betrachtete er ihr Gesicht. Im Licht der Kerze glich sie einer Elfe. Ihr Kinn war fordernd, ihr Blick verletzlich offen. Er setzte es sich als Aufgabe ihr Wesen zu ergründen.

Rebecca bemerkte, wie seine Augen an ihr hafteten. Sein ernster Ausdruck verunsicherte sie. Ohne den sicheren Boden, den ihr ihre Arroganz geboten hatte, fühlte sie sich verloren. Schnell nahm sie einen großen Schluck Wasser. Was war los mit ihr? Sicher leuchtete ihr Gesicht schon knallrot und jeder sah ihre Verlegenheit. Warum hatte sie ihre Gefühle nicht mehr unter Kontrolle? Sie wedelte sich mit der Serviette Luft zu: „Ganz schön heiß heute."

„Wir bekommen manchmal Wind aus der Sahara."

„Oh, dann bilde ich mir das nicht ein?"

Nikos schüttelte lachend den Kopf und beobachtete die grazilen Bewegungen, mit denen Rebecca nervös die Serviette für mehr Stabilität faltete. Ihr azurblaues Kleid mit dem seidenen Schimmer, unterstrich ihre elegante Erscheinung. Der obere Teil schmiegte sich eng um ihre Taille, während der knielange Rock locker um ihre Beine fiel.

Endlich saß sie vor ihm, die Frau, die ihm vor ein paar Wochen in Lefteris' Auto aufgefallen war. Heute störte keine Franziska die Nähe.

Sie hatte ihn aus dem Krankenzimmer verbannt

und ihm verboten mit Rebecca anzubandeln. Nur aus Rücksicht vor ihren Gefühlen hatte er sich ihrem Willen gefügt. Es hatte eine Zeit gegeben, da hatte er seine Prinzipien, jeden Menschen mit Respekt zu behandeln, über Bord geworfen. Franziska war eine der ersten Frauen gewesen, die das zu spüren bekamen. Inzwischen war sein Bedürfnis, Rebecca kennenzulernen größer als sein Schuldgefühl gegenüber Franziska.

„Lefteris hat mir zwar gesagt, dass du Franziskas Schwester bist, aber mehr weiß ich nicht von dir", begann Nikos seine Fragen einzuleiten. „Erzähl doch mal! Warum bist du hier und wie lange hast du vor auf Kreta zu bleiben?" Er schenkte Rebecca ein Glas von dem Wein ein, den der Kellner auf den Tisch gestellt hatte. „Du hast sicher noch nicht alles von der Insel gesehen. Wenn du etwas Zeit für mich hast, würde ich dir gerne ein paar paradiesische Ecken zeigen."

Rebeccas Pulsschlag erhöhte sich bei dem Gedanken mit Nikos ihre freien Stunden zu verbringen. Andächtig hing sie an seinem wohl geformten Mund. Auf einer Seite zog er die Lippe etwas höher als auf der anderen. Eine Sehnsucht nach einem leidenschaftlichen Kuss übermannte sie. Sie war so fasziniert, beinahe hätte sie vergessen zu antworten. „Ach, das wäre großartig", hörte sie sich sagen, ehe sie näher darüber nachdenken konnte. „Ich kenne nur den Flughafen und das Krankenhaus von Heraklion. Na ja, und Agia Galini natürlich." Sie blinzelte unschuldig mit leicht gesenktem Kopf.

Es löste in Nikos den Beschützerinstinkt aus. „Das werden wir ändern. Ich zeige dir die gesamte Insel. Du wirst begeistert sein, außer …", er runzelte die Stirn, „Wie lange hast du überhaupt vor, hierzubleiben?"

„Geplant ist, den ganzen Sommer. Ich arbeite für meine Schwester und Lefteris im *Onirá Gliká*, solange sie mich brauchen. Es kommt nur darauf an …" Sie hielt inne. Fast hätte sie von ihrem Ehemann erzählt, der schon jetzt entschlossen war, sie mit nach Hause zu nehmen.

„Worauf?" Nikos Augen leuchteten interessiert. Die Härte wich. In diesem Moment fiel es ihr schwer, zu glauben, dass Franziska Recht hatte. Er war sicher kein abgebrühter Playboy, für den Frauen nur Gebrauchsgegenstände waren. „Auf meine Fähigkeiten. Ich weiß nicht, ob ich Franzis Ansprüchen genüge", floh sie aus der Bedrängnis. „Wenn es in der Hauptsaison voll wird, versage ich womöglich."

„Da mach dir mal keine Sorgen! Habe schon sehr viel von dir gehört."

Rebecca sah erschrocken auf: „Was hast du gehört?"

„Dass du eine tolle Barkeeperin bist."

Erleichtert atmete sie auf. Er sprach nicht von der Tatsache, dass sie verheiratet war. Es bedeutete ihr ohnehin nichts mehr, war nur noch ein Stempel auf einem Papier.

„Das ist ja gar nicht wahr", stritt Rebecca bescheiden ab. „Mir unterlaufen so viele Fehler, ich verstehe kein Griechisch und so fix, wie Franziska bin ich auch nicht."

„Alles reine Übung. Und die wichtigsten Worte auf Griechisch bringe ich dir schnell bei." Nikos hob sein Glas: „Jiamas! Oder wie man auf Kretas sagt: Eviva! Auf deinen Sommer in Agia Galini!"

Rebecca stieß mit ihm an. Die Stimmung war festlich. Ein Glücksgefühl ergriff sie, das sie seit den Weihnachtsfeiern, während ihrer Kindheit nicht mehr gespürt hatte. Es war mit den Jahren immer mehr vom Streben nach Äußerlichkeiten überlagert worden.

Sie nippte am Wein und überlegte, wie sie Dennis dazu bewegen könnte, so schnell wie möglich wieder abzureisen. Sie begehrte Nikos. Ob die Romanze von Dauer war, würde sich zeigen. Aber sie musste herausfinden, was es mit ihren Gefühlswallungen auf sich hatte. Vielleicht gab es tatsächlich so etwas, wie Schicksal und sie waren für einander bestimmt.

Der Kellner brachte Brot und eine Schale Olivenöl und wünschte: „Káli Órexi!"

„Das bedeutet *Guten Appetit!*", erklärte Nikos.

Rebecca wiederholte lernbegierig: „Káli Órexi!"

Nikos korrigierte die Betonung und Aussprache, die sie so lange trainierte, bis er ausrief: „Perfekt!"

Er reichte seiner Begleitung den Brotkorb: „Nimm dir eine Scheibe, Rebecca und tunke etwas davon in das Öl!" Obwohl sie es als unschicklich empfand, war es ihr nicht möglich, der Forderung zu widerstehen. In seinen Augen flackerte etwas Magisches.

Sie nahm eine Scheibe Brot, riss ein Stück davon ab und tauchte es in die kleine Schale mit dem grünen Öl. Skeptisch schob sie das getränkte Weißbrot in den Mund. Sofort offenbarte sich der fruchtige Geschmack von Oliven, gefolgt von einer angenehmen Würze. Genussvoll schloss Rebecca ihre Augen. Es war, als hätte sie sich in diesem Augenblick mit der Insel verbunden.

„Schmeckst du die Intensität der Oliven, die nur auf Kreta diese weiche runde Vollmundigkeit haben?" Nikos Hände dirigierten keine Musik, sie schwangen mit seinen leidenschaftlichen Worten. „Kretisches Olivenöl trägt die Sonne, die Erde, die Meeresluft, die Musik und die Vitalität der Insel in sich. Du spürst das Temperament und den Herzschlag der Menschen auf der Zunge. Dieses Öl ist Kreta pur." Er sprach mit einer Leidenschaft, die Rebecca faszinierte. Gefesselt hörte sie den Beschreibungen zu und betrachtete seine Gesten. Er hatte das Feuer eines Südländers. Dennoch sprach er ohne Akzent. „Du bist offensichtlich

Grieche, sprichst aber fließend Deutsch. Hast du in Deutschland gelebt?"

Nikos leuchtende Augen verfinsterten sich abrupt. Es schien, als gefiel ihm die Frage nicht. Schnell beeilte sich Rebecca zu sagen: „Entschuldige, wenn ich dir zu neugierig bin. Du musst die Frage nicht beantworten."

„Nein!", wehrte er ab. „Das ist kein Problem." Er ärgerte sich, dass man ihm ansah, wie unangenehm ihm das Thema war. „Meine Mutter ist Griechin und mein Vater Deutsch-Grieche. Ich bin in der Nähe von München aufgewachsen."

„Hey, ich bin aus München."

„Ich weiß."

„Natürlich, du kennst ja meine Schwester, Franziska."

Nikos überlegte, wie er das Thema wechseln konnte. Er beabsichtigte nicht noch mehr über sich preiszugeben. Deshalb war er nach Kreta geflohen – um keine Fragen mehr über seine Vergangenheit zu beantworten und niemandem mehr Rechenschaft ablegen zu müssen. Es war eine Fügung des Schicksals, dass in diesem Moment der Hauptgang serviert wurde und sich das Thema nur noch darauf beschränkte.

Die Atmosphäre lockerte sich. Auch der Wein trug dazu bei. Beider Augen bekamen einen seidenen Glanz. Ihre Stimmen waren mit einem flirtenden

Unterton belegt, der sie um die Wette strahlen ließ.

Die harten Züge um Nikos Mundwinkel waren längst einem entspannten Lächeln gewichen. Er erzählte von den vielen sehenswerten Orten der Insel. „Du hast hier eine Jahrtausende alte Geschichte. Die Minoer besaßen eine friedliche Hochkultur. Man hat sogar Paläste und weitere Orte ihres Wirkens gefunden. Das wird dich faszinieren!" Er öffnete die Hände, als könnte er seiner Begleitung dort zeigen, wovon er sprach: „Dann gibt es die vielen unterschiedlichen Landschaftsbilder. Von kargen Gipfeln, bis zu fruchtbaren Hochebenen findest du alles. Auch die Strände sind auf Kreta vielfältig. Diese Insel ist unerschöpflich."

„Das hört sich spannend an."

„Am besten fahren wir mal vormittags, wenn wir beide nicht arbeiten oder an einem deiner freien Tage."

„Wie läuft denn die Tauchschule? Hast du immer noch so viel Stress?" Rebecca dachte an seine Ausrede, weshalb er sie nicht im Krankenhaus besucht hatte.

„Sie läuft ausgezeichnet. Wenn keine Ferien sind, habe ich immer etwas Luft für Ausflüge. Wobei die Schule mir nur zur Hälfte gehört. Mein Geschäftspartner Manolis ist der Tauchlehrer. Ich steuere das Boot. Aber selbst das ist manchmal nervenaufreibend. Zum Beispiel, wenn die Gruppe überfällig ist und man nicht weiß, warum. Dafür wird man mit einer malerisch schönen Kulisse entschädigt."

Rebecca sah in seinen Augen die Begeisterung, mit der er von der Arbeit sprach. Sie wurde sich bewusst, dass sie dieses Leuchten bisher nur bei Franziska gesehen hatte, wenn sie von dem Hotel berichtete - bei Dennis nie, wo er seine Firma doch angeblich so liebte.

Plötzlich wünschte sie sich ebenfalls eine Tätigkeit, eine Arbeit, die sie erfüllte oder gar bereicherte. Nikos Begeisterung für seinen Job war ansteckend. Er vermochte es, Türen in ihr zu öffnen.

Über dem Abend lag eine Magie: die Meeresbrise, das Leuchten der Fackeln, das köstliche Essen – aber vor allem die zarten Bande, die sich zwischen Nikos und ihr knüpften.

Seine Art, sein Leben zu meistern, beeindruckte sie. Gab es ein Problem, packte er es am Kragen. Da war kein Vater, der dem verwöhnten Sohn sagte, wie er zu denken, und zu handeln hatte.

Nikos bezahlte, bevor Rebecca imstande war, ihren Geldbeutel zu zücken. Er stand auf und reichte ihr die Hand. Sie nahm sie mit Herzklopfen, erhob sich und war von Glück erfüllt, da er sie nicht mehr losließ.

Die kleine Bucht, in der die Taverne lag, war nur über einen sandigen Fußweg entlang des Ufers von einem Parkplatz aus erreichbar. Wie zwei Teenager schlenderten sie nebeneinander her. Das Meer nippte friedlich am Ufer. Sein Plätschern war die Hintergrundmusik zu ihrer Romanze.

Der Sommer kündigte sich von Tag zu Tag eindringlicher an. Er sandte warme Windböen als Vorboten über Land und Meer. Die angenehme Luft streichelte Rebeccas Haut und intensivierte ihren Liebestaumel.

Ihr fiel auf, dass selbst der Mond im Zauber dieser Nacht von einer Klarheit war, wie sie sie nie zuvor wahrgenommen hatte. Sie blieb stehen und betrachtete andächtig das Bild.

Nikos ließ ihre Hand los und legte stattdessen seinen Arm um ihre Schultern.

Rebeccas Gefühle wallten hoch. Sie wandte sich ihm zu und sah direkt in seine kastanienbraunen Augen. Sein Gesicht näherte sich. Die Flamme, die er bereits mit dem ersten Blickkontakt entzündet hatte, loderte auf. Zaghaft berührte sie sein Muttermal. Ihre Finger strichen über seine Haut und glitten weiter durch das dichte schwarze Haar, wie sie es schon so lange ersehnt hatte.

Seine Hand umfasste ihren Nacken mit sanftem Druck und forderte einen Kuss. Sie ging auf sein Verlangen ein. Bestimmt zog er sie näher an sich heran und schlang einen Arm fest um ihre Taille. Elektrisiert schmiegte sie sich an seinen Körper, begehrte mehr von ihm zu fühlen.

Sein Atmen wurde schneller, die Berührungen leidenschaftlicher – doch plötzlich packte er ihre Schultern und schob sie von sich. „Nein, Rebecca!", rief er nach Luft schnappend vor Erregung. „Wenn wir jetzt nicht aufhören …"

„Was?" Rebecca war irritiert.

„Ich will alles richtig machen. Wir lernen uns gerade erst kennen. Du bedeutest mir schon jetzt sehr viel. Wir sollten es langsam angehen."

Rebecca war verunsichert. War das nun ein Kompliment oder ein Korb?

Sofort zog er sie wieder an sich und küsste ihre Wange: „Bitte vertrau mir! Ich habe in Agia Galini keinen guten Ruf."

„Du meinst, dass du ein unverbesserlicher Playboy bist?"

Nikos verzog sein Gesicht: „Ja, das war mir klar, dass man dir bereits davon erzählt hat." Ihm war auch klar, wer der Geschichtenerzähler war. Franziskas Meinung war von ihren schlechten Erfahrungen mit ihm getrübt. Nikos verstand sie und verübelte es ihr nicht. Er war damals ein anderer gewesen, nicht bereit für Gefühle oder eine Beziehung. Franziska war aber nicht Rebecca. Diese Frau war anders, als alle, die er zuvor kennengelernt hatte.

Nun hatte er sich ausgerechnet in die Schwester der Frau verliebt, die er vor Jahren so sehr enttäuscht hatte.

Rebecca betrachtete Nikos und versuchte zu ergründen, wie sie seine Zurückweisung verstehen sollte. Er überraschte sie – schon wieder. Wie konnte er ihr widerstehen, wo sie sich ihm so leidenschaftlich an den Hals geworfen hatte? War sie nicht begehrenswert? Suchte er nach einer Ausrede, um ihr nicht näher zu kommen? „Mach dir keine Sorgen, wegen deines schlechten Rufs! Das ist mir egal."

„Aber mir nicht." Er strich ihr durchs Haar. „Es geht mir um deinen Ruf. Es könnte Gerede geben."

„Wie gesagt - das ist mir egal." Rebecca spürte seine Erregung, den bebenden Körper und wusste, dass er sie begehrte. Seine Finger gruben sich in ihre Haut, die ihr rückenfreies Kleid unbedeckt ließ. Jede seiner Berührungen, jeder Atemstoß brachte ihr Blut mehr in Wallung. Sie wollte ihn – sofort.

Auf einmal schallte Gelächter vom Parkplatz. Erschrocken hielt das Paar inne. Niemand war zu sehen. Doch die Stimmen kamen näher.

Rebecca und Nikos sahen einander an und fühlten eine Einigkeit. Es sollte nicht sein – nicht hier und nicht jetzt. Die gerade noch kochende Leidenschaft, das abrupte Ende und die momentane Verunsicherung spielten ihre Gefühle hoch. Wie zwei kleine Kinder, die mit einem Streich davongekommen waren, brachen sie in Gelächter aus. Die Anspannung ihrer ersten Verabredung, fiel im gleichen Moment von beiden ab und löste sich auf in eine berauschende

Leichtigkeit. Für Rebecca, die jede Emotion und jede Bewegung stets unter Kontrolle gehabt hatte, eine völlig neue und befreiende Erfahrung.

Sie nahmen sich an den Händen und schlenderten zum Parkplatz. Nikos hielt seiner Begleitung, ganz Gentleman, die Beifahrertür des Pick-ups auf und half ihr beim Einstieg.

Die Rückfahrt über die holprige unbefestigte Straße empfand Rebecca wie das romantische Schaukeln einer Jacht auf hoher See. Der Mondschein glitzerte auf dem ruhigen Meer und zeichnete eine Straße über das Wasser in den Himmel.

Rebecca war berauscht und überwältigt von den neuen Eindrücken. Heute empfand sie den Charme der Insel als überwältigend. Jeder Strauch, jeder Stein und jedes weißgetünchte Haus war eine Strophe aus einem Liebeslied, das Kreta ihr zu Ehren sang. Sie lächelte. So viel Kitsch an einem Ort, in einer Nacht - und es gefiel ihr.

Da um diese Uhrzeit schon alle im Hause Nikolaidis schliefen, fuhr Nikos Rebecca direkt vor den Bungalow.

Erst nach einem langen und leidenschaftlichen Kuss entließ er seine Traumfrau aus dem Auto. Schwindelig vor Glück taumelte Rebecca zum Wohnhaus ihrer Schwester.

Der Eingang lag unter einem kleinen Vordach mit beranktem Spalier, welches das Licht des Mondes ausschloss. Die hängenden Blüten des Blauen Regen sonderten einen süßlichen Duft ab, als wünschten auch sie ihren Beitrag zum Zauber des Abends zu leisten.

Liebestrunken vermochte sie nicht aufzuhören zu lächeln und suchte so in ihrer kleinen Umhängetasche nach dem Schlüssel - als sie ein schmerzhafter Griff um ihren Oberarm aus ihrer Hochstimmung riss.

„Wer war der Typ im Auto?", zischte eine ihr allzu bekannte Stimme. „Wo warst du? War das ein Date?" Erschrocken schlug Rebecca die Hand des Mannes von ihrem Arm: „Loslassen! Was soll das?"

Dennis trat aus dem Schatten und zeigte sein wutentbranntes Gesicht. „Antworte mir!", zischte er.

Rebecca zuckte bei dem Anblick zusammen. So hatte sie ihn noch nie gesehen. Tiefe Furchen gruben sich um Nase und Mund. Blass und verzerrt vor Entsetzen fauchte er erneut: „Mit wem treibst du dich nachts herum? Wer ist der Kerl?"

„Das geht dich schon lange nichts mehr an, Dennis."

„Das siehst du falsch. Wir sind verheiratet."

„Nur auf dem Papier."

„Du bist meine Frau und gehörst zu mir."

Rebecca sah ihn scharf an: „Du hast die Ehe beendet, indem du das Treuegelübde gebrochen hast. Wir sind geschiedene Leute." Sie machte einen Schritt auf die Tür zu, da zerrte sie Dennis zurück: „So leicht kannst du dich nicht aus der Ehe schleichen, Rebecca! Erinnere dich: in guten, wie in schlechten Zeiten!"

„Das setzt Treue voraus."

„Nein, nur Liebe."

„Wo keine Treue, da keine Liebe. So und nun lass mich endlich los! Ich will schlafen."

Dennis verstellte ihr den Zugang: „Du kannst mich doch jetzt nicht einfach stehen lassen!"

„Ich habe dich nicht hierher gebeten."

„Was soll ich denn noch machen, damit du siehst, wie sehr ich meinen Fehler bereue?"

„Nichts.", antwortete sie gelassen. „Du kannst nichts tun."

„Nach allem, was ich in dich investiert habe?"

„Moment, Dennis!" Ihre Augen blitzten vor Zorn: „Ich bin keine Geldanlage. Abgesehen davon - meinst du etwa, du hast das Recht mich zu betrügen, weil ich kein Geld zu unserem Haushalt beigetragen habe?"

„So war das nicht gemeint. Du drehst mir jedes Wort im Mund herum. Liegt das an dem Kerl im Pick-up, der dich nach Hause gefahren hat? Willst du mich deshalb loswerden? Du stehst wohl jetzt auf südländische Herzensbrecher."

„Das muss dich nicht mehr interessieren." Ihre Stimme war so kalt wie ihr Blick. Ein unerträglicher Moment für Dennis. Er umschlang ihren Körper mit seinen Armen und presste sie fest an sich: „Du bist meine Frau. Du gehörst zu mir, verstehst du? Niemals

werde ich zulassen, dass dich ein anderer bekommt –
niemals."

„Ich bekomm' keine Luft. Du tust mir weh",
quetschte Rebecca hervor. „Dennis, hör auf! Ich
bekomm' keine Luft."

Erschrocken ließ er von ihr ab. Er sah in ihr
schmerzverzerrtes Gesicht und wie sie sich die Stellen
rieb, die er festgehalten hatte.

„Oh Gott!", keuchte er. „Oh Gott, verzeih mir! Das
wollte ich nicht." Gestresst fuhr er sich mit den
Fingern durchs Haar und versuchte, seine Fassung
zurückzugewinnen: „Ich weiß nicht, was mit mir los
ist. Als ich dich aus dem Auto aussteigen sah, mit
diesem Lächeln im Gesicht - da hat es mir einen Stich
versetzt." Er atmete ein paar Mal tief durch und warf
einen vorsichtigen Blick zu seiner Frau: „Schmerzt es
noch?"

Rebecca schüttelte den Kopf. „Dass du mich
enttäuscht und hintergangen hast? Nein, nicht mehr.
Deine Griffe um meinen Brustkorb? Ja, etwas." Je
länger sie vor ihrem Mann stand, umso stärker spürte
sie das Erwachen ihres alten Ichs. Nun, da sie es für
ein paar Wochen abgelegt hatte, war es ihr fremd
geworden, beinahe unsympathisch. Sie hatte sich von
der Person, die sie einmal war, entfernt. Weit genug,
um eine objektive Sichtweise zu erhalten.

Der Abend mit Nikos war berauschend gewesen.
Er hatte ihr das Gefühl vermittelt, lebendig zu sein.

Das wollte sie nicht mehr verlieren. Sie wollte nicht mehr fühlen oder denken, wie vor dem Badeunfall. Denn das wahre Leben mit all seinen Facetten war an ihr vorbeigerauscht.

Sie brauchte dringend Abstand von dem Mann, der eine Frau geheiratet hatte, die sie schon lange nicht mehr war. Es gab nur einen Platz in ihrem Herzen und der war von Nikos besetzt. Er hatte in ihr ein anderes Sein erweckt. Eines, wofür sie sich nicht anstrengen musste. „Bitte geh jetzt! Ich bin müde."

Dennis nickte. Sein Blick war traurig. Zum ersten Mal entdeckte sie Tränen in seinen Augen. Jedes Wort würde jedoch nur in endlose Diskussionen ausarten. Das Verlangen zu schlafen überkam sie. War er jetzt zugänglicher? Abermals forderte sie: „Bitte geh mir aus dem Weg!"

Im Schlafzimmerfenster ihrer Schwester ging das Licht an.

Dennis hob ergeben seine Hände: „Na gut, Becky. Aber ich gebe dich nicht auf. Wir sind noch nicht fertig."

„Gute Nacht!", sagte sie demonstrativ abwehrend, um einen Schlusspunkt zu setzen, und war erleichtert, als er sie passieren ließ. Sie sperrte die Tür auf und hörte, wie sich seine Schritte hinter ihr entfernten. Der Motor des Mietautos sprang an. Wenigstens diese Schlacht war beendet.

„Es ist alles okay, Franzi! Schlaf weiter!",

beantwortete Rebecca im Flur den besorgten Ausdruck in Franziskas verschlafenem Gesicht.

Sie begab sich in ihren Wohnbereich, stellte sich unter die Dusche und wusch sich das Salz des Meeres von der Haut.

Rebecca schlug die Augen auf und griff nach ihrem Handy: „Hallo?"

„Kali mera! Guten Morgen, meine Schöne!", sagte Nikos Stimme am anderen Ende liebevoll.

„Guten Morgen!", hauchte Rebecca und setzte sich auf. Das Herzklopfen, das Nikos schon mit seiner Stimme verursachte, erweckte selbst die letzte noch dösende Pore.

„Wie hast du geschlafen?"

„Wunderbar."

„Was hältst du von einem morgendlichen Bad im Meer mit anschließendem Frühstück im Kafenion am Strand?"

„Oh, sehr viel! Das klingt aufregend."

„Dann bin ich in einer halben Stunde an der Kreuzung."

Mit einem Satz sprang Rebecca aus dem Bett und unter die Dusche. Sie putzte ihre Zähne und bürstete sich gleichzeitig mit der anderen Hand das Haar. Vor ihrem Bade-Unfall wäre diese oberflächliche Behandlung ihrer Haare einer Todsünde gleichgekommen.

Anschließend beeilte sie sich, ein leichtes Make-up aufzutragen, das eine gewisse Natürlichkeit vortäuschte, aber dennoch unvorteilhafte Partien kaschierte.

Wie ein Wirbelwind sauste sie zwischen Bad und Zimmer hin und her, bis sie sich für vorzeigbar befand. Das rosa Strandkleid war perfekt. Den hellblauen Bikini hatte sie neu im Ort erworben. Heute wollte sie ihn einweihen.

Ein kurzer Blick auf die Uhr sagte ihr, dass Nikos schon am Treffpunkt sein musste. Sie nahm ihre Badetasche, rauschte durch den Flur und schlug die Tür hinter sich zu. An der Kreuzung sah sie sich nach seinem Pick-up um, entdeckte ihn aber nicht. Dann bemerkte sie in den Augenwinkeln jemanden winken. Ihre Knie wurden weich. Der gutaussehende Mann in Badeshorts und T-Shirt auf der Geländemaschine war Nikos. Es kam ihr vor, als würde er jeden Tag begehrenswerter. Aufgeregt lief sie über die Straße auf ihn zu. Kaum stand sie vor ihm, legte er seinen Arm um ihre Taille und küsste sie: „Bist du bereit für eine kurze Fahrt mit dem Motorrad?"

„Natürlich!" Sie nahm den Helm, den er ihr entgegenhielt: „Der wird zwar meine Frisur ruinieren, aber …"

„Aber die wirst du beim Baden sowieso nicht behalten." Er zwinkerte und klappte für seine Begleitung die Fußstützen aus.

„Wie lange sind wir denn unterwegs? Muss ja um zwölf Uhr die Bar aufmachen."

„Keine Sorge! Es ist nicht weit. Eine kleine Bucht, fünf Minuten von hier."

Rebecca stieg auf und schlang ihre Arme um seinen Oberkörper. Verliebt schmiegte sie sich an ihn. Die Nähe war hypnotisierend und sein Duft berauschend. Sie genoss die kretische Kulisse zu ihrer persönlichen Liebesgeschichte, die eine besondere Wahrhaftigkeit besaß.

Kreta war nicht in ein Korsett gezwängt. Es gab noch unangetastetes Land. Es war auch nicht so zersiedelt, wie Bayern oder übersät mit künstlichen Anpflanzungen. Die Menschen wirkten ebenso natürlich im Umgang miteinander. Sie lachten oft und herzlich. Man betrachtete sein Gegenüber weder verstohlen, noch prüfend, sondern mit einem offenen Interesse.

Rebecca gefiel die Fahrt. Nikos fuhr mit Bedacht, hatte nicht den Drang mit Schnelligkeit oder Motorstärke zu protzen. Er lenkte die Maschine über unbefestigte Straßen und kleine holprige Pfade, bis sie vor einer strohbedeckten Hütte standen, die sich einer verträumten Bucht zuwandte.

An der Theke saßen ein paar finster wirkende Gesellen, die sich - der Kleidung nach zu schließen - eine Pause von der harten Arbeit auf dem Feld gönnten. Ihre Haare waren wild und zerzaust von

Sand und Wind, die Gesichter unrasiert und ihre T-Shirts so schmutzig und zerrissen, wie ihre Shorts.

Rebecca beäugte sie verunsichert. Wo hatte Nikos sie nur hingeführt? Der parkte das Motorrad, stieg ab und begrüßte die Männer fröhlich. Sie wechselten ein paar Worte und klopften sich gegenseitig auf die Schultern. Nikos drehte sich nach Rebecca um und winkte sie zu sich. „Diese wild aussehenden Kerle, sind völlig harmlos." Er deutete auf den Mann mit dem Schnauzer: „Das ist Kostas. Er besitzt eine Reihe von Juweliergeschäften in Iraklio, Rethymno und Chania."

„Jia sou!", grüßte Rebecca und versuchte, die Information über dessen Beruf und dem unansehnlichen Erscheinungsbild miteinander in Verbindung zu bringen.

„Charika poli!", antwortete Kostas freundlich nickend.

„Der hier ist Takis, sein Bruder. Er arbeitet mit ihm hin und wieder auf der gemeinsamen Olivenplantage, wenn er mal als Filialleiter in der Bank nicht so beschäftigt ist."

Rebecca reichte ihm die Hand und starrte ihn erstaunt an. Es schien ihr unfassbar, dass auch dieser Mann in zerlumpter Kleidung einen Beruf hatte, der seinem Erscheinungsbild widersprach. Er war sogar Filialleiter einer Bank. „Hallo!", sagte sie und überlegte, ob sie fantasierte oder unter Schock stand –

einem Kulturschock.

„Und hier haben wir Pavlos, den Hotelbesitzer." Er klopfte dem Mann um die vierzig auf die Schulter, der sich gemächlich erhob und eine Decke aus einem Schränkchen unter der Theke zog. Offensichtlich hatte er sie dort für Nikos deponiert. Er warf ihm das Bündel zu und ließ sich ächzend zurück auf dem Hocker nieder.

„Wobei Pavlos in seinem Hotel inzwischen seltener anzutreffen ist, als hier." Nikos lachte und übersetzte seinem Bekannten die Worte. Der nickte grinsend und antwortete etwas auf Griechisch.

„Er sagt, er hat so kompetente Angestellte, dass seine Anwesenheit im Hotel kaum erforderlich ist."

Rebecca runzelte die Stirn. Jetzt wurde sie doch misstrauisch. Angeblich waren die drei heruntergekommenen Gestalten Bankangestellter, Juwelierläden- und Hotelbesitzer. Wo sie doch eher wie elendige Herumtreiber aussahen, deren Weg man besser nicht kreuzte.

Nikos sah ihr zweifelndes Gesicht und zog sie lachend mit sich zum Strand.

„Hier auf Kreta hat fast jeder seinen Acker. Da man aber davon meist nicht leben kann, haben die Leute einen Hauptberuf." Er breitete die Decke über den Sand und bot Rebecca an, sich zu setzen: „Auf Kreta ist es möglich, dass du den Mann, den du am Tag vorher geschniegelt in einer Limousine gesehen hast, am nächsten Morgen in verschmutzter Arbeitskleidung auf einem klapprigen Mofa vorbeifahren siehst."

„Dann kannst du also nie von der Kleidung auf das Bankguthaben schließen.", folgerte Rebecca nachdenklich und war sich nicht klar, ob sie das gut oder schlecht fand.

„Das ist Kreta und ich liebe es", schwärmte Nikos und stockte plötzlich. Rebecca streifte die Träger ihres Kleids ab und schob das Gewand über ihre Hüften hinunter. Seine Blicke glitten über ihren makellosen Körper und versuchten die vollkommene Schönheit zu erfassen. Ihre Figur war sportlich. Keinerlei Fettpölsterchen waren zu erkennen. Der Bikini spannte über wohlgeformte Rundungen an Busen und Po.

Rebecca bemerkte seine Blicke und errötete: „Ich habe schon seit Wochen keinen Sport mehr getrieben."

Nikos stierte sie weiter an. Plötzlich wurde ihm bewusst, dass sie etwas gesagt hatte. „Was …?" Seine Stimme war belegt und er räusperte sich: „Was meinst du?"

„So etwas macht sich bei mir sofort bemerkbar."

„Äh …" Er wusste nicht, wovon sie sprach.

„Das fehlende Training. Man sieht es sofort an meiner Figur."

Nikos ließ sein Handtuch fallen und kam über die

Decke auf sie zu. Er nahm ihre beiden Hände, küsste sie und flüsterte in ihr Ohr: „Wenn dein Körper so aussieht, sobald du nicht trainierst, dann trainiere nie wieder, meine Schöne."

„Ach, du Schmeichler! Das sagst du nur so." Nikos Figur schien ihr dagegen wirklich perfekt. Ihre Hände glitten über die Muskelpartien. Da fiel ihr seine Reaktion vom Abend ein, als er sie während ihres Kusses von sich schob. Schnell entwand sie sich seinen Händen, schubste ihn scherzhaft und lief feixend zum Meer. „Denk daran, Nikos, wir sind nicht alleine!", rief sie und deutete zum Tresen, an dem die Männer saßen und die beiden interessiert beobachteten.

Nikos Blick folgte ihrem Fingerzeig. Kaum hatte er sich aber wieder Rebecca zugewandt, stand sie schon knietief im Wasser. Er rannte auf sie zu, sprang über die kleinen Wellen, nahm sie auf seine Arme und ließ sich mit ihr ins Meer fallen. Schreiend vom morgendlichen Kälteschock sprang sie zurück an den Strand und rieb sich jammernd die Arme. Dennoch musste sie grinsen, was Nikos als Aufforderung verstand. Er kam langsam auf sie zu. „Dir ist wohl kalt?", fragte er unschuldig. Sie nickte und hoffte auf eine wärmende Umarmung. Doch er machte einen Satz, griff nach ihr und hob sie noch einmal auf seine Arme. Mit der zappelnden und belustigt schreienden Rebecca lief er zurück in das kühle Nass. „Nein!", schrie sie und klammerte sich an seinen Hals. „Bitte, Nikos, das ist so kalt. Ich …" das Ende des Satzes ging mit ihr im Wasser unter.

Kaum hatte sie sich wieder aufgerappelt, sah sie ihre Chance nur im Gegenangriff. Flink kletterte sie auf seinen Rücken und versuchte ihn mit ihrem Gewicht vornüber zu drücken. Er beugte sich so weit vor, bis sie von alleine ins Wasser fiel.

Ihre verspielten Versuche, sich gegenseitig unterzutauchen, brachte beide so zum Lachen, dass sie sich bald erschöpft am Strand auf die Decke fallen ließen und fest aneinandergeschmiegt die zunehmende Wärme der Sonne genossen.

Nach einer Weile meldete sich der Hunger. Händchenhaltend schlenderten sie zur Hütte hinauf und ließen sich an einem der Plastiktische des Kafenions nieder. Sie bestellten, was Pavlos zu bieten hatte: Kaffee, Brot und Marmelade.

Der Wirt war so gemütlich, wie es seine Statur erahnen ließ. Langsam erhob er sich vom Barhocker und bereitete das Frühstück zu, ohne die Unterhaltung mit seinen Freunden zu unterbrechen. Zwischendurch trällerte er ein Lied mit dem Sänger im Radio oder sog am Strohhalm seines Frappés. Er hatte Zeit und das erwartete er offenbar auch von den Gästen. In Rebeccas vorheriger Welt käme diese Gemütlichkeit einer Sünde gleich. Doch Pavlos Gesicht strahlte so große Zufriedenheit aus, dass sie ihn um dieses sündhafte Leben beneidete. Er hatte alles: Erfolg, Geld, Ansehen. Und doch sehnte er sich offenbar nach dem Einfachen. Warum sonst hätte er dieses kleine Kafenion eröffnet?

Nikos hatte Rebecca verraten, dass Pavlos das Geld nicht brauchte. Er warb nicht für seinen kleinen Imbiss, suchte keine Hilfskraft, sondern öffnete ausschließlich, wenn er selbst Zeit und Lust dazu hatte. Dann packte ihm seine Frau frische Lebensmittel zusammen, die er den Gästen, die sich in die Bucht verirrten, servierte.

Das Frühstück war spärlich, erinnerte Rebecca aber daran, wie lecker Weißbrot mit Marmelade schmecken konnte. Vermutlich lag es an Nikos' Gesellschaft, dass sie das karge Mahl so genoss.

Den gesamten Vormittag verbrachten sie miteinander am Strand. Kurz vor 12 Uhr fuhr Nikos sie, wie abgemacht, zurück zu ihrem geheimen Treffpunkt. Noch einmal küssten sie sich zum Abschied und vereinbarten zu telefonieren.

Liebestrunken schlenderte Rebecca ins Haus, warf ihre Badesachen in ihr Zimmer und setzte sich in der Küche auf die Bank. Auf dem Tisch standen die Reste des Frühstücks, dass sich Franziska und Lefteris vor ihrem Arbeitstag hastig genehmigt hatten. Ein Bus mit den Touristen einer großen Reiseorganisation hatte angekündigt, die Gäste eines überbuchten Hotels bei ihnen unterzubringen. Sofort war die blanke Hektik im Hause Nikolaidis ausgebrochen.

Rebecca war indes nicht in der Lage an etwas anderes zu denken, als an ihr Beieinandersein mit Nikos. Unvermittelt stieg ihr die Erinnerung an Dennis' gestrigen Auftritt auf. Er hätte die Möglichkeit alles zu zerstören – die unbeschwerten Gefühle für Nikos, die Liebeleien, die so voller Unschuld und gelöster Vertrautheit waren und das Glücksgefühl, das endlos schien.

Von den Ängsten gedrückt saß Rebecca über den Tisch gebeugt und hatte gar nichts mehr von der aufrecht sitzenden Grazie, die noch vor einigen Wochen vor Selbstgefälligkeit platzte.

„Nanu!", vernahm sie die Stimme ihrer Schwester durch die soeben geöffnete Tür. „Was ist denn mit dir passiert?"

Rebecca sah auf: „Ach, du bist es."

„Wer sonst?"

„Dennis."

„Ist er noch einmal aufgetaucht?"

„Nein, zum Glück nicht."

„Warum dann so geknickt?" Franziska ließ sich auf einem Stuhl nieder.

Rebecca lehnte sich zurück: „Ich habe an letzte Nacht gedacht."

„Er schien ziemlich aufgebracht."

„Ja,", seufzte Rebecca, „das war er."

„Warum denn? Weil du dich weigerst ihm zu

verzeihen?"

„Vermutlich. Keine Ahnung."

Franziska beugte sich zu Rebecca, die sich ihre Haare zurückstrich. Sie waren vom Sand und dem Salzwasser spröde und zerzaust. „Habt ihr wenigstens etwas zwischen euch klären können?"

„Das habe ich versucht. Aber er will mich nicht verstehen. Jetzt will ich mich nicht mehr mit ihm auseinandersetzen."

„Aber noch ist er dein Ehemann. Du kannst nicht umhin, dich mit ihm …"

„Nein, nicht mehr."

Franziska wirkte erstaunt: „Ihr seid aber noch verheiratet oder nicht?"

„Ja, sicher, aber er hat seinen wahren Charakter gezeigt und was er von unserer Ehe hält. Er hat das Treuegelübde gebrochen und die Grundlage für eine Ehe zerstört. Es gibt nichts, womit er seinen Betrug erklären oder wiedergutmachen könnte. Ich habe mit ihm abgeschlossen." Das wollte Franziska nicht hören. Solange Rebecca und Nikos im selben Ort herumschwirrten, war es ihr kaum möglich die beiden von einander fernzuhalten. „So einfach wirft man keine Ehe weg!"

Rebecca sprang auf: „Fängst du auch noch an mit diesen Sprüchen? Als ob ich schuld wäre!"

„Nein, Becky, das bist du natürlich nicht. So war das nicht gemeint. Aber Augen zu und Hinschmeißen funktioniert nicht. Selbst, wenn du dich scheiden lässt, musst du dich mit Dennis auseinandersetzen."

„Nein, das erledigen die Anwälte."

„Siehst du denn nicht, wie sehr er seinen Seitensprung bedauert? Herr Gott, der Mann ist dir sogar ins Hinterland Kretas nachgereist. Was forderst du denn noch?"

„Gar nichts, versteht das denn keiner?" Rebecca wandte sich von Franziska ab und räumte das Frühstücksgeschirr in die Spülmaschine.

„Das mache ich schon, sobald du gefrühstückt hast. Oder hast du bereits im Ort?"

„Äh, ja." Es war nicht die richtige Zeit, ihr von ihrer Romanze mit Nikos zu erzählen. Solange Franziska so negativ auf ihn reagierte und versuchte, sie wieder mit Dennis zu verkuppeln, würde sie nur alles schlecht reden. Endlosdiskussionen wären die Folge.

„Hat er dir gefallen?"

„Wer?"

„Der Ort."

„Oh ja, sehr schön.", flunkerte Rebecca.

„Ich hätte dich so gerne begleitet und dir meine Lieblingsplätze gezeigt, aber während der Saison gibt es fast täglich außerplanmäßige Einsätze rund ums Hotel."

„Kein Problem."

„Das holen wir nach, versprochen!" Franziska erhob sich und schob Rebecca beiseite, um die

Spülmaschine selbst einzuräumen. Hausarbeit war eine der Tätigkeiten, die sie ihr nicht zutraute. „Dennis hat dir trotz alledem ein sorgloses Leben ermöglicht. Du warst nicht gezwungen zu arbeiten oder den Haushalt zu schmeißen. Er hat das Geld verdient und eure Haushälterin hat sich um das Zuhause gekümmert."

„Das sind Äußerlichkeiten."

„Das sind nicht zu verachtende Annehmlichkeiten, auf die du bisher sehr viel Wert gelegt hattest."

Die Tür ging auf und Lefteris trat ein. Er schlenderte durch die Küche und ließ sich auf die Sitzbank in der Essecke fallen. Rebecca, der seine ungewohnt ernste Miene nicht entgangen war, beobachtete verwundert das Ehepaar. Nichts. Kein Lächeln, kein liebevoller Augenaufschlag, kein schelmisches Necken von Lefteris mit anschließendem Klaps von Franziska, wie Rebecca es von den beiden kannte. Im Gegenteil. Die Blicke waren gesenkt, die Gesichtszüge eisern und die Atmosphäre unterkühlt. „Wer hat etwas angestellt?", platzte Rebecca unsensibel in die angespannte Stille und erntete strafende Blicke. „Ach, dann werden nur meine Probleme öffentlich ausgebreitet und seziert?" Keine Reaktion. Schnaufend verließ sie die Küche und verzog sich in ihren Bereich. *Ist ja nicht so, als hätte ich nichts zu tun,* dachte sie und räumte ihre feuchten Badesachen aus der Tasche, um sie auf der Terrasse zum Trocknen aufzuhängen.

Kaum hatte Rebecca die Tür hinter sich geschlossen, warf Franziska ihrem Mann einen verstohlenen Blick zu.

Seitdem er das mit Nikos wusste, war er ihr aus dem Weg gegangen. Kein Wort hatte er mit ihr gewechselt, egal wie viele Gesprächsansätze sie ihm angeboten hatte. Als er die letzte Nacht mal wieder erst um ein Uhr nach Hause gekommen war, hatte er sie schluchzend im gemeinsamen Schlafzimmer vorgefunden. „Es tut mir leid!", hatte er gesagt und: „Gib mir etwas Zeit! Ich muss das erst verdauen."

Franziska hatte nichts darauf geantwortet, sich nur die Augen getrocknet und zum Schlafen gelegt. Sie sah inzwischen ein, dass sie ihrem Mann von der Sache mit Nikos hätte erzählen müssen – dennoch empfand sie sein Verhalten als unfair. Schließlich hatte sie ihn nicht betrogen.

Franziska nahm einen Lappen und wischte über den Küchentisch. Lefteris zog seine Arme von der Oberfläche, um sie nicht zu behindern. Er lehnte sich zurück und beobachtete ihre eiligen Handgriffe. Er wollte reden, wollte von seinem Gespräch mit Nikos erzählen.

Laut und ungehalten war es gewesen, hatte ihm aber zuletzt verdeutlicht, dass es keinen Grund zur Eifersucht gab.

„Ich habe dir nichts erzählt, weil es nichts zu

erzählen gibt, mein Freund", hatte Nikos ruhig erklärt. „Es gab kein Rendezvous, kein romantisches Kennenlernen und keine Beziehung – nicht einmal Zärtlichkeiten. Es war ein Moment der Gedankenlosigkeit. Wir waren nicht verliebt." Nikos' klarer Blick ließ keinen Zweifel an seinen Worten. „Warum soll ich dir von einer Nichtigkeit berichten, die weder für Franziska noch für mich eine Bedeutung hatte, die dich aber verletzen würde?"

„Weil es die Ehrlichkeit gebietet."

„Und dann?" Nikos hasste dieses Argument. Er betrachtete Ehrlichkeit nur bedingt als Tugend. Es interessierte ihn nicht, ob die Kassiererin im Supermarkt ihr Guten Morgen ernst meinte oder Lefteris ihm etwas aus seinem Leben vorenthielt.

„Du willst Ehrlichkeit? Bist du dir sicher?" Nikos Temperament schäumte: „Na gut, dann pass auf!" Er drängte Lefteris ins Büro, schloss die Türe und begann: „Dein Bruder Spyros redet wie ein Wasserfall. Eigentlich nervt er total. Und das Essen an deinem Geburtstag bei euch war versalzen." Er deutete auf Lefteris' Gesicht: „Und was hast du nur mit dieser Nickelbrille? Ständig rutscht sie dir von der Nase? Kauf dir doch endlich mal eine anständige!"

„Was soll das Niko? Willst du mich für blöd verkaufen? Du weißt genau, worauf ich hinaus will."

„Du forderst Ehrlichkeit zu belanglosen Themen. Hätte ich dir von Franziska und mir erzählt, hättest du sie nicht mehr angeschaut – wegen nichts." Die letzten beiden Worte rief er laut aus, und bekräftigte sie mit seinen Armen, die er dramatisch nach oben warf. „Lass es gut sein, mein Freund! Geh nach Hause und zerstöre nicht das Beste, was du hast, nämlich deine wunderbare Ehe!"

Nun saß Lefteris vor der Liebe seines Lebens, doch sie schenkte ihm keinen ihrer zärtlichen Augenaufschläge, lächelte ihn nicht mit ihren strahlenden Augen an, sondern widmete sich nur ihrer Hausarbeit. Ihre schnellen hektischen Bewegungen deuteten auf Wut. Ihre Augen waren schmal und der Mund zusammengekniffen. Er ertrug diese Situation nicht mehr. Sollte sie doch schmollen. Das konnte er auch. Lefteris sprang auf und verließ Türen knallend das Haus.

Franziska zuckte zusammen. Die innere Anspannung wich einer tiefen Enttäuschung. Würde er doch nur den Mund aufmachen! War ihre Ehe am Ende?

Schluchzend sank sie auf die Bank und vergrub ihr Gesicht in ihren Händen.

Kapitel 10

„Das ist lächerlich, Rebecca! Was machst du da?"
Verächtlich betrachtete Dennis das emsige Werken
seiner Frau hinter dem Tresen des *Onirá Gliká*. Er
hoffte, ihr die Sinnlosigkeit ihres Tuns vor Augen zu
führen. „Seit wann bist du eine Putze?"

Rebecca schenkte seinen abfälligen Worten keine
Beachtung. Es war ihr nicht mehr wichtig, was er
sagte oder dachte. Ihr bereitete die Arbeit Vergnügen.
Sie lernte viele nette Menschen kennen, die sich
freuten, sie zu sehen. Sie tranken einen Kaffee oder ihr
Bierchen, unterhielten sich mit ihrer Barkeeperin über
Unwichtiges und genossen den Ausblick über das
Meer. Die Tätigkeit war nichts Weltbewegendes. Sie
verdiente damit kein Vermögen, heilte keine
Krankheiten oder erschuf Kunstwerke - aber sie
erweiterte ihren Horizont. Rebecca half ihrer
Schwester und bereicherte sich selbst durch eine
völlig neue Erfahrung. Sie war zu schön, um sie sich
schlecht reden zu lassen.

Rebecca stellte sich vor ihren mürrisch blickenden
Mann und kredenzte ihm seinen Lieblingswhisky:
„Der geht aufs Haus. Trink ihn aus - schweigend -
und dann verschwinde!"

Wortlos starrte Dennis erst auf das Glas vor ihm
und dann in die blitzenden Augen der resoluten
Barkeeperin, die einst seine allein auf ihr Äußeres

fixierte Ehefrau war.

Die Botschaft kam zu heftig und unverblümt, um zu reagieren. Er beobachtete sie schweigend und nippte an seinem Whiskey, wie ihm geheißen.

Die Frau hinter dem Tresen erschien ihm fremd. Mimik und Gestik wirkten entspannt. Ihre Augen strahlten grundlos, ihr Lachen klang echt, die Wangen waren zart gerötet, aber ohne künstlich aufgetragenes Rouge. Selbst das sonst so perfekt frisierte Haar war nur flüchtig mit einem Gummi zu einem Zopf zusammengebunden und hochgesteckt. Vor ein paar Wochen wäre ein so plumper Haargummi auf dem Scheiterhaufen verbrannt worden.

Strähnen fielen ihr ins Gesicht, während sie hantierte. Der neue Look gefiel ihm. Sie war nach wie vor wunderschön, aber auf eine natürlichere Art. Dennis war überzeugt, dass ihr neuer Verehrer dahinter steckte. Er würde herausfinden, wer dieser Mann war.

Je länger er Rebecca betrachtete, umso deutlicher wurde ihm ihr Wandel. Sie sprach mit ihren Gästen, als befände sie sich mit ihnen auf gleicher Augenhöhe, egal, wie unansehnlich ihr Gegenüber war. Selbst Übergewichtige schienen ihr nicht mehr verachtenswert. Der Bierbäuchige mit dem Schlapphut und dem krebsroten Gesicht war ebenso unterhaltsam, wie die aufgequollene Frau mit den rosa Strähnen im unvorteilhaft toupierten Haar. Auch

Rebeccas Blicke, die in regelmäßigen Abständen den Strand entlang wanderten, blieben Dennis nicht verborgen. Erwartete sie diesen Kerl, der sie gestern nach Hause gefahren hatte? Der Schimmer in ihren Augen, ihr Summen mit der Musik, während sie die Getränke vorbereitete, die Herzlichkeit, mit denen sie ihren Gästen begegnete – war das die Vorfreude auf ein Wiedersehen mit *ihm*? Dennis spürte einen bohrenden Schmerz in seinen Eingeweiden. Mit der Verzweiflung kam der Zorn. Das würde er nicht zulassen. Rebecca war seine Ehefrau. Das bedeutete, auf immer und ewig - bis dass der Tod sie schied. Wer sich mit ihr traf, würde es bereuen. Den Fehltritt konnte er nicht ungeschehen machen. Rebeccas Liebe war womöglich auf ewig verloren. Aber aufgeben und zusehen, entsprach nicht seinem Naturell. Eine Option gab es noch: Er konnte jegliche Konkurrenz vernichten.

Kapitel 11

„Beeindruckend", staunte Rebecca, während sie den Ausführungen des Mannes lauschte, der die Touristengruppe durch die Ausgrabungsstätte des Palastes von Knossos führte. Er erklärte leidenschaftlich, wofür die Wandmalereien standen, was die alten Minoer vor 3000 Jahren in den mächtigen Tonkrügen lagerten und wofür der steinerne Thron stand. Die Begeisterung für die Geschichte der Insel spiegelte sich in seiner eindrücklichen Art zu sprechen wieder, die keinerlei Unaufmerksamkeit duldete. Es schien, als staunte er selbst auch heute noch über die vielseitigen Künste der einstigen Hochkultur. Rebecca hatte das Gefühl in die Seele Kretas zu tauchen. Andächtig lauschte sie den Beschreibungen über das Leben der Minoer und folgte mit vorsichtigen Schritten dem Weg über die Steine der längst vergangenen Epoche. Erst, als sie mit der Gruppe die Stätte durch den Ausgang verließen, fand sie zurück ins Hier und Jetzt.

Sie schmiegte sich in Nikos' Arme, um entspannt die Bilder zu verarbeiten, da ertönte ein schriller Schrei. „Becky!", hallte es über die Köpfe der Besucher. „Becky!" Zwei perfekt gestylte Figuren kämpften sich durch die Menschen und kamen direkt auf das Liebespaar zu. Bevor Rebecca reagieren konnte, warfen sich zwei Grazien auf sie und drückten sie mit angedeuteten Begrüßungsküsschen. Starr vor Schreck ließ sie es über sich ergehen und hoffte inständig, ihre Münchner Freundinnen verrieten nichts über ihr Leben in Deutschland und unterließen es, sich nach Dennis zu erkundigen.

„Na, so was! Welch ein Zufall!", tönte die Schwarzhaarige mit der aufgespritzten Oberlippe. Man sah ihr an, dass ihr das Reden durch die Schwellung schwerfiel. Der Hauch von Orange in ihrem Teint wies auf eine künstliche Bräune aus dem Solarium. Die Augenbrauen wirkten wie mit der Schablone gezogen. Ebenso unnatürlich blinzelte ihre Freundin mit ihren künstlichen Wimpern: „Das ist aber schön, dich zu sehen, meine Liebe.", sagte sie in einem unglaubwürdigen Ton und sah sich suchend um. „Wo ist denn …?"

„Lindsay, Kim, was macht ihr denn hier?", unterbrach Rebecca schroff, bevor Kim den Namen *Dennis* aussprechen konnte.

„Wir machen hier Urlaub, Schätzchen." Lindsey, klimperte mit ihren künstlichen Wimpern und strich besorgt durch Rebeccas Haar, das lange keinen Friseur mehr gesehen hatte: „Was ist denn mit dir passiert, Kleines? Du wirkst so verändert."

„Alles ist okay. Es geht mir gut, sogar besser denn je. Jeder Tag ist ein Abenteuer."

Lindsay betrachtete sie kritisch und sagte leise: „Ja, das mit dem Abenteuer sieht man." Sie beugte sich zu

Rebeccas Ohr und flüsterte: „Dann ist es also wahr, was man in München erzählt?"

Rebecca wurde schlecht. Sprachen die beiden in dieser Sekunde aus, was sie die vergangenen Wochen so krampfhaft versucht hatte vor Nikos zu verbergen – die Tatsache, dass sie verheiratet war?

Kim wurde deutlicher: „Arbeitest du echt in einer Bar?"

Erleichtert atmete Rebecca auf und nickte mit einem Lächeln, „Es macht sogar richtig Spaß."

Verständnislos schüttelten die beiden den Kopf. Lindsey beugte sich abermals vor und flüsterte: „Ich verstehe dich nicht. Wenn du Geldprobleme hast, hättest du doch zu uns kommen können. Mein Vater …"

„Aber nein, habe ich überhaupt nicht. Ich helfe Franziska nur aus, für diesen Sommer."

„Ach so.", antworteten beide im Kanon, wirkten aber keineswegs überzeugt.

Rebecca betrachtete die jungen Frauen, mit denen sie in München enorm viel Zeit verbracht hatte. Damals waren sie sich immer einig gewesen, egal, worum sich die oberflächlichen Themen drehten.

Maniküre-, Friseur- und Massagetermine hatten sie immer gemeinsam wahrgenommen. Sie waren sich stets einig gewesen, wer in der Promiwelt die neue Stilikone war, welches Mitglied im Segelklub out und wessen Beziehung zum Scheitern verurteilt war. Nie hatte es Meinungsverschiedenheiten gegeben. War das alles, was sie mit ihnen verband?

Hier und heute schienen ihre Freundinnen vom natürlichen Erscheinungsbild ihrer Verbündeten äußerst befremdet, wenn nicht sogar irritiert.

Lindsey und Kim beäugten Nikos, der sich dezent im Hintergrund hielt und überlegte, was diese aufgetakelten Society Ladys mit Rebecca gemein haben könnten. Sie bemerkte seinen kritischen Blick. *Wahrscheinlich stößt ihn das ganze Gehabe ab,* schloss sie daraus. *Ich muss die beiden loswerden, bevor noch mehr von meinem alten Leben herauskommt,* dachte sie weiter und wurde ungeduldig. Als die Schwarzhaarige den Mund öffnete, um etwas zu sagen, unterbrach Rebecca das Schauspiel: „Das ist ja großartig, dass wir uns heute hier getroffen haben, aber wir haben noch Termine. Bin hier leider ständig im Stress. Ihr wisst ja – durch die Arbeit." Sie überrumpelte die beiden mit einer festen Umarmung und verabschiedete sich hastig. Schnell lief sie zu ihrem Freund, der inzwischen ein paar Meter entfernt an seinem Pick-up lehnte. Wortlos stieg sie ein und wartete, bis er folgte und losfuhr.

„Du hättest dich ruhig noch etwas mit deinen Freundinnen unterhalten können. Wir sind nicht im Stress."

„Ach, das ist schon okay so. Heute ist unser Tag. Den will ich mit dir verbringen."

„Wir haben den ganzen Sommer für uns." Nikos warf seiner Freundin einen prüfenden Blick zu: „Es sah so aus, als wären die beiden gute Freundinnen von dir."

„Das war früher einmal – in einem anderen Leben, in gewisser Weise."

„Dein Leben in Deutschland?"

„Weißt du, Schatz, es hat sich etwas in mir verändert, seit ich im Meer fast ertrunken wäre. In Deutschland war alles anders – ich war anders."

Nikos fuhr an den Straßenrand und parkte. Dann drehte er sich zu Rebecca, die noch immer nach den richtigen Worten suchte, um ihm die Widersprüchlichkeit zwischen ihr und ihren Freundinnen zu verdeutlichen. Er nahm ihre Hand und drückte sie: „Es ist schon okay. Du musst nichts erklären. Dein Leben in Deutschland ist nicht wichtig. Entscheidend ist nur, ob du hier und jetzt zu mir stehst." Sein Blick duldete keine langen Überlegungen. Aber die benötigte Rebecca auch nicht, „Selbstverständlich stehe ich zu dir."

Nikos nickte und zwinkerte: „Dann sind wir uns einig." Er strich sanft über ihre Wange.

„Sind wir." Erleichtert, nicht weiter erklären zu müssen lehnte sie sich zurück. Sie war nicht talentiert im Lügen. Jeglicher Versuch von ihrem Leben in Deutschland zu erzählen und dabei ihre fünfjährige Ehe zu verheimlichen, hätte sie durch ihre Angst sich zu verraten entlarvt. Sie hasste Geheimnisse. Möglichst bald würde sie Nikos von ihrem Mann erzählen, aber nicht jetzt, wo ihre Liebe so zart und zerbrechlich war.

Geschickt lenkte Nikos den Wagen zurück in den Verkehr Heraklions, der Hauptstadt Kretas. Eine Weile saßen sie schweigend nebeneinander. Rebecca betrachtete das Treiben auf den Straßen und erfreute sich an der Lebendigkeit, mit der die Einheimischen sich miteinander austauschten. Sie fragte sich, warum sie nie auf solche Dinge geachtet hatte. Wo doch die Art der Kommunikation so viel über Menschen aussagte. Es war ein weiteres Indiz für ihre frühere Geistlosigkeit. Das war der Grund, weshalb sie Freundinnen, wie Kim und Lindsay hatte. Vor lauter Ichbezogenheit, war sie außer Stande gewesen, ihre Umwelt jenseits ihrer Äußerlichkeiten wahrzunehmen. Sie hatte sich schlicht nicht dafür interessiert. Doch mit jedem Tag, der seit dem Badeunfall verging, entfernte sie sich weiter von ihrem alten Ich.

Sie warf Nikos einen verborgenen Blick zu. Er war so anders, als die Männer, mit denen sie früher ausgegangen war. Seine Art war geradlinig und dabei trotzdem liebevoll. Nie zuvor hatte sie einen Mann so geschätzt und respektiert.

Die Fahrt dauerte nur eine Stunde, bis sie an ihrem

zweiten Tagesziel ankamen. Die Ausgrabungsstätte von Gortina war weniger imposant, als der Palast von Knossos, jedoch nicht minder faszinierend.

Wenngleich die ehemalige Stadt verfallen war, fühlte sich Rebecca dreitausend Jahre zurückversetzt. Sie fuhr mit ihren Fingern über die Steine, die von Menschen behauen worden waren, die Kretas Ursprünglichkeit gekannt hatten. „Ihre Werke sind ein Merkmal für ihre friedfertige Hochkultur", sagte einer der Umstehenden zu seinem kleinen Sohn, der sicher nicht die Bedeutung der großen Worte erfasste. „Eine Gesetzestafel war gefertigt worden, die heute als die älteste erhaltene Europas gilt", rief einer der Touristenführer, um für seine Gruppe hörbar zu sein.

Es wimmelte nur so von Menschen, die an Führungen teilnahmen oder alleine die Ausgrabung durchliefen.

„Komm!" Nikos nahm Rebeccas Hand und zog sie mit sich. Er wollte den kurzen Moment nutzen, an dem sein Ort des Interesses unbesetzt war. Vor einer Platane mit unzähligen Schleifen an Zweigen und Ästen blieb er stehen.

Rebecca deutete lachend darauf: „Waren das etwa Kinder? Sieht lustig aus."

„Aber nein." Er schüttelte den Kopf und erklärte: „Die Schleifen haben Wissenschaftler an den Baum gebunden, um zu erforschen, warum er seine Blätter nicht abwirft."

„Oh!" Rebecca wurde ernst: „Hat man schon einen Anhaltspunkt?"

„Kennst du die Geschichte von Göttervater Zeus, der sich in einen Stier verwandelte, um die schöne Königstochter Europa zu entführen?"

„Äh, ja", log Rebecca. Sie mochte nicht als ungebildet gelten.

„Zeus brachte Europa hierher, wo er sich in einen Mann verwandelte und mit ihr unter dieser Platane drei Söhne zeugte." Er hob verschwörerisch die Augenbrauen: „Seither wirft der Baum seine Blätter nicht mehr ab."

„Behaupten das die Wissenschaftler oder du?" Rebecca zwinkerte: „Das hört sich eher nach einem Märchen an."

Nikos seufzte: „Na gut, du hast mich durchschaut. Wobei nicht ich mir diese Geschichte ausgedacht habe. Das ist griechische Mythologie."

„Hey, Zeus! Hast du etwa vor, mit mir eine romantische Nacht unter der Platane zu verbringen, damit die Blätter wieder herabfallen?" Sie zwickte ihn neckend in die Hüfte und lief lachend davon.

„Na warte, Europa! Einen Göttervater zu zwicken ist strafbar", rief Nikos und rannte hinter ihr her. Er packte sie an der Taille, hob sie in die Luft und wirbelte sie mit einem Schwung einmal herum. Rebecca jauchzte und legte ihren Kopf in den Nacken. Sie genoss, wie er ihren Körper langsam durch seine

Hände zurück auf die Erde gleiten ließ. Als sie wieder Boden unter den Füßen hatte, machte sie einen Schritt, doch er ließ sie nicht los. Er zog sie wieder zu sich, küsste sie leidenschaftlich und sie vergaßen den Rest der Welt. Erst das schreiende Kind einer Touristin machte dem Liebespaar die Menschen um sie herum wieder bewusst.

Arm in Arm schlenderten sie die Straße entlang, vorbei an den Überresten der Stadt, die einst tausende von Menschen beherbergte. Olivenbäume reckten schützend ihre Äste über die zerfallenen Mauern und verliehen ihnen einen unvergleichlichen Zauber. In diesem Augenblick übermannte Rebecca das Gefühl der Geborgenheit, des Angekommenseins. Jetzt hatte sie alles, was sie vervollständigte. Einen Mann, den sie liebte und dem sie – entgegen Franziskas Warnungen – vertraute. Dessen Anwesenheit sie inspirierte und sie sein ließ, wie sie war. Sie befand sich auf einer Insel, auf der das Leben an sich und grundlegende Werte wichtiger waren, als Äußerlichkeiten. Sie hatte von den vielen Früchten Kretas gekostet, die so intensiv und köstlich schmeckten, als wäre jeder Apfel, jede Traube und jede Olive von der Insel beseelt. Sie liebte das besondere Leuchten des Himmels, das die Farben der Natur erstrahlen ließ. Selbst die Tatsache, dass sie für ihr Geld arbeitete, machte ihr Leben interessanter und freier. Die Bezahlung war den hiesigen Bedingungen entsprechend niedrig, besaß für Rebecca dennoch einen hohen Wert. Sie war stolz darauf. Jeder Euro und jeder Cent war ein Symbol für ihre Zuverlässigkeit, jeden Tag hinter dem Tresen zu stehen. Er stand für den Fleiß, mit dem sie die Getränke servierte, die Bar sauber hielt und zu guter Letzt ihre Freundlichkeit, mit der sie die Gäste bediente. Inzwischen war ihr bewusst, dass sie in der Vergangenheit versucht hatte ihre innere Leere mit Luxus zu füllen. Da sie nie genug davon bekommen hatte, um ihren Hunger zu stillen, war es offensichtlich der falsche Weg zur Zufriedenheit gewesen. *Dieses Glück habe ich mir selbst erarbeitet*, dachte Rebecca schmunzelnd *und darum kann es mir keiner mehr nehmen.*

Kapitel 12

Ein Motorrad mit zwei Personen darauf hielt vor dem Hotel.

Eine schlanke, langbeinige Frau stieg vom Rücksitz und zog ihren Helm vom Kopf. Langes blondes Haar fiel über ihre Schultern. Gewohnte Handgriffe sorgten wieder für den richtigen Look. Ihre Art, sich zu bewegen war dem Beobachter vertraut. Die Erkenntnis darüber, dass diese Frau zwar körperlich nah, aber emotional unerreichbar war, versetzte ihm einen Stich.

Der Fahrer des Motorrads zog ebenso seinen Helm aus. Rebecca lehnte sich an ihn und gab ihm einen leidenschaftlichen Kuss.

Dennis wurde übel. Der Kerl war nicht nur eine oberflächliche Bekanntschaft. Sie hatte tatsächlich eine Affäre – mit einem Mann, der schon äußerlich das völlige Gegenteil von ihm war. Schwarzes Haar, dunkler Teint und scheinbar nicht besonders wohlhabend. Seine Statur war kräftig. Ein typisch südländischer Playboy. Wie konnte Rebecca auf so jemanden hereinfallen?

Das Blut schoss ihm in den Kopf. Der Anblick war ihm unerträglich. Seine Finger umklammerten zitternd das Lenkrad des Autos, bis die Knöchel weiß hervortraten. Der Mann auf dem Motorrad berührte, was Dennis gehörte. Seine Hände erkundeten, was jahrelang nur ihm vorbehalten war. Um Fassung ringend, biss Dennis die Zähne so fest zusammen, dass seine Kiefermuskeln schmerzten. Am liebsten wäre er ausgestiegen und hätte dem Rivalen das Strahlen aus dem Gesicht geprügelt. Doch abgesehen davon, dass er dem durchtrainierten Schönling unter Umständen körperlich unterlegen sein könnte, würde es Rebecca nur noch mehr gegen ihn aufbringen. Er hatte eine andere Strategie.

Fröhlich und unbeschwert tänzelte Rebecca den kleinen Weg entlang ins Haus. Ihr Begleiter warf den Motor der Maschine an, wendete und fuhr zurück in Richtung Dorf.

Dennis startete ebenso den Wagen, ließ seinem Rivalen aber einen gewissen Vorsprung.

Rebecca bemerkte nichts davon. Sie schwebte in höheren Sphären und genoss ihren Liebestaumel, wie ein 15-jähriges Schulmädchen. Jeder Augenblick mit Nikos war ein Feuerwerk aus Liebe und Leidenschaft. Der Rest der Welt untermalte als romantisches Beiwerk ihr Liebesglück. Sie konnte den Abend kaum erwarten. Nikos wollte sie wieder zum Essen abholen. Danach plante er mit ihr zu einem besonders abgelegenen Strand zu fahren, einem angeblichen Geheimtipp.

Die Nächte waren sternenklar – zu stimmungsvoll, um sie im Bett zu verbringen. Der Mond wird die

Landschaft in ein Märchenreich verwandeln. Die Romantik war auf ihrer Seite. Rebecca war sich sicher – heute wird es passieren, heute werden sie sich auch körperlich näher kommen.

Der Nachmittag verging schnell. Die Hauptsaison hatte begonnen und Kreta war ausgebucht. Viele suchten eine Abkühlung im Schatten, mit einem Getränk in der Bar. Rebecca hatte keine Zeit für Langeweile. Franziska und Lefteris waren voll und ganz in die Arbeit im Hotel eingespannt. Eine wunderbare Fügung, da Rebecca so ihre Romanze mit Nikos besser verheimlichen konnte. Sie kam und ging unbemerkt. Bis zu diesem Abend. „Hey, Becky, sieht man dich auch mal wieder!", rief Franziska, bevor ihre Schwester an ihr vorbei stürmte. „Wer nimmt dich denn so für sich in Anspruch? Wird höchste Zeit, dass du uns deinen Verehrer mal vorstellst." Eine Reaktion fordernd, stand Franziska in ihrem schicken dunkelblauen Kostüm vor ihr in der Haustür. Offensichtlich kam sie aus dem Büro des Hotels.

„Franzi!" Rebeccas Herz pochte. Das passte ihr jetzt gar nicht. Nikos wartete und Franziska steuerte auf eine Diskussion zu. „Schön dich zu sehen!", sagte sie langsam, während ihr Gehirn nach einer Ausrede suchte, um die Flucht anzutreten. Sie stahl sich Zeit, in dem sie ihr fürsorglich über das Schulterteil des Jacketts strich und vorgebliche Fussel vom Stoff zupfte: „Das steht dir großartig. Sieht sehr elegant aus."

„Papperlapapp, lenk nicht ab! Das ist das Hotel-Outfit. Hast du schon unzählige Male an mir gesehen."

„Ach wirklich? Äh … ja … stimmt, jetzt wo du es sagst."

„Was ist denn nun mit deinem Verehrer? Lernen wir ihn mal kennen?"

„Aber selbstverständlich! Sehr bald, versprochen!" Schnell drückte sie Franzi an sich: „Aber jetzt muss ich mich beeilen, entschuldige!" Sie gab ihr ein vertröstendes Bussi auf die Wange und eilte los.

Doch Franziskas Neugier bestand auf einen kleinen Happen: „Wie heißt denn der Glückliche?"

Rebecca gab vor, nicht verstanden zu haben, deutete auf die Uhr und rannte weiter.

Franziska kannte dieses Gehabe. Sie wusste, dass sie ihr etwas verheimlichte. Jetzt war sie alarmiert.

Mit einem unguten Gefühl in der Magengrube schlenderte sie in die Küche. Sie vermutete, dass Nikos der Mann war, mit dem Rebecca ein Stelldichein hatte. Ihre Gedanken kreisten wie wild um die Problematik, auf der Suche nach einer Lösung.

„Möchtest du Butter über deine Kartoffeln, Schatz?"

Franziska verharrte regungslos und stierte auf das ungewohnte Bild vor sich. Lefteris stand in seinem eleganten schwarzen Anzug neben dem Esstisch und richtete zwei Teller mit duftenden Speisen an. Die Szenerie passte ganz und gar nicht zu dem Ehedrama der vergangenen Tage. Um zu begreifen, was vor sich ging, wanderten ihre Augen langsam vom Tisch zu ihrem Mann, der eine Kelle mit zerlassener Butter in der Hand hielt.

Er hatte für sie überbackenen Schafskäse mit gegrillten Paprika, Zucchini und Reis gekocht - Franziskas Lieblingsspeise. Sogar seine wilden Locken hatte er ordentlich nach hinten gegelt. Der Tisch war mit dem neuen Porzellan gedeckt, das Franziska so liebte. In der Mitte brannte eine Kerze.

„Setz dich doch, Schatz!" Lefteris erwiderte ihren verunsicherten Blick mit einem Lächeln.

Franziska wagte es dennoch nicht, zu reagieren. In den vergangenen Tagen hatte jedes Wort einen Streit nach sich gezogen. Was war geschehen, das Lefteris so handzahm machte?

Sie stand in der Mitte der Küche und versuchte das Bild einzuordnen. Lefteris wurde ernst. Langsam ging er auf sie zu, streckte seine Hände nach den ihren aus und hielt sie festgedrückt. Er räusperte sich: „Franziska, Schatz, ich mag mich nicht mehr streiten - besonders nicht mit dir." Sein Blick haftete flehend an ihren Augen: „Du bist die Frau, die mich glücklich macht, die ich liebe, mit der ich mein Leben verbringen will. Wollen wir uns nicht wieder versöhnen?"

Franziska schluckte. Ihre Tränen stiegen so plötzlich auf, dass sie nicht einmal dagegen ankämpfen konnte. Die erdrückende Stimmung der letzten Zeit hatte ihr beinahe die Luft zum Atmen geraubt. Sie hatte mit dem Schlimmsten gerechnet, wäre nicht mal überrascht gewesen, wenn Lefteris die Scheidung gefordert hätte. Plötzlich gab es wieder Hoffnung. Mehr als das – sie fühlte wieder Boden unter den Füßen. Überwältigt schlang sie ihre Arme um ihren Mann. „Oh, Lefteri, mein Liebling! Ich bin so froh.", schluchzte sie „Ich hatte solche Angst um unsere Ehe. Ich dachte, ich hätte dich verloren."

Schnell drückte Lefteris sie an sich und vergrub sein Gesicht in ihrem Haar: „Bitte, verzeih mir mein Misstrauen, Schatz! Ich habe dich so verletzt. Das hast du nicht verdient."

„Du musst dich nicht entschuldigen, Lefteri! Ich habe gleichfalls meinen Teil zu dem Streit beigetragen. Ich hätte dir von Nikos erzählen sollen."

„Nein, hättest du nicht. Dann wären wir nie ein Paar geworden und ich wäre nicht der glücklichste Mann der Welt." Zärtlich strich er über ihren Rücken: „Du hattest keine Wahl. Meine Reaktion war übertrieben und kindisch."

„Ach, ich verstehe dich doch." Franziska schmiegte sich fest an ihn. „Hättest du vor unserer Zeit mit einer Freundin von mir ein Techtelmechtel gehabt, wäre ich genauso durchgedreht." Dankbar für ihr Verständnis küsste er seine Frau auf das Haar. Er wischte mit den Daumen ihre Tränen von den Wangen und küsste ihre Stirn, die Augen und den Mund. Franziska legte ihre Arme fester um seine Schultern und beantwortete hingebungsvoll die zärtliche Liebkosung. Sie küssten sich so leidenschaftlich, wie schon lange nicht mehr. Die Angst um den Verlust ihrer Beziehung, erneuerte das Bewusstsein für ihre Liebe. Mit einem Schwung hob Lefteris seine Frau auf die Arme, trug sie durch die Küche in das gemeinsame Schlafzimmer und streifte ihr das Kostüm ab.

Nach dem das erste Verlangen gestillt war, lief Lefteris in die Küche. So leise, wie möglich, nahm er ein Tablett und stellte zwei Gläser mit einer Flasche Wein darauf. Die zwei Teller mit dem inzwischen erkalteten Essen platzierte er dazu und schlich sich leise zurück ins Schlafzimmer, wo Franziska im Bett auf ihn wartete. Er bemühte sich, auf seine Schwägerin Rücksicht zu nehmen, die er schlafend in ihrem Zimmer vermutete. Er wusste nicht, dass ihr Bett leer war. Rebecca lag in den Armen ihres Traummannes am Strand und betrachtete den unendlichen Sternenhimmel.

„Gefällt er dir?", fragte Nikos.

„Wer?"

„Na, der Sternenhimmel."

„Oh ja!", schmachtete Rebecca. „Ich glaube, ich habe noch nie so viele Sterne gesehen."

„Gut, das war nämlich eine Menge Arbeit."

Rebecca setzte sich auf und sah Nikos fragend an. Sie erkannte sein spitzbübisches Grinsen, das in diesem Moment in Gelächter ausbrach.

„Ach, du meinst, du kannst mich veräppeln?" Schnell zwickten ihre Finger in Nikos Seiten und seinen Bauch. Er war so kitzlig, dass sie ein leichtes Spiel hatte. Er wand sich hin und her, während er so herzlich lachte, dass Rebecca nicht umhinkonnte, als mit ihm zu lachen.

Der Mond warf sein magisches Licht über die kleine Bucht, die sich zwischen Felsen verbarg. Ohne sein Leuchten wäre es dem jungen Paar heute Nacht nicht möglich gewesen, den schmalen Pfad hinabzusteigen.

Rebecca stützte sich rückwärts auf ihre Ellbogen und legte ihren Kopf in den Nacken. Sie bemühte sich, die Unermesslichkeit des Himmels zu erfassen. Sie war hungrig nach seinem Funkeln. Es schien unmöglich, sich daran sattzusehen. Für einen Augenblick verglich sie die Schönheit mit einem Diamanten-Collier – doch der Vergleich wurde dem Anblick nicht annähernd gerecht. Es war ihr unverständlich, dass sie erst jetzt auf dieses grenzenlose Wunder aufmerksam wurde, wo es doch um so viel herrlicher war, als der teuerste Schmuck.

Und obendrein kostenlos. Wahrscheinlich war das sogar der Grund, warum sie sich nie zuvor dafür interessiert hatte. Bisher hatte Rebecca ihr Begehren nach dem jeweiligen Geldwert gerichtet. Heute schien ihr all der materielle Luxus wertlos. Er löste kein Glücksgefühl aus, wie dieser Sternenhimmel – auch den Lebenshunger nicht, der ihr früher fremd war. Jeder Tag bot ein so vielfältiges Spektrum an Emotionen, dass sie langsam glaubte, erst durch den Beinahe-Tod zum Leben erweckt worden zu sein. Oder hatte ihr Held das alles bewirkt?

Verzückt betrachtete Nikos die Silhouette seiner Freundin. Diese Anmut und Grazie hatte er bei keiner Frau zuvor gesehen. Er berührte ihre Wange. Genussvoll schloss Rebecca ihre Augen und schmiegte ihr Gesicht in seine Hand. Nikos zog sie zu sich. Rebeccas innere Aufregung verstärkte sich. Er umfasste ihren Kopf mit beiden Händen.

Als er ihr Gesicht zärtlich mit sanften Küssen bedeckte, wurde ihr heiß. Er hielt ihren Kopf zwischen den Händen, sah ihr in die Augen und presste den leicht geöffneten Mund auf ihre Lippen. Als hätte sie nur darauf gewartet, drückte sie sich an ihn. Rebecca fügte sich in seine Bewegungen. Jede seiner Berührungen verstärkte ihre Erregung. Ihr Atem ging heftig. Sie gierte nach mehr. Nikos sah in ihren Augen, wie sehr sie ihn begehrte. Er verlor die Beherrschung. Überwältigt von seiner Lust zerrte er ihr das Kleid vom Leib und grub sein Gesicht in ihre Haut. Rebecca ließ ihre Finger unter sein Hemd gleiten, bis er es sich vom Körper riss.

Wie in einem Rausch aus Begierde und Leidenschaft wälzten sie sich am Strand. Die Zuneigung, die sie für einander empfanden, entfesselte sich in blanker Gier nach dem Körper des anderen. Als er in sie drang stöhnte Rebecca auf. Bebend klammerte sie sich an seine Schultern. Sie wurde überwältigt von einer nie gekannten Ekstase. Alle Sterne des Himmels schienen in einem warmen Schauer auf sie hinab zu regnen.

Erschöpft aber von Glück erfüllt sank Rebecca in die Arme ihres Liebsten. Eng umschlungen vertrauten sie sich der Nacht an.

Nikos war es, der zuerst wieder erwachte. Rebecca lag schlafend neben ihm, mit dem Gesichtsausdruck einer Fee. Es schien ihm, als lächelte sie hinter ihren geschlossenen Augen. Plötzlich wurde ihm bewusst, wie glücklich sie ihn machte. Das Leben schien nur noch aus bunten leuchtenden Farben, Lachen, Genuss und Harmonie zu bestehen. Seitdem Rebecca Teil seines Lebens war, konnte er nicht mehr aufhören zu strahlen. Es war, als gäbe es keine Sorgen mehr. Alles was ihn vorher belastet hatte, was ihn nach Kreta getrieben hatte, weil es ihn zu vernichten drohte, war zur Banalität geschrumpft. Wohingegen sein Glück stetig zu wachsen schien. Es gab unzählige wunderbare Momente, die sie miteinander verbracht hatten. Die morgendlichen Stunden am Strand, die Besichtigungen der verschiedenen Ausgrabungen und bald würde er ihr die Städte Rethymnon und Chania zeigen. Jeder Tag mit ihr war ein unvergleichliches Abenteuer. Kein unangenehmes Schweigen oder langweiliges Gerede trübte die gemeinsamen Stunden. Es gab nur faszinierende Gespräche, Lachen und den Genuss des Beisammenseins. Fast war es, als wären sie gar kein Paar, sondern eine Einheit. Jede Minute, die er ohne Rebecca sein musste, erschien ihm sinnlos.

Er würde sie heiraten – sofort – wäre da nicht seine Vergangenheit.

Rebecca öffnete langsam ihre Augen. Sie orientierte sich nur kurz. Dann sah sie den zärtlichen Blick ihres Traummannes. „Hast du mich etwa beim Schlafen beobachtet?"

Nikos lächelte: „Ich kann mich einfach nicht sattsehen an dir."

„Und ich kann mich nicht satthören an deinen Komplimenten." Sie küsste ihn liebevoll auf den Mund und schmiegte sich an seine Brust.

„Ich liebe dich, Rebecca.", flüsterte er in ihr Ohr.

Erstaunt wandte sie sich ihm zu und sah in seine warmen braunen Augen. Unzählige Male hatte sie diese Worte schon gehört, doch nie zuvor hatten sie ihr so viel bedeutet. Sie versuchte, in seinen Augen zu ergründen, ob sie ihm vertrauen konnte. Sein Blick war ernst. Sie glaubte ihm. „Und ich liebe dich", erwiderte sie und umarmte ihn innig.

Als hätte er sie aus einem Dornröschenschlaf wach geküsst, fühlte sie mit ihm jeden Augenblick mit einer nie gekannten Intensität. Das wollte sie nie mehr aufgeben. Sie wollte *ihn* nie mehr aufgeben. Er war Teil – wenn nicht sogar Verursacher ihres neuen Seins.

Ein paar Stunden verbrachten sie in inniger Zweisamkeit am Strand zu, zogen dann ihre Kleidung an, packten ihre Sachen und stiegen den Pfad hinauf zu der Stelle, wo Nikos den Pick-up geparkt hatte.

Vor dem Haus von Rebeccas Schwester stieg er mit ihr aus und begleitete sie bis zur Tür. Er wollte so viel Zeit, wie möglich mit ihr verbringen und vermisste sie schon, bevor er sich von ihr verabschiedet hatte. Überwältigt von seinen Gefühlen nahm er sie in die Arme und drückte sie an sich. Minutenlang standen sie fest umschlungen und genossen wortlos die Nähe des anderen, während im Hintergrund nur das Meer rauschte.

„Ich liebe dich, agapi mou!", schallte plötzlich Franziskas Stimme aus dem Haus durch die Stille.

„Ich liebe dich noch viel mehr, kardiá mou!", antwortete Lefteris neckend.

Rebecca, die mit Nikos noch immer vor dem Haus stand, lächelte. Sie war erleichtert, denn die beiden hatten sich offensichtlich mit einander ausgesöhnt. Mit einem liebevollen Blick sagte sie leise: „Gute Nacht, mein Schatz." Sie küsste Nikos zum Abschied.

„Gute Nacht, mein Liebling", erwiderte er und löste sich zögerlich aus der Umarmung. Der Abschied fiel ihm schwer. Ein Blick in Rebeccas Augen sagte ihm, dass es ihr ebenso erging.

Schließlich wandte er sich zum Gehen, als er erneut Franziskas Stimme vernahm. Dieses Mal musste sie im Schlafzimmer sein, wo das Fenster gekippt war, denn es war so deutlich zu verstehen, als stünde sie direkt neben ihm: „Lefteri, mein Liebling, niemals war ich mit einem anderen Mann so glücklich, wie mit dir. Schon gar nicht mit Nikos. Das musst du mir glauben!"

Erschrocken fuhr Nikos herum. Er sah Rebeccas Augen. Sie waren schreckensgeweitet. Zweifellos hatte auch sie Franziskas Worte gehört.

Eiskalt lief es ihm den Rücken herunter. „Das war lange vor dir. Es hatte nichts zu bedeuten." Er versuchte, nach ihr zu greifen, um zu erklären, doch sie wich sofort zurück und schüttelte widerwillig den Kopf. „Nein! Nicht! Komm nicht näher!" In ihrem Blick sah er Unglauben und Schmerz. Im Geiste überschlugen sich seine Gedanken. Wie sollte er ihr erklären, wie bedeutungslos die Sache mit Franziska gewesen war?

Seine Worte raubten Rebecca den Atem. Sie hatte sich also nicht verhört. Selbst Nikos Gesichtsausdruck war ihr Antwort genug. Seine Nähe wurde ihr plötzlich unerträglich. Sie hatte das Gefühl zu ersticken und wollte nur noch allein sein. Rebecca drehte sich um und rannte die Straße hinunter in Richtung Ortschaft.

Bestürzt lief Nikos hinter ihr her. Nach wenigen Metern hatte er sie eingeholt und hielt sie fest: „Bitte, Rebecca, hör mir erst einmal zu!" Sein Griff um ihren Arm war energisch und unnachgiebig. Sie wehrte sich nicht. Er drehte sie an den Schultern zu sich und sah in ihr Gesicht. Aus ihren Augen quollen Tränen.

„Lass es mich erklären!", bat er eindringlich. „Es war nicht so, wie du denkst. Es gab keine Gefühle. Wir waren nicht einmal ein Paar." Er hätte wissen müssen, dass sie irgendwann davon erfahren würde. Jeder andere Tag wäre geeigneter, als ausgerechnet heute, wo sie ihre erste Liebesnacht miteinander verbracht hatten?

„Du warst mit Franziska im Bett, mit meiner Schwester. Sag mir, wie ich damit umgehen soll?", schluchzte sie mit tränenerstickter Stimme.

„Es war völlig unbedeutend", bemühte sich Nikos Rebecca zu beschwichtigen. „Wir haben nie etwas für einander empfunden."

„Nur Sex. Na, das klingt ja wesentlich besser." Wut

mischte sich in ihren Tonfall: „Ihr habt mich beide angelogen."

„Nein, Schatz, wir …"

„Nenn' mich ja nicht Schatz!"

„Rebecca!" Nikos nahm ihren Kopf in beide Hände, damit sie ihm in die Augen sah: „Es war eine einmalige unbedeutende Sache. Außerdem ist es Jahre her. Das war in einer anderen Zeit. Ich selbst war damals ein anderer."

„Und wer bist du jetzt?", fragte sie in einem spitzen Ton.

Nikos blieben die Worte im Hals stecken. Die Wahrheit über seine Identität war wesentlich weitgreifender. Die Frage, wer er sei, würde er ihr vermutlich nie beantworten können. Er strich ihr zärtlich die Tränen von den Wangen: „Ich bin ein Mann, der glaubt die Frau fürs Leben gefunden zu haben." Das war die Wahrheit, die er ihr zugestand. „Eigentlich bist du die Frau, die mich verändert hat. Du holst das Beste aus mir heraus, machst mich glücklich. Niemand hat mir je so viel bedeutet, wie du." Nikos merkte, dass Rebecca ihm zuhörte, und lockerte den Griff. Seine Stimme wurde sanfter: „Du bist die Frau, mit der ich mir ein gemeinsames Leben vorstellen kann - die ich liebe."

Rebecca zog ein Taschentuch hervor und putzte sich die Nase. Sie war nicht in der Lage den Schock so schnell abzulegen. Er saß ihr zu tief in den Knochen.

Nachdenklich stierte sie auf den Boden, unsicher, wie sie sich verhalten sollte. Um sich zu beschäftigen, steckte sie das Taschentuch umständlich zurück in ihre Umhängetasche.

All die Gedanken und Bilder, die auf sie einstürmten, lähmten ihre Entschlusskraft. Der Mann, der ihr in den vergangenen Wochen näher war, als jeder andere Mensch zuvor, war ihr plötzlich fremd.

Nikos stand hilflos neben ihr. Er spürte, wie sich Rebecca innerlich von ihm entfernte. Er nahm ihre Hand und hielt sie in seiner, wie einen zerbrechlichen Schatz. „Ich weiß, dass du verletzt und schockiert bist. Das verstehe ich. Nimm dir Zeit, um dir über alles Klarheit zu verschaffen. Aber bevor du dich gegen mich, also gegen *uns* entscheidest, rede mit deiner Schwester! Sie wird meine Worte bestätigen." Sein ernster Blick unterstrich das Gesagte und gelangte tief in Rebeccas aufgewühltes Herz. Nikos bemerkte es und fuhr fort: „Es darf keine Rolle spielen, was vorher war. Wir sind doch glücklich miteinander. Alles, was zählt, ist die Zeit, die wir vor uns haben. Die Zukunft ist wichtig, nicht die Vergangenheit." Seine Worte klangen wunderbar. Alles könnte perfekt sein. Aber der Gedanke, dass er mit Franzi intim war ... Erneut schüttelte Rebecca ihren Kopf. Abermals flossen die Tränen über ihre Wangen. Langsam entzog sie ihm ihre Hand und suchte mit ihren traurigen Augen nach seinem Verständnis. „Es geht nicht.", sagte sie leise.

„Ich kann nicht. Immer wieder steigen mir im Geiste die Bilder von dir und Franzi auf." Sie warf ihre Hände vors Gesicht und schluchzte.

„Das ist nur in deiner Fantasie. Du gibst dem Ganzen zu viel Bedeutung."

„Nein, Niko! Bitte, lass mich allein!"

Nikos starrte sie ungläubig an: „Dann ist es jetzt aus? Du machst Schluss?" Die Vorstellung, Rebecca zu verlieren, raubte ihm den Atem. Vorsichtig streckte er seine Hand nach ihr aus, versuchte sie mit Zärtlichkeit zu überzeugen, ihre Beziehung nicht aufzugeben – doch Rebecca wich zurück.

„Aber du liebst mich doch. Das spüre ich.", flüsterte er.

Natürlich liebte sie ihn. Dies zuzugeben, würde aber nichts daran ändern, dass er mit ihrer Schwester im Bett war. „Bitte, Niko, geh! Ich muss jetzt alleine sein." Diese Worte auszusprechen, brach ihr das Herz. Doch seine Gegenwart schmerzte noch mehr. Franziska hatte ihn berührt, gestreichelt und geküsst. Ihre Körper waren miteinander verbunden gewesen. Ihre Schwester hatte ihn in sich gespürt. Das war nun unauslöschlich in Rebeccas Geist.

Nikos suchte in ihrem gesenkten Blick ein Zeichen der Hoffnung. Er wusste nicht, wie heftig sie mit ihren Gefühlen rang. In ihrem Kopf rauschten alle Gedanken und Bilder durcheinander. Sie fürchtete, ihn zu verlieren, sah aber keine Chance für eine

Zukunft mit dem Ex ihrer Schwester. Sie liebte die Zärtlichkeit in seinen kastanienbraunen Augen, den durchtrainierten Körper, an den sie sich so gerne anlehnte, seine warme Stimme, die anregenden Gespräche, die sie inspirierten und den exzellenten Humor, den sie mit ihm teilte. Alles sprach für eine glückliche Zukunft. Die anfängliche Härte in Nikos' Gesicht war verschwunden. Ein deutlicher Beweis dafür, dass er die Zeit mit ihr genoss. Seine Vergangenheit mit Franzi warf jedoch einen schwarzen Fleck auf all das Schöne. Beide waren Rebecca plötzlich fremd.

Eine der Laternen am Wegesrand verweigerte ihren Dienst. Ihre Dunkelheit warf einen Schatten über Nikos' Gesicht. Es schien Rebecca, als gelangte es zu seiner ursprünglichen Strenge. Je mehr sie sich ihm verschloss, umso härter wurden seine Züge.

Nikos sah, wie sie ihre Arme schützend vor der Brust verschränkte. Keinerlei Kontakt ließ sie mehr zu. Nikos verstand: „Also gut, Rebecca! Dann werde ich dich nicht weiter bedrängen. Ich liebe dich – das steht fest. Es kommt nur darauf an, was du willst. Darum gebe ich dir alle Zeit, die du brauchst."

Kapitel 13

Der warme Sommerwind fuhr durch Rebeccas Haar.

Dennis liebte diesen Anblick an seiner Frau. „Es freut mich, dass du letztendlich doch bereit warst, dich mit mir zu treffen."

„Du hast ja oft genug angerufen."

„Ich habe dir gesagt, dass ich dich nicht aufgebe. Du gehörst zu mir."

Rebecca antwortete nicht. Ihre Gedanken waren noch immer bei dem Vorfall, als sie von Nikos' Vergangenheit mit Franziska erfahren hatte. Sie war müde, hatte seither kaum eine Nacht geschlafen. Ihr Körper und ihre Seele fühlten sich taub und leer an. Wie ferngesteuert führte ihre Hand den Löffel durch die Kaffeetasse.

Nikos hatte sich nicht mehr gemeldet. Hatte er sie bereits abgehakt oder respektierte er nur ihre Gefühle? Eine Woche war dieses letzte Beisammensein nun her und sie hatte den Eindruck, sie verhungerte emotional. Ihre Gedanken drehten sich immerzu im Kreis, gelangten an kein brauchbares Ergebnis.

Nie hätte Rebecca es für möglich gehalten, dass Liebeskummer so schmerzhaft war. Der Kloß in ihrem Hals nahm ihr die Luft zum Atmen. Jede Sekunde ohne ihren Traummann verstärkte ihre innere Leere. Allein die Arbeit in der Bar lenkte sie etwas ab und half ihr über den Tag. Die tägliche Begegnung mit ihrer Schwester schnürte ihr indes die Kehle zu. Rebecca versuchte ihr nach Möglichkeit auszuweichen, was ihr nicht immer gelang. Der Gedanke, mit Dennis zurück nach Deutschland zu reisen, schien ihr von Tag zu Tag weniger abwegig. Sie wäre fort, von all den wunderbaren Erinnerungen, die sie heute schmerzten und fort von ihrer Schwester.

Als Dennis gestern Abend, nachdem sie die Bar geschlossen hatte, erneut anrief und um ein Treffen bat, willigte sie ein – allerdings nur unter der Bedingung, sich außerhalb von Agia Galini zu treffen.

Heraklion war weit genug entfernt, um unerkannt von Menschen aus Agia Galini ein Gespräch zu führen.

Dennis wusste, dass seine Beteuerungen bisher keinen Anklang gefunden hatten. Heute versuchte er eine andere Strategie. Er sparte sich weitere Erklärungs- und Entschuldigungsversuche und zog stattdessen nur einen Umschlag aus seinem Jackett. Kommentarlos legte er ihn vor Rebecca auf den Tisch des Cafés. Sie reagierte nicht, stierte stattdessen geistesabwesend vor sich in die Kaffeetasse.

„Komm schon, Becky! Mach ihn auf!" Sein Mund verzog sich zu einem breiten, selbstgefälligen Grinsen.

Lustlos betrachtete Rebecca das Kuvert, nahm ihn aber schließlich in die Hand und zog den Inhalt heraus. „Flugtickets", erkannte sie freudlos.

„Sieh dir die Destination an!"

„Bahamas!"

„Das war doch immer dein Traum! Jetzt ist es soweit." Dennis schlug die Beine übereinander und lehnte sich zurück. Er hatte vor, die Auswirkung seines Geschenks zu genießen.

Rebecca enttäuschte ihn. In Gedanken bei Nikos strichen ihre Finger über die Tickets, als könnte sie sich damit trösten. Sie vermisste ihren Traummann mehr, als sie es je für möglich gehalten hatte. Der Schmerz über die Enttäuschung wurde auf Kreta, in der Nähe von Nikos immer unerträglicher.

Vor ihrem Beinahe-Tod war ihr Leben leichter gewesen. Weder um Geld, noch um Liebe hatte sie sich gesorgt. Alles war ihr zugeflogen. Dennis' Betrug hatte sie zwar gekränkt, aber nicht so tief, wie Nikos' Liebesabenteuer mit Franziska. Im Grunde hatte das Fremdgehen ihres Mannes nur ihren Stolz verletzt. Mit Oberflächlichkeit lebte es sich eben bequemer. In einer Ehe der Gleichgültigkeit war es einfacher, als in der Liebesbeziehung mit dem Traummann, bei dem man seine Emotionen nicht mehr unter Kontrolle hatte.

Seitdem sie Nikos kannte, wusste sie, dass sie nie zuvor geliebt hatte. Er war der erste Mann in ihrem Leben, der Macht über ihre Gefühle hatte. Er war in der Lage sie überaus glücklich zu machen, aber gleichermaßen tief zu verletzen. Beide Gefühlsformen hatte sie in diesen Tagen mit Nikos erlebt. Ihre Entscheidung, ihn nicht mehr zu sehen, kämpfte mit ihrer Sehnsucht nach ihm. Unentwegt fragte sie sich, ob sie eine glückliche Beziehung wegwarf oder ob Franzi letztendlich doch recht hatte, als sie sie vor dem Playboy warnte.

An jenem Abend, an dem seine Affäre mit Franziska herausgekommen war, hatte er sie zurück zur Haustür begleitet und war gefahren. Es hatte keinen Abschiedskuss gegeben, keine Umarmung und keinen liebevollen Blick. Die Art, wie er sie ansah, bevor er in seinen Pick-Up stieg, war für Rebecca nicht zu deuten. War es Enttäuschung oder gar Wut, die aus seinen Augen sprach? Oder hatte er längst mit ihr abgeschlossen, bevor sie in der Lage war, die Ereignisse zu verarbeiten?

Sie hätte sich so sehr einen Ausweg gewünscht, eine Möglichkeit, die Sache zwischen ihm und ihrer Schwester zu ignorieren – aber die Bilder in ihrem Kopf waren allgegenwärtig. Die Vorstellung von den beiden, wie sie sich intim in einander verschlungen räkelten, brachte sie um den Verstand. Rebecca war außerstande einen vernünftigen Gedanken zu fassen. Sie wusste nur, wie schrecklich sie Nikos vermisste. Dieser Mann hatte einen bedeutsamen Platz in ihrem Herzen eingenommen – war mittlerweile zu einem der wichtigsten Menschen an ihrer Seite geworden. Er hatte nicht nur ihr Leben gerettet, er hatte ihr zu einer inneren Lebendigkeit verholfen. Wie sollte sie ihn jemals vergessen? Wo war die Gefühllosigkeit der alten Rebecca? *Sie* könnte den Schmerz in ihrem Herzen tilgen. *Sie* würde mit einer lockeren Handbewegung ihr Haar hinter die Schulter werfen und sich erhobenen Kopfes die Anerkennung holen, die sie innerlich wieder auffing. Eine Shoppingtour durch die namhaften Boutiquen Münchens, eine Stunde Fitness unter den schmachtenden Augen durchtrainierte Männer und ein Termin bei ihrem Friseur hätten sie jegliche Enttäuschung vergessen lassen. Wäre es möglich, zu dieser alten Rebecca zurückzufinden? Könnten ein paar Tage mit Dennis sie wieder aufleben lassen? Es wäre die Rettung. Sie war sich nur noch nicht ganz sicher, ob sie ihren Ehemann wieder an ihrer Seite ertragen könnte. Sie benötigte etwas Zeit, die sie sich durch einen Einwand nahm: „Aber, du weißt doch, dass mich Franzi braucht! Ich lasse sie nicht im Stich."

„Das ist längst geregelt. Sie hat schon jemanden, der sofort anfangen würde."

„So?" Rebecca sah verwundert auf. Hatte ihr Franziska doch im Frühjahr am Telefon erklärt, wie dringend sie sie benötigte. Auf einmal war innerhalb kürzester Zeit ein Ersatz für die Bar gefunden. Das war wohl wieder eine Bestätigung dafür, sich keine Gedanken um andere zu machen.

Aber, würde sie jemals wieder in der Lage sein, mit Dennis eine richtige Ehe zu führen? Im Grunde kannte sie die Antwort. Dennoch wäre es eine Möglichkeit, zu ihrem alten Selbst zurückzufinden. Keine Gefühle – kein Liebeskummer.

Dennis erkannte, dass nur ein kleiner Schubs fehlte. Er hatte Rebecca schon fast überzeugt. Die Tatsache, dass sie ihm die Tickets nicht vor die Füße geworfen hatte, schenkte ihm Hoffnung. „Wir fliegen schon morgen und bleiben, solange du wünschst, Liebling."

„Bahamas." Rebecca betrachtete die Buchstaben auf dem harten Papier der Tickets und schüttelte dann entschieden den Kopf: „Das ist zu weit. Was, wenn wir streiten? Dann bin ich dort mit dir gefangen."

„Herrje, Becky! Bin ich so unerträglich für dich?"

„Das ist es nicht. Ich beabsichtige nur, nicht an irgendeinem fernen Ort festzusitzen."

„Wenn das deine einzige Forderung ist, dann fliegen wir eben nach Santorin. Das ist fast nebenan."

Rebecca sprang auf. Dennis erschrak. Was hatte er jetzt wieder angestellt?

„Okay!", sagte sie wider Erwarten. „Hol mich morgen ab. Wir versuchen es."

Kapitel 14

Die Sonne brannte heiß auf Rebeccas Körper.

Sie erhob sich von ihrer Liege und schritt in gewohnter Model-Manier die Stufen des Pools hinunter. Genussvoll tauchte sie ihren überhitzten Körper in das kühlende Nass. Ohne einen Zug geschwommen zu sein, stolzierte sie zurück zu ihrer Liege, auf deren Beistelltisch ein vornehmer Bediensteter ihren Cocktail kredenzte. Ungeachtet der Hitze trug er lange schwarze Hosen und ein gediegenes rotes Jackett über dem weißen Hemd. Rebecca fielen die kleinen Schweißtröpfchen auf seiner Stirn auf, verdrängte aber ihr Mitgefühl und zwang sich zu Gleichgültigkeit. Sie bedankte sich höflich und stieß mit Dennis an. Er war so entspannt wie lange nicht mehr. Seine Bemühungen, seine Frau zurückzugewinnen, schienen erfolgreich. Er musste nur noch ein wenig Geduld haben, dann würde sie ihn auch körperlich wieder an sich heranlassen.

„Wie wäre es, wenn wir heute Abend mal nicht ausgehen, sondern auf dem Zimmer bleiben?", schlug er vor, während er sein Glas zurück auf den Tisch stellte.

Rebecca stockte. Es widerstrebte ihr, mit ihm alleine zu sein. Sie war noch nicht so weit. „Auf welchem Zimmer?"

„Das ist doch nicht wichtig, ob deines oder meines.

Hauptsache, wir sind mal alleine."

„Du weißt, ich war nur mit der Reise einverstanden, wenn wir getrennte Zimmer haben. Das war die Voraussetzung. Ich brauche noch Zeit." Die allabendlichen Veranstaltungen des Hotels hatten sie in den vergangenen Tagen vor Diskussionen gerettet. Die Konzerte, Vorstellungen einheimischer Tanzgruppen und Theatervorführungen dauerten lang genug, so dass beide anschließend müde in ihre getrennten Betten fielen.

„Das weiß ich ja. Dachte nur, wir könnten mal ein wenig Zeit allein mit Gesprächen bei einem Glas Wein verbringen. Das könnte unserer Ehe nicht schaden." Seine Augen glitten über den Körper seiner Frau. Zu gerne würde er ihn wieder berühren. Aber heute ärgerte ihn ihre Distanziertheit nicht. Rebecca war mit ihm in den Urlaub geflogen und das bedeutete, dass der Sieg zum Greifen nah war.

„Unsere Ehe steht im Moment nur auf dem Papier. Ob wir sie *überhaupt* wiederbeleben können, steht noch in den Sternen."

„Ich habe Geduld, mein Schatz. Irgendwann wirst du mir schon wieder vertrauen."

Rebecca sagte nichts. Ein weiterer großer Schluck von ihrem Cocktail war ihre Ausflucht.

Als er sich wieder seiner Zeitung widmete, atmete sie innerlich auf. *Was habe ich mir nur dabei gedacht, mit Dennis in den Urlaub zu fliegen?*, zweifelte Rebecca

216

plötzlich an ihrem Verstand. *Ich liebe ihn nicht und er beansprucht nur sein Vorzeigepüppchen. Das ist eine Farce. Dieses oberflächliche Leben im Luxus war mir nie so fern wie heute.* Sie ließ ihre Blicke über den Poolbereich des teuren Hotels schweifen. Die Mienen der Menschen wirkten angestrengt. Als müssten sie sich ständig ihres äußeren Erscheinungsbilds und seiner Wirkung vergewissern. Keines der Paare unterhielt sich so ausgelassen und ungezwungen, wie Rebecca einst mit Nikos. Keiner besaß die selbstverständliche Coolness seiner drei Freunde in der kleinen Strandbar. Jene Männer waren erfolgreich mit ihren Geschäften, hatten es – im Gegensatz zu dieser Gesellschaft - aber nicht nötig, dies nach außen zu demonstrieren.

Rebecca wurde nervös. Am liebsten wäre sie aufgesprungen und davongelaufen. Das war nicht mehr ihre Welt. Aber wohin sollte sie fliehen, um inneren Frieden zu finden? Wo könnte sie sich dem Schmerz, ohne Nikos zu sein entziehen? Die Gewohnheit, ihre Gedanken mit ihm zu teilen, machte ihr seine Abwesenheit zusätzlich schmerzlich bewusst. Dennis würde ihre Gedankengänge nicht verstehen. Sie mit ihm zu teilen, war ihr noch nie in den Sinn gekommen. War es möglich, dass sie ihn unterschätzte? Es wäre einen Versuch wert. „Was hältst du davon, wenn wir uns mal einen Abend unter die Einheimischen mischen?"

Dennis setzte sich auf und betrachtete seine Frau, als hätte sie ihm eine völlig unsinnige Frage gestellt. „Warum?"

Rebecca reagierte irritiert: „Warum nicht?"

„Weil wir beide kein Griechisch sprechen und hier im Hotel alles haben, was wir brauchen."

„Ich plane ja keine wissenschaftliche Abhandlung mit den Griechen zu diskutieren. Ich möcht mich nur ein wenig in den Tavernen und Kafenions aufhalten, die die Einheimischen aufsuchen."

„Nochmal: warum?"

„Weil das zum Urlaub dazugehört. Wenn ich immer nur in der Hotelanlage bleibe, lerne ich weder Land noch Leute kennen."

Dennis faltete die Zeitung sorgsam zusammen und legte sie auf den Beistelltisch. Er lehnte sich mit den Armen auf die Knie und betrachtete nachdenklich seine Frau. Er dachte an den südländischen Playboy, der Rebecca den Kopf verdreht hatte. Wollte sie sich wieder einen angeln? Dann ging ihr der von Kreta wohl nicht mehr aus dem Kopf. „Ich finde das unsinnig, Becky. Wozu Griechen persönlich kennenlernen, wenn du bald wieder abreist? Land und Leute siehst du auch hier. Schließlich arbeiten Einheimische im Hotel und du kannst von der Terrasse und dem Balkon aus fast die gesamte Insel überblicken."

„Das ist nicht dasselbe." Mehr beabsichtigte

Rebecca zu diesem Gespräch nicht mehr beizutragen. Sie hatte verstanden, wie überflüssig jede weitere Argumentation war. Während sie sich verändert hatte, war Dennis der Gleiche geblieben. Sie hatte Interessen entwickelt, die seiner Natur fremd waren.

Rebecca beobachtete, wie er aufstand, zur Dusche ging, sich abkühlte und zurück zur Liege begab. Seine Art, sich zu bewegen, bewies eine gewisse Überheblichkeit. Es kam Rebecca beinahe so vor, als glaubte er, den Menschen in seinem Umfeld einen Gefallen zu erweisen, wenn er ihnen einen Blick auf seinen durchtrainierten Körper gestattete.

Er fuhr sich zufrieden durch die Haare und streckte sein selbstgefälliges Gesicht gen Sonne. *Selbstgefällig*, dachte Rebecca, *das ist der passende Ausdruck für ihn*.

Wider Erwarten versetzte es ihr einen kleinen Stich, zu erkennen, wie aussichtslos dieser Versuch war einander wieder näher zu kommen. Sie fühlte sich einsam und leer, aber vor allem - verloren. Wohin könnte sie gehen, um sich wieder gebraucht, geliebt und geborgen zu fühlen? Auf Kreta erinnerte sie alles an Nikos: das Meer, die sanften Brisen, der Duft nach wilden Kräutern, die Sonne, die romantischen Strände – und natürlich Franziska, seine Exfreundin.

In Deutschland könnte sie zwar alleine in eine Wohnung ziehen, das würde ihr das Gefühl des Verlassenseins aber nicht nehmen. Ihre Freunde und Bekannten stammten alle aus der High Society. Deren

Lebenssinn bestand nur aus Äußerlichkeiten, wie: Mode, Maniküre und Smalltalk.

Rebecca schloss ihre Augen und hielt ihre Hände vors Gesicht. Alles, was sie nach ihrem Beinahe-Tod als Geschenk betrachtet hatte, war ihr nun eine Erschwernis. Sie war eine Fremde in ihrem eigenen Leben. Die veränderten intensiven Gefühle bedeuteten nur Schmerz und Enttäuschung. Sie waren eine Irrfahrt durch unbezwingbare Stürme und Wellen.

Entschlossen nahm sie die Hände wieder herunter. Es war höchste Zeit, diese Odysee abzubrechen und zurückzukehren in gewohnte ruhige Gewässer. Sie musste sich eben mehr anstrengen, aufhören, so weinerlich zu sein. *Schluss mit dem Selbstmitleid und dem Liebeskummer! Es ist, wie es ist. Du bist verheiratet mit Dennis. Auch, wenn wir uns nicht lieben, so profitieren wir doch von einander. Er hat sein Vorzeigepüppchen und ich könnte wieder studieren – während er mich finanziell unterstützt.*

„Excuse me, Mrs. Kaiser!", sagte eine freundliche Stimme an Rebeccas Seite. Sie sah auf. „There is a phone call for you." Ein Hotelangestellter reichte ihr das Telefon auf einem Tablett. Überrascht nahm sie es entgegen: „Hallo?"

Dennis legte die Zeitung beiseite und beobachtete mit gerunzelter Stirn seine Frau. Telefonierte ihr etwa dieser griechische Playboy hinterher? Ein hämisches

Lächeln der Schadenfreude huschte über sein Gesicht. *Zu spät! Sie hat sich für mich entschieden*, dachte er triumphierend, versuchte aber trotzdem, mitzuhören.

„Hallo, Schwesterherz! Wie geht es dir?"

„Franzi, du bist es!" Sie war selbst überrascht, wie sehr sie sich freute, die Stimme ihrer Schwester zu hören. Auch, wenn sie der Grund für die Trennung von Nikos war, waren die Monate bei ihr eine besonders aufregende und schöne Zeit gewesen. „Das freut mich, dass du anrufst. Hier ist alles okay. Wie läuft es bei euch?"

„Okay?", wiederholte Franziska und stutzte. „Das hört sich ja nicht nach einer Traumreise mit deinem Angetrauten an. Ist irgendetwas? Hast du dich wieder mit Dennis gestritten?"

Rebecca hätte ihr nur zu gern ihr Herz ausgeschüttet. Aber dann käme sie nicht umhin, ihr alles zu erzählen - angefangen bei Nikos, bis hin zu der Tatsache, dass sie von ihrer Affäre mit ihm wusste, was schließlich ihr Glück zerstörte. Nur deshalb saß Rebecca nun mit Dennis an einem langweiligen Hotelpool.

„Nein, überhaupt nicht. Wir sitzen am Pool und genießen den Tag bei einem Cocktail.", versuchte Rebecca, in ihr einstmals arrogantes Gehabe zurückzufinden.

„Aha!"

„Es ist vorzüglich hier. Das Hotel ist sauber, die

Angestellten bemüht und das Entertainment abwechslungsreich. Nur das Essen lässt hin und wieder zu wünschen übrig."

Für einen kurzen Moment blieb es still am anderen Ende. Franziska versuchte Rebeccas Worte einzuordnen: „Da stimmt doch was nicht, Becky. Du bist nicht glücklich. Das höre ich an deiner Stimme. Du wirst doch hoffentlich nicht wieder zu dieser oberflächlichen Zicke! Bis vor zwei Tagen hattest du einen gesunden Humor und echten Tiefgang."

„Wie bitte?" Rebecca bemühte sich um Besonnenheit. Franzi war doch an allem schuld. Ständig hatte sie sie bedrängt, Dennis eine neue Chance zu geben. Dann zerstörte ihre Affäre ihr Glück mit Nikos und jetzt hatte sie Angst, Rebecca würde wieder eine Zicke?

„Sitzt Dennis neben dir?"

„Selbstverständlich."

„Dann spielen wir das allseits beliebte Frage-Antwort Spiel. Ich fange an: Du liebst Dennis nicht mehr und fühlst dich unwohl in seiner Gegenwart."

„Lass uns ein anderes Mal telefonieren, Franzi. Mir ist heiß und es wird Zeit, mich im Pool abzukühlen."

„Was? Aber …"

Rebecca drückte den Knopf mit dem roten Hörer und legte das Telefon beiseite. Eine Strähne wegpustend stand sie auf und begab sich zum Pool, denn sie hatte nicht gelogen. Die Wut über Franzis Überlegenheitsgetue trieb ihr die Schweißperlen auf die Stirn. Was bildete sie sich nur ein? Ständig mischte sie sich in ihr Leben. Nichts, was Rebecca tat oder nicht tat, war ihr recht. *Als wäre ich eine Schachfigur, die sie nach Belieben hin und her schiebt.*

Auf Rebeccas Winken erschien der Ober und nahm das Telefon wieder an sich – als es erneut läutete. Der junge Mann antwortete mit den antrainierten Worten, die dem Anrufer verdeutlichten, dass er die Durchwahl des Poolbereichs gewählt hatte. Seine Blicke wanderten zu Rebecca, die sich im kühlen Hellblau des Wassers erfrischte. Dieses Mal schwamm sie ein paar Züge. Aufgestaute Energie trieb sie voran. Es war zu viel, um sich auf der Liege zu entspannen.

„Mrs Kaiser!", hallte die Stimme des Angestellten über den Pool. Er entschuldigte sich kurz bei der Anruferin, dass es ein wenig dauerte, während seine Augen Rebeccas Schwimmzüge verfolgten. Sie hatte sein Rufen gehört. Sie wusste, dass sie den falschen Menschen für ihren Zorn leiden ließ. Der verunsicherte Ober mit dem Hörer in der Hand, war nicht schuld an ihrem aufgewühlten Herzen. Doch die Wut hatte die Oberhand.

Dennis stand auf, trat an den Rand des Pools und ging in die Hocke. „Becky, Schatz, hörst du denn nicht, dass man dich ruft?"

Rebecca schloss einen kurzen Augenblick entnervt

ihre Augen. Dann drehte sie sich um und schwamm zu den Stufen.

Dennis erschrak, als er ihr hochrotes Gesicht sah. Warum war ihm nicht schon vorhin aufgefallen, dass sie einen Sonnenbrand hatte? Oder war es Zorn, der ihr in den Kopf stieg? Ihre Gesichtszüge wirkten verbissen und hart.

Rebecca hangelte sich an der Leiter hinauf. Das Wasser tropfte in Rinnsalen an ihr herunter und zeichnete eine Spur ihres Weges. „Hallo.", sagte Rebecca abermals. Wieder hörte sie die Stimme ihrer Schwester: „Was, wenn ich dir ein Ticket am Flughafen hinterlege und du damit schleunigst zurück nach Kreta kommst?"

„Gegenfrage: Wie läuft es eigentlich mit dem Ersatz, der für mich in der Bar arbeitet?"

Schweigen.

Rebecca hörte ihre Schwester am anderen Ende schnaufen. „Vergiss das! Das ist kein Problem. Aber ich verstehe schon, was du mir zu sagen versuchst. Ich habe dich bedrängt und wie eine Schachfigur hin und her geschoben. Es war dir gar nicht möglich, dich frei zu entscheiden. Ich hätte besser die Klappe gehalten."

„Na, na, na! So viel Selbstkritik?"

„Doch, die habe ich verdient. Bitte entschuldige! Ich dachte, es wäre das Beste für dich. Aber ich habe mich getäuscht. Ich werde mich nicht mehr in deine

Beziehungen einmischen."

„Dazu hast du kein Recht."

„Ich weiß. Komm nur schnell wieder zurück!"

„Auf keinen Fall."

„Was? Du willst auf Santorin bleiben? Mit Dennis? Aber ..."

„Nichts aber! Ich habe mich entschieden." Rebecca legte erneut auf. Sie war entschlossen. Sie musste ihrer Ehe mit Dennis noch eine Chance geben.

Die Tische des Hotelrestaurants waren gedeckt, wie Rebecca es aus Deutschland kannte. Das Besteck lag für die vielen Menügänge bereit und umgaben die edlen Teller aus Porzellan. Auf Hochglanz polierte Gläser warteten auf den Wein, den routinierte Ober ihren Gästen würdevoll kredenzten.

Dennis ließ Champagner kommen und hoffte damit seine Frau an die Leichtigkeit des mondänen Lebens zu erinnern. Obwohl er glaubte, äußerlich Fortschritte in der Beziehung zu erkennen, spürte er innerlich, das etwas nicht stimmte. Er war nicht in der Lage, zu erfassen, was ihn beunruhigte. Rebecca war schließlich hier bei ihm, beabsichtigte offensichtlich, ihrer Beziehung eine Chance zu geben. Andererseits sah er, dass sie seinen Berührungen auswich. Nicht einmal ein Zwinkern entspannte die Atmosphäre. Sie wirkte niedergedrückt.

Dennis legte das Besteck auf den Teller und nahm die Serviette von seinem Schoß. Er tupfte damit mögliche Krümel vom Mund und warf sie in gewohnter Manier auf den Tisch. Seine Frau stocherte weiterhin lustlos in ihrem kaum angetasteten Lachs herum.

„Auf unsere Zukunft, mein Liebling!" Mit dem Champagnerglas in der Hand forderte er Rebecca auf, aus ihrer Lethargie zu erwachen. Erschrocken sah sie auf. Ihre Gedanken waren nach Kreta gereist und hatten die glücklichen Tage mit Nikos aufleben lassen. Dennis entging der überraschte Gesichtsausdruck nicht. Ihn beschlich eine Ahnung. Sie hatte Liebeskummer. War ihr griechischer Playboy mit einer anderen Frau glücklich? Hatte er sie abserviert? Dann war Rebecca nur mit Dennis mitgeflogen, um vor ihrem Schmerz davonzulaufen. *Na warte!*, dachte er erbittert. *Das werde ich dir austreiben. Heute Nacht zeige ich dir, was Leidenschaft bedeutet, und du wirst nie wieder an einen anderen Mann denken.*

Rebecca stieg aus der Dusche, trocknete sich ab und zog Slip und BH an. Mit dem kleinen Gästehandtuch wischte sie den Beschlag vom Spiegel. Sobald ihr Gesicht erkennbar wurde, hielt sie inne und betrachtete sich. Ihre Augen blickten ihr traurig entgegen. Das innere Leuchten war fort. Tränen stiegen auf, die sie sich aber schnell mit einem Handtuch abtupfte.

„Bist du fertig mit Duschen?", rief Dennis im Hintergrund und riss sie aus ihrer Trostlosigkeit.

„Ja! Komme gleich!" Rebecca schlüpfte in ihr kleines Schwarzes und bürstete hastig ihr Haar. Dennis war vor der ausgemachten Zeit vor der Tür gestanden und hatte sie so unter Zeitdruck gesetzt. Den Duft, den Dennis ihr geschenkt hatte, sprühte sie sich hinter das Ohr und auf die Innenseite des Handgelenks. In dieser Sekunde ging die Tür des Badezimmers auf. Dennis stand vor ihr – nackt. Er streckte die Hand nach ihr aus und zog sie zu sich. Vorsichtig streifte er die Träger ihres Kleids von den Schultern. Es glitt über ihre Kurven und sackte auf den Boden. Ihre Schönheit war noch atemraubender geworden, seit er sie das letzte Mal berührt hatte. Mit klopfendem Herzen streichelte er ihren Körper, spürte nicht, wie Rebecca erstarrte. Ihre geschlossenen Augen deutete er falsch. Sie waren kein Zeichen des Genusses – sie unterdrückten ihren Drang nach Flucht. Die zusammengekniffenen Lippen hielten ihren Mund davon ab, verzweifelt gegen seine Nähe anzuschreien.

Ihre fehlende Gegenwehr hielt er für ihr Einverständnis. Er wusste nichts von dem Krieg, der in seiner Frau tobte, von den aufbäumenden, sich widerstrebenden Gedanken. Mit einem Schwung hob er Rebecca auf die Arme, trug sie ins Zimmer und legte sie auf ihr Bett. Er hatte keine Augen für ihren angespannten Gesichtsausdruck, sondern nur für ihren Körper. Die Erregung trieb ihn an. Seine Lippen suchten nach den ihren, doch sie wich ihm aus, solange, bis er die Geduld verlor. Mit beiden Händen hielt er ihren Kopf fest: „Du bist meine Frau. Du gehörst zu mir. Heute Nacht wirst du spüren, wie sehr ich dich liebe. Heute Nacht kannst du dich mir nicht mehr verweigern." Er presste seinen Mund so fest auf ihren, dass sie ihn öffnete. Mit der Zunge drang er zwischen ihre Lippen. Währenddessen glitten seine Hände über ihren Busen. Rebeccas Widerwillen übermannte sie. Reflexartig stieß sie ihren Mann fort. „Es tut mir leid", stammelte sie verstört über ihre eigene Reaktion. „Ich bin noch nicht bereit. Bitte hab ein wenig Geduld!" Hastig stand sie auf und distanzierte sich mit einem Schritt vom Bett.

Dennis starrte sie entgeistert an. Diese Vehemenz hatte er nicht erwartet. Er erhob sich und kam auf sie zu. Langsam aber entschieden schüttelte er den Kopf: „Nein, Becky! Meine Geduld ist am Ende. So lasse ich nicht mit mir umgehen."

Bevor Rebecca auf seine Worte reagieren konnte, hatte er sie schon am Arm gepackt, verdrehte ihn auf den Rücken und zwang sie zurück aufs Bett.

„Nein, Dennis! Was hast du vor?", schrie Rebecca entsetzt und versuchte sich seinem Griff zu entwinden. Schnaufend lag er auf ihr und drückte ihre Handgelenke in die Kissen. Mit einem Knie versuchte er, zwischen ihre Beine zu gelangen und sie auseinanderzuspreizen.

Rebeccas Schock über seine Absicht, wandelte sich in gnadenlose Wut. Hysterisch trat sie um sich und bohrte ihre Fingernägel in seine Hände. Sein Versuch, ihr Schreien mit dem Mund zu stoppen, bereute er sofort. So fest sie konnte, biss sie in seine Lippen. Ächzend wälzte er sich von ihrem Körper und hielt sich die Hände auf die schmerzende Stelle. Schnell sprang Rebecca auf und schnappte sich ihre Nagelfeile von dem kleinen Schminktisch neben dem Bett: „Steh auf, du verdammter Mistkerl!", keuchte sie zitternd vor Rage und wiederholte ihre Worte unmittelbar, nur um einiges lauter.

„Bist du wahnsinnig? Willst du mich abstechen?" Dennis betupfte mit einem Kissen die blutige Lippe und betrachtete belustigt seine aufgebrachte Frau. Er hatte ihre Gefühle noch nie ernst genommen und würde heute nicht damit anfangen. „Dein Auftritt ist lächerlich, Becky. Leg die Feile zurück und werd wieder vernünftig!"

„*Du* bist lächerlich. Dein Versuch, mich zum Sex zu zwingen, mich zu vergewaltigen, beweist, wie erbärmlich du bist." Ihre unsagbare Wut trieben ihr die Tränen in die Augen. Sie war so verletzt und enttäuscht, dass der Mann, mit dem sie fünf Jahre verheiratet war, nicht nur fähig war, sie zu betrügen, sondern sogar zu vergewaltigen.

„Das ist deine eheliche Pflicht als meine Ehefrau."

„Im Gegenteil. Ich könnte dich sogar anzeigen."

„Jetzt beruhige dich wieder! Ich wollte dich doch nicht vergewaltigen, sondern nur etwas zu deinem Glück überreden."

„Ich sagte: Steh auf!"

Dennis ignorierte ihre Forderung und lehnte sich zurück. Er schlug seine Beine übereinander und sah sie provokativ an. „Und was hast du vor, wenn ich nicht aufstehe? Gehst du dann mit der Feile auf mich los?"

Stolz erhob Rebecca ihren Kopf: „Mach dich nur lustig! Das ist mir egal. Du hast es endgültig verbockt. Du wirst dich anziehen und das Zimmer verlassen! In der Zwischenzeit werde ich packen und eine andere Unterkunft suchen. Alles, was du anschließend von mir hörst, wird über meinen Anwalt sein." Sie nahm den Hörer vom Haustelefon des Hotels in die Hand und forderte einen Pagen auf die Suite.

Kapitel 15

„Und dann hat Dennis dich einfach so ziehen lassen?"
Franziska ließ ihre Schwester nicht aus den Augen,
während sie die Speisekarte nahm, die Rebecca ihr
nach der eigenen Durchsicht gereicht hatte und
blätterte flüchtig darin. Sie kannte das Angebot fast
auswendig und entschied sich daher schnell für
Souvlaki.

Das heutige Mittagessen war Franziskas Beitrag,
sich für ihre Einmischung in Rebeccas Liebesleben zu
entschuldigen. Sie fühlte sich dafür verantwortlich,
ihre Schwester zurück in ihre unglückliche Ehe
gedrängt zu haben.

Lefteris verstand das Anliegen seiner Frau, sich um
Rebecca zu kümmern. Daher hatte er Cousine Soula
gebeten, heute ihre Arbeiten zu übernehmen.

„Oh, Dennis hat schon versucht, mich
aufzuhalten." Rebecca rollte ihre Augen: „Er ist fast
durchgedreht." Sie faltete ihre Finger in einander und
atmete tief durch. „Ich habe versucht, ihm zu
erklären, dass die Zeit auf Santorin nur ein Versuch
war – ohne Garantie." Rebecca presste ihre Lippen
aufeinander. Sie fühlte sich unbehaglich dabei, ihrer
Schwester Dennis' Vergewaltigungsversuch zu
verschweigen. Aber sie war ja selbst kaum in der
Lage, das Geschehene zu fassen. Der Schock saß noch
immer tief. Bisher war es ihr nicht möglich, über den

Vorfall zu reden – mit niemandem.

Franziska setzte ein schiefes Lächeln auf: „Na ja, drei Tage waren aber auch nicht sehr lange."

„Das hat er ebenfalls gesagt." Rebecca betrachtete die Boote im Hafen. Ob Nikos' dabei war? So brennend sie sich wünschte, ihn wieder zu sehen, fürchtete sie seine Reaktion. Vielleicht hatte er sie längst vergessen oder sich mit einer anderen getröstet. Schließlich hatte sie nichts mehr von ihm gehört. Allerdings hatte er beteuert, er würde sie nicht bedrängen. Womöglich wartete Nikos darauf, dass sie sich bei ihm meldete. Das war für Rebecca eine völlig neue Erfahrung. Sie war es gewohnt, dass die Männer um sie kämpften.

Welche Möglichkeiten blieben denn Nikos noch, außer ihr zu sagen, dass er sie liebte und ihr alle Zeit lässt, die sie brauchte? War es denn nicht so, dass er der erste Mann war, der sie und ihre Entscheidung respektierte, der sie und ihre Gefühle ernst nahm? Es war an ihr zu reagieren. Keine leichte Sache, denn sie wusste nicht wie. Die ungewohnte Situation machte sie unbeholfen.

In Gedanken reiste sie in die Vergangenheit und dachte an die romantische Zeit, die sie miteinander verbracht hatten. Heute kamen ihr die Monate irreal vor – wie ein Märchen. Hatte sie der Zauber Kretas geblendet? Die lauen Nächte, mit dem funkelnden Sternenteppich und dem mystischen Mondlicht spielten jedem liebeshungrigen Playboy in die Hände. Welche Frau ließe sich bei so einer Stimmung nicht gerne von einem attraktiven Südländer verführen?

„Und sonst?", riss sie Franziska aus den Gedanken. Sie hatte dem Wirt die Bestellung weitergegeben und erwartete nun von ihrer Schwester mehr Einzelheiten.

„Ach, da gibt es nichts weiter zu erzählen. Er war stinksauer, weil er meinte, ich hätte nur vorgegeben, ihm eine Chance zu geben. Ich würde mit seinen Gefühlen spielen und ihm immer wieder Hoffnung machen." Verachtung überschattete Rebeccas Miene. „Ich wäre doch gar nicht mit ihm geflogen, hätte ich von Anfang an vorgehabt, nach drei Tagen wieder abzuhauen. Es war ein Versuch, der mir verdeutlicht hat, wie wenig Dennis und ich zusammen passen. Die Ehe ist Vergangenheit."

Michalis, der Wirt, brachte die mit Reis und Kräutern gefüllten Weinblätter und Tsatsiki für Rebecca, die Souvlaki mit Kartoffeln für Franziska. Die Teller balancierte er locker auf den Armen und pfiff in seiner Gemächlichkeit das neueste Lied eines griechischen Sängers.

Sofort hellte sich Rebeccas Miene wieder auf. *Das war es, was ich vermisst hatte!*, dachte sie mit einem Lächeln, *Das ist die Stimmung, mit der ich mich umgeben will. Das ist die Lebendigkeit, die ich brauche, damit ich mich lebendig fühle.* Ihr wurde leichter ums Herz und die Schwermut verschwand.

Laute Stimmen kündigten eine sich nähernde Gruppe an. Das Gemurmel der anderen Gäste im Restaurant verstummte. Auch Rebecca und Franziska sahen sich um. Sie machten etwa acht Personen aus, die aus dem Zentrum Agia Galinis kamen und auf die Boote im Hafen zugingen. Sie trugen Taucherzubehör und große Taschen.

Rebeccas Herz klopfte ahnungsvoll. Ein schmerzhafter Blitz durchfuhr sie, als sie den braungebrannten Mann sah, dessen athletische Figur hervorstach. Nikos wandte sich zeitgleich nach Rebecca um und sah in ihre erstaunten Augen. Es war, wie am ersten Tag. Seine Blicke blieben an ihr haften. Er nickte ihr zu. Rebecca nickte ebenfalls. Doch Nikos kappte die Magie zwischen ihnen beiden, indem er sich wieder seiner Gruppe zuwandte. Er ging mit ihnen weiter zum Boot.

Verstohlen sah Rebecca hinter ihm her. Sie spürte einen tiefen Schmerz. Es schien, als sei Nikos unerreichbar. Die Sehnsucht nach seiner Nähe überlagerte jegliches Gefühl der Enttäuschung.

Eine gutaussehende Brünette trippelte neben Nikos her und sprach auf ihn ein, während sie ihn mit Blicken verschlang. Zu sehen, wie sie sich unterhielten, versetzte Rebecca einen heftigen Stich. War sie seine Neue? Oder war die Freundlichkeit, die er ihr entgegenbrachte reine Professionalität einem Kunden gegenüber? *Warum ist er nicht wenigstens einen kurzen Augenblick zu mir gekommen?* Traurig beobachtete sie, wie das Boot ablegte und er mit den Menschen an Bord in See stach. Für diesen Moment vergaß sie, warum sie die Beziehung beendet hatte. Sie sehnte sich nur wieder nach seiner Nähe. Die Wehmut raubte ihr jeglichen Appetit. Lustlos stocherte sie im Salat herum, bis sie die Gabel weglegte und sich abwendete. Franziska dagegen genoss ihre Souvlaki. Dabei betrachtete sie ihre Schwester sorgenvoll. Die Traurigkeit war nicht zu übersehen. „Bist du sicher, dass du keinen Hunger mehr hast?", fragte sie vorsichtig. Sie hütete sich davor, sich in ihr Leben einzumischen – tatenlos zusehen, wie sie immer niedergedrückter wurde, würde sie allerdings auch nicht.

Rebecca antwortete mit einem Nicken. Ihre Kehle war wie zugeschnürt.

„Schade! Der Salat schmeckt hier vorzüglich."

„Dann iss du ihn!", entgegnete Rebecca gereizt.

Franziska rollte mit den Augen und widmete sich wieder ihrem Essen.

Nachdem sie bezahlt hatte, hakte sie sich bei ihrer Schwester ein und schlenderte mit ihr durch den Ort. Sie zeigte ihr, in welchen Hotels und Pensionen sie gewohnt hatte, als sie noch als Touristin hierhergekommen war. Sie klärte ihre Schwester über jede Begebenheit auf, die sie in dem Ort erlebt hatte. Nur Nikos erwähnte sie kein einziges Mal. Zuletzt setzten sich die beiden Schwestern noch einmal in ein Café am Hafen und bestellten sich ein Eis. Eigentlich war es Rebecca, die darauf gedrängt hatte. Sie wollte nichts mehr zu sich nehmen - aber Nikos Rückkehr abpassen und sehen, wie er sich nun verhalten würde. Hatte er jetzt mehr Zeit für sie und käme sogar zu ihr, um sie zu sprechen, oder wäre da dieselbe Flüchtigkeit, die er vor ein paar Stunden schon gezeigt hatte?

Es dauerte nicht lange, als ein Motorengeräusch vom Meer die Ankunft eines Bootes ankündigte. Lautes Lachen sprach für eine großartige Zeit, die die Menschen an Bord gehabt haben mussten.

Rebeccas Nervosität brachte ihr Herz zum Rasen und ließen ihre Hände zittern. Schnell legte sie den Löffel neben den Eisbecher und pustete sich die Haare aus dem Gesicht.

Franziska sah sie fragend an. „Hast du irgendetwas? Ist dir nicht gut?"

„Ach, mir ist nur heiß. Außerdem ist die Portion viel zu groß." Sie bemühte sich um einen fröhlichen Gesichtsausdruck: „Sehr lecker, aber ich schaffe ihn beim besten Willen nicht mehr." Ihre Schwester nickte nur, obwohl sie ahnte, dass etwas anderes dahinter steckte. Dann wurde auch sie auf das Boot aufmerksam, mit dem Nikos im Begriff war anzulegen. Ein Verdacht keimte in Franziska auf, wurde aber von der Tatsache, dass Rebecca mit

Dennis nach Santorin gereist war, wieder zerschlagen. Sie hätte ihrem Mann keine zweite Chance gegeben, wäre sie mit Nikos zusammen. Kein Mann konnte neben diesem Adonis bestehen – außer Lefteris natürlich. Trotzdem: Nikos war Rebecca nicht gleichgültig. Das sah sie ihrer Schwester an. Hatte sie der Mistkerl etwa enttäuscht? Franziska schalt sich selbst. Schon wieder begann sie sich in das Leben ihrer Schwester einzumischen. Schnell versuchte sie, ihre Überlegungen aus ihren Gedanken zu löschen.

Nikos machte das Boot fest und half den Gästen von Bord. Die brünette Touristin warf sich in Pose, als er ihre Hand berührte und lachte, wie ein Schulmädchen. Rebecca warf ihr einen düsteren Blick zu. Diese Frau hatte Gesten und Posen an sich, die ihr nur allzu vertraut waren. Auch sie hatte einst derartige Waffen eingesetzt, um den jeweiligen Mann ihrer Wünsche zu erobern. Es waren scharfe und überaus wirksame Waffen, das wusste sie aus Erfahrung.

Das Lachen der Brünetten schallte über den gesamten Hafen. Inzwischen sah jeder Anwesende zu der vergnügten kleinen Gruppe, die voller Begeisterung ihre Erfahrungen austauschten und sich miteinander daran erfreuten. Mit lautem Geplapper setzte sich die Gruppe in Bewegung.

Resigniert folgten Rebeccas Blicke ihrem Traummann, der plötzlich aufsah. Dieses Mal glaubte

Rebecca, eine gewisse Sehnsucht in seinem Ausdruck gelesen zu haben. War doch nicht alles verloren?

Kapitel 16

Der Abend im Hause Nikolaidis verlief harmonisch. Franziska und Lefteris hatten auf der Terrasse eine Flasche Wein geöffnet und stießen mit Rebecca auf ihre Rückkehr an.

„Auf dass du uns nie wieder abhandenkommst!", sagte Franziska feierlich. „Weder im Meer, noch sonst wie!"

Rebecca hob ihr Glas: „Darauf stoße ich gerne an!" Ihr Blick wurde zärtlich: „Es ist schön, wieder bei euch zu sein." Hier fand sie Geborgenheit und das Gefühl, gebraucht zu werden – selbst, wenn sie das Wissen um Nikos' Nähe beinahe um den Verstand brachte. Sie nickte in sich hinein: Es ist gut wieder hier zu sein. Jeder Tag bietet neue Begegnungen, Möglichkeiten und Abenteuer. Das Leben ist intensiv - spürbar. Sie betrachtete ihre Schwester, die Lefteris mit einer Olive fütterte. Sie freute sich für die beiden. Sie hatten ihre Differenzen überwunden und wieder zueinandergefunden. Ihnen stand nichts im Wege – warum also Nikos und ihr?

Lefteris nahm ebenfalls eine Olive und führte sie an Franziskas Mund. Rebecca schmunzelte. Sie verstand, dass sie hier überflüssig war. „Ihr Lieben, vielen Dank für den wunderschönen Tag, aber ich werde euch jetzt alleine lassen."

Franziskas wurde sich bewusst, dass ihr Geturtel

für Rebecca eher unangenehm sein musste. Sie griff schnell nach der Karaffe mit dem bordeaux roten Inhalt und hielt sie zum Einschenken bereit über Rebeccas Glas: „Möchtest du noch ein Glas Wein, Becky?"

„Vielen Dank, aber ich werde jetzt einen kleinen Spaziergang am Strand machen und gehe anschließend ins Bett."

„Oh, na gut. Möchtest du, dass ich dich bei deinem Spaziergang begleite?"

Rebecca bemerkte den Einsatz ihrer Schwester. Sie bemühte sich auffallend. „Ich wäre jetzt lieber ein wenig allein."

„Das hört man auf Kreta aber gar nicht gerne: *allein.*" Lefteris Gesichtsausdruck zeigte Besorgnis. Eine gewisse Melancholie schien seine Schwägerin zu umgeben.

„Dann nenne ich es anders: Ich würde gerne meinen Gedanken nachhängen. Da gibt es einiges aufzuarbeiten."

Franziska betrachtete sie prüfend und nickte schließlich: „Dann wünsche ich dir einen entspannten Ausklang des Tages."

„Das wünsche ich euch gleichfalls." Rebecca stand auf, streifte ihre Sandalen ab und stellte sie auf ihren Bereich der Terrasse. Mit den üblichen Handgriffen zupfte sie ihr gelbes Sommerkleid zurecht und schlenderte aus dem erleuchtenden Bereich der

Terrasse in die Dunkelheit des Strandes. Nachdem sie sich an das natürliche Licht gewöhnt hatte, bemerkte sie, wie hell der Mond die Landschaft erleuchtete.

Der Sand war noch warm von der Hitze des Tages. Rebeccas Füße genossen die Schritte über den weichen feinen Untergrund. Es war eine normale kretische Sommernacht mit milden Temperaturen und klarem Himmel. Ein angenehm leichter Wind wehte über das Land und spielte mit Rebeccas Haar. Wie an ihrem ersten Abend mit Nikos zeichnete der Mondschein eine Straße aus Licht über das Meer.

Rebeccas Herz zog sich zusammen. Warum hatte sie diesen Traummann nur gehen lassen? Sie selbst war doch auch nicht vollkommen ehrlich ihm gegenüber gewesen. Nikos wusste nichts über ihre Ehe, die noch immer nicht geschieden war. Ihr Schweigen darüber war wesentlich verwerflicher. Sie hatte kein Recht, ihm Vorhaltungen zu machen. Vermutlich hatte sie alles zerstört.

Rebecca blieb einen Meter vor dem vom Wasser befeuchteten Sand stehen. Sie dachte an das gemeinsame Tollen im Meer mit ihm und die reizvollen Stunden am Strand. Ihre Trauer wandelte sich in Wut. Warum ergriff er nicht die Initiative? Er war doch der Mann. War es nicht *seine* Aufgabe, die Frau zu erobern?

Wir sind doch nicht im Mittelalter!, hörte sie innerlich ihre Schwester protestieren und lächelte. Franziska war zwar manchmal nervig – brachte mit ihrem logischen Denken immer öfter angenehm frischen Wind in ihre Ansichten.

Rebecca ging einen Schritt näher an das Wasser und ließ ihre Füße vom Meer umspülen. Es fühlte sich sanft an, wie eine Streicheleinheit. Zögerlich wandte sie sich wieder dem Strand zu und erschrak, als sie einen großen Schatten wahrnahm. Er näherte sich zielstrebig. Die Statur und der Gang waren ihr vertraut.

„Rebecca!", hörte sie ihn plötzlich rufen. Ihr Herz schlug höher. Wie sehr hatte sie diese Stimme vermisst! Ohne nachzudenken, lief sie auf ihn zu. Ihre Beine beschleunigten ihr Tempo, rannten, bis sie in seine Arme sprang. Lachend fing Nikos ihren Schwung ab und umschloss sie fest.

Zu spüren, wie er sie hielt, entfesselte Rebeccas Gefühle. Schluchzend vergrub sie ihr Gesicht in seiner Schulter. Sie vermochte nicht aufzusehen, sehnte sich nur danach, seinen Körper zu spüren und ihn festzuhalten. Wie ein Baby wog Nikos sie hin und her und versuchte sie zu trösten: „Alles ist gut, mein Schatz. Wir sind wieder zusammen. Jetzt kann uns nichts mehr trennen." Seine Stimme wirkte so beruhigend, wie damals auf dem Boot, nachdem er sie gerettet hatte.

Rebecca schniefte: „Warum hast du dich nicht gemeldet? Ich dachte, du hast mich abgehakt."

„Ich habe dir gesagt, dass ich dir Zeit gebe. Hätte ich dich jeden Tag mit Anrufen bedrängt, hätte dir der nötige Abstand gefehlt, um zu entscheiden."

Rebecca nickte. Sie verstand. Jetzt war es an ihr zu erklären. Mit tränennassen Augen blickte sie zu ihm auf. Sie wollte ihm verdeutlichen, was in ihr vorging. Sie stammelte: „Weißt du, ich musste mir einfach über vieles klar werden. Ich ..."

Doch er verstand bereits: „Du musst nichts sagen, Schatz! Wir sind wieder zusammen. Das ist alles, was zählt."

„Als ich dich heute am Hafen sah, wäre ich am liebsten zu dir gelaufen."

„Das habe ich gespürt. Darum bin ich jetzt hier. Ich habe gehofft, dass wir uns sehen." Er hob mit dem Zeigefinger ihr Kinn und küsste sie. Rebecca reagierte mit ganzer Hingabe. Nikos' Körper brannte vor Verlangen. Seine Hände gierten danach, jeden Zentimeter ihres Leibes zu berühren. Ungehalten zerrten sie einander die Kleider vom Leib und sanken in den warmen Sand. Die unerfüllte Sehnsucht der vergangenen Tage, entfesselte sich in wilder Leidenschaft.

Kapitel 17

Nikos lenkte die *Delphini I* aus dem Hafen von Agia Galini.

Die Gäste, die für den heutigen Tag einen Tauchgang gebucht hatten, waren pünktlich am Kai eingetroffen. Zügig wurde das Boot mit den benötigten Utensilien beladen, bis es zum Auslaufen bereit war.

Es gab eine Menge zu beachten, jedoch nicht das Wetter. Es war jeden Tag gleich. Der Sommer breitete seine heißen Temperaturen über die Insel. Der Himmel war wie immer wolkenlos und strahlte gegen das satte Dunkelblau des Meeres an.

Die Touristen bestaunten die Schluchten, die sich entlang der kargen Küste gebildet hatten und wie tiefe Risse wirkten. Die scharfen Kanten vermittelten den trügerischen Eindruck, sie wären gerade erst entstanden. Diese Traumkulisse beabsichtigte Nikos Rebecca zu zeigen. Bisher weigerte sie sich, ein Boot zu besteigen. Er würde ihr auch in dieser Hinsicht Zeit geben und nichts forcieren.

Manolis, der Geschäftspartner und Tauchlehrer der Schule nutzte die Fahrtzeit, um seinen fünf Schülern eine kurze Einweisung in die Besonderheiten des Tauchgebietes zu geben.

Vor einer kleinen Bucht warf Nikos den Anker und half den Gästen ihre Tauchausrüstung in das Beiboot zu heben.

Manolis schob ihn beiseite: „Mein Freund, ich sehe an deinem verträumten Blick, dass du eine aufregende Nacht hattest, aber vergiss trotzdem nicht, dass du mit mir Funkkontakt hältst!" Mit einem leichten Boxer in Nikos' Oberarm verabschiedete er sich und kletterte ins Beiboot zu den Touristen, die er heute in die Praxis des Tauchens einführen würde. Er warf den Motor an und fuhr in die Richtung der Bucht. Das Geräusch des Antriebs entfernte sich und verstummte schließlich. Die Gruppe stand kurz davor sich ins Meer zu begeben.

Die Sonne brannte bereits heiß. Nikos nahm sich eine Flasche Wasser aus dem Bord-Kühlschrank und setzte sich in den Schatten unter dem kleinen Dach des Bootes. Der leichte Wind sorgte für ein angenehmes Klima. Nikos liebte diese Zeit, in der er ganz für sich auf dem Meer war. Hier konnte er sich am besten konzentrieren, erledigte einiges an Büroarbeit und hing seinen Gedanken nach. Heute kontrollierte er die Einnahmen der Woche. Es sah gut aus. In der Hauptsaison stieg die Zahl der Anmeldungen täglich. Nächstes Jahr könnten sie sich eventuell ein zweites Boot zulegen, das nur für Rundfahrten genutzt werden würde.

Ungewöhnliches Plätschern gegen die Bordwand unterbrach die gleichmäßige Geräuschkulisse aus Wind und sanften Wellen. Verwundert erhob sich

Nikos von seinem schattigen Platz und ging zum Heck. Gab es ein Problem bei den Tauchern? Das war eher unwahrscheinlich, da Manolis mit dem Beiboot immer direkt in die kleine geschützte Bucht fuhr. Gäbe es einen Notfall, könnten sich die Schüler wesentlich leichter an den dortigen Strand oder in das kleine Beiboot retten.

Nikos erkannte etwas Schwarzes an der Leiter, die am Heck des Bootes angebracht war. Er versuchte zu erkennen, was es war und beugte sich hinunter. Eine Hand in einem schwarzen Handschuh klammerte sich an die Halterung. „Hey!", rief Nikos. „Brauchst du Hilfe?"

Der Kopf des Tauchers blieb unter Wasser, als wäre er zu kraftlos, um ihn anzuheben. Nikos überlegte nicht weiter, sondern griff nach der Hand. Mit einem Fuß auf der Leiter beugte er sich weit zu dem Taucher hinunter und versuchte ihm unter die Arme fassen. „Alles ist okay.", sagte er. „Ich helfe dir. Gleich bist du in Sicherheit." Der Fremde reagierte nicht. War er zu schnell aufgetaucht? Dann schwebte er in höchster Gefahr und benötigte schnellstens eine Druckkammer. Er musste den offenbar Entkräfteten dringend an Bord hieven. Nikos wurde hektisch. Er versuchte, dem Mann die Sauerstoffflasche abzunehmen. Plötzlich schnellte dessen zweite Hand hervor, packte ihn am Kragen und riss ihn mit sich ins Wasser. Erschrocken schrie Nikos auf, doch seine

Stimme ging im Meer unter. Mit einer mörderischen Entschlossenheit zog ihn der Fremde mit sich hinab in die kalte Tiefe. Der Schock, der Nikos sekundenlang wehrlos machte, wich seinem Überlebensinstinkt. Er versuchte, sich von dem Angreifer loszureißen. Der hatte die Schrecksekunden genutzt und den Arm fest um Nikos' Hals geschlungen. Er spannte seine Muskeln an und drückte zu. Nikos' Bewegungen wurden hektischer, verzweifelter. Wild ruderte er mit den Armen hinter sich. Er musste etwas erwischen, womit er sich vom Griff des Kontrahenten befreien konnte. Die Todesangst ließ seine Kräfte wachsen. Er ertastete etwas am Kopf des Unbekannten. Mit einem festen Ruck riss er ihm die Taucherbrille samt dem Mundstück mit der Sauerstoffzufuhr vom Kopf. Sofort löste sich der Druck um seinen Hals. Nikos nutzte den Moment und schwamm mit kräftigen Zügen an die Wasseroberfläche. Keuchend schnappte er nach Luft. Er sah das Boot. Es war nur wenige Meter entfernt. Erschöpft, aber verbissen kraulte Nikos darauf zu. Es war zum Greifen nah, da packte etwas seinen Fuß. Er drehte den Oberkörper und trat zu. Der Taucher hielt den Tritten stand. Er tauchte ab und zog an Nikos Fuß, um ihn mit sich in die Tiefe zu ziehen. Noch einmal holte sein Opfer aus. Dieses Mal stieß er mit aller Kraft gegen den Brustkorb seines Widersachers. Der Taucher krümmte sich vor Schmerz. Im selben Moment ließ er von Nikos ab.

Unfähig davon zu schwimmen, trieb der Mann an die Wasseroberfläche.

Nikos hielt inne und beobachtete misstrauisch den Körper, der sich vor ihm im Wasser wand. War das ein Trick oder drohte er tatsächlich zu ertrinken? Kurzerhand packte er ihn unter dem Kinn und zog ihn auf dem Rücken schwimmend zum Boot. Er stieg die Leiter hoch und half dem Mann an Bord. Völlig entkräftet sanken beide auf den Boden des Schiffes. Nikos starrte den Taucher an, der in voller Montur vor ihm lag. Die Verständnislosigkeit über dessen Angriff brachte sein Blut zum Kochen. Abermals riss er ihm die Taucherbrille vom Gesicht. Der Mann schrie überrascht auf und starrte seinen Retter wutentbrannt an. Sofort erkannte Nikos die hellblauen Augen des schweigsamen blonden Touristen aus Deutschland. Schon, als der sich vor ein paar Tagen für den Tauchkurs angemeldet hatte, waren ihm seine verstohlenen Blicke unangenehm aufgefallen.

„Wer bist du?", schrie Nikos in dessen hasserfüllten Blick. „Was willst du von mir?"

Der Mann versuchte etwas zu sagen, wurde aber von einer Hustenattacke unterbrochen. Er hatte offenbar Schmerzen. Dennoch trat er nach seinem Retter. Nikos wich ihm aus und starrte ihn irritiert an. Was für eine Rechnung hatte der Mann mit ihm offen?

Der Motor des Beibootes wurde hörbar. Manolis war nicht mehr weit von der *Delphini I* entfernt.

Der Taucher lag geschwächt auf dem Boden. Nikos nutzte den Moment und begab sich in die Kajüte, um die Küstenwache zu rufen. Mit ein paar kurzen Informationen setzte er den Funkspruch ab. Da spürte er ein heftiges Schaukeln. Lautes Poltern vom Heck folgte. Alarmiert stürmte er zurück.

Vor ihm lagen zwei Männer auf dem Boden, die keuchend miteinander rangen. Einer davon war Manolis.

In der Hand des Tauchers blitzte etwas auf – ein Messer. Sofort warf sich Nikos auf ihn, packte das Handgelenk und bohrte sein Knie in den Unterarm des Mannes. Der stöhnte laut auf und gab die Waffe frei. Geschickt rollte sich Manolis aus der Umklammerung des Angreifers. Nikos holte aus und verpasste dem Fremden einen so kräftigen Haken, dass er bewusstlos liegen blieb.

„Wahnsinn!", keuchte Manolis. „Was für ein Mistkerl! Hab schon vom Boot aus gesehen, wie er dir vor der Tür mit dem Messer aufgelauert hat."

„Dann hast du mir das Leben gerettet." Nikos sprang auf die Beine: „Ich werde dir dafür nie genug danken können." Er streckte seinem Geschäftspartner die Hand entgegen und half ihm aufzustehen: „Komm mein Freund!" Manolis raffte sich auf und klopfte seinem Kumpel auf die Schulter. „Nein, ich habe zu danken.", erwiderte er. „Du hast ihm das Messer entrungen, bevor er auf mich einstechen konnte."

„Dann sind wir quitt", lachte Nikos. „Aber, wie kommt es, dass du schon wieder zurück bist?"

„Das Gerät hat nicht mehr funktioniert – obwohl ich es ja wie immer überprüft hatte. Ich konnte keinen Funkspruch absetzen."

„Warum wolltest du mich kontaktieren?"

„Wir haben diesen Kerl in unserer Gruppe vermisst. Erst haben wir unter Wasser gesucht. Natürlich ohne Erfolg. Als wir die Strecke mit dem Boot abfuhren, hab ich ihn bei dir an Bord gesehen und wie er dir aufgelauert hat."

Mit einer Mischung aus Wut und völliger Verständnislosigkeit rüttelte Nikos den Mann und schlug ihm mit der flachen Hand ins Gesicht. Als er endlich zu sich kam, fragte er: „Kannst du mich verstehen?".

Der Mann wirkte benommen. Als er Nikos erblickte, fing er sich schnell. „Klar, verstehe ich dich", antwortete er auf Deutsch. Er richtete seinen Oberkörper auf. Nikos stieß ihn sofort wieder zu Boden: „Bleib verdammt noch mal liegen! Sag mir lieber, wer du bist und was du zur Hölle für ein Problem mit mir hast."

„Du Scheißkerl hast mein Leben zerstört", presste der Mann hervor und wiederholte schreiend: „Du hast mein Leben zerstört!"

„Was habe ich? Ich kenn' dich ja nicht einmal."

„Dafür kennst du meine Frau umso besser."

„Wie kommst du darauf? Woher soll ich deine Frau kennen?"

„Ich weiß nicht woher, ich weiß nur, dass ihr euch kennt." Abermals versuchte er sich aufzurichten, um seinen Rivalen anzusehen. „Niemand vergreift sich an meiner Frau und kommt damit davon." Grell leuchteten die Augen aus dem hochroten Gesicht hervor, stierten ihn kalt und verachtend an.

„Was? Ich vergreife mich nicht an Frauen und schon gar nicht an verheirateten", antwortete Nikos verwundert.

„Ist mir egal, wie du das nennst. Bei Rebecca machst du jedenfalls eine Ausnahme."

Nikos schüttelte den Kopf: „Rebecca? Die ist nicht verheiratet. Das ist eine Verwechslung."

Der Fremde lachte: „Hat sie dich also angelogen. So kenne ich meine Frau gar nicht. Das hat sie bei mir nie gemacht."

„Ich bin mir sicher, dass du von einer anderen Rebecca sprichst. Meine Freundin ist nicht verheiratet."

„Aber ich hab euch doch gesehen vor dem Haus ihrer Schwester", stieß der Mann wütend hervor. „Alles hab ich mit angesehen: eure Küsserei, das Geturtel und deine Hände an ihrem Körper."

Die Worte schnürten Nikos die Gurgel zu. Eine Verwechslung war es also nicht. Dennoch war es ihm unmöglich, zu glauben, was er hörte.

„Eines solltest du wissen", fuhr der Deutsche fort. „Rebecca ist nicht leicht zufrieden zu stellen. Sie ist anspruchsvoll." Er zog verächtlich seine Mundwinkel herunter: „Einen, wie dich hat sie bald satt. Du hast ihr nichts zu bieten - weder Geld, noch Juwelen. Sie hat Ansprüche. Du bist nur ein kurzes Abenteuer." Bei dem Gedanken erhellte sich seine Miene zu einem höhnischen Grinsen: „Und dann wird sie zu mir zurückkommen."

Das Schiff der Küstenwache näherte sich und drehte bei. Drei Männer kamen an Bord, befragten die Zeugen, notierten die Vorgänge und nahmen den geschwächten Deutschen mit auf ihr Schiff. Kurz bevor die Leinen der Küstenwache von der *Delphini I* gelöst wurden, rief der Deutsche Nikos zu: „Frag Rebecca, woher sie ihren Nachnamen hat. Ihr Mädchenname ist Engel. Wie ich heiße, weißt du von meiner Anmeldung in deiner Tauchschule."

„Selbst, wenn du die Wahrheit sagst, ist das kein Grund für einen Mord", schrie Nikos zurück. Gnadenlose Wut pochte in seinem Kopf.

„Um eine Frau, wie Rebecca kämpft man", konterte der Blonde, „Ich werde sie niemals aufgeben – niemals. Hast du das verstanden?"

Nikos antwortete nicht. Er starrte auf den Mann,

der ihn durch seine Worte tiefer verletzt hatte, als durch den Versuch ihn zu töten. Unerträgliche Gedanken stiegen in ihm auf. Dabei hörte er immerzu das herzliche Lachen Rebeccas, sah ihre großen hellblauen Augen, die ihn unschuldig anblinzelten, fühlte die weiche Haut. Es gab so viele ausgelassene Momente mit ihr, mit all den Zärtlichkeiten, nach denen er sich sehnte, sobald sie nicht in seiner Nähe war. Das konnte doch nicht alles nur eine Schmierenkomödie gewesen sein!

Verzweifelt fuhr sich Nikos mit den Händen durch die Haare und über das Gesicht, während er kraftlos zu Boden sank.

Manolis stellte sich vor seinen Freund und streckte ihm die Hand entgegen: „Niko, hör nicht auf den Mistkerl! Komm, steh auf! Wir fahren jetzt zurück, dann klärst du alles persönlich."

Nikos zögerte, verharrte einen Moment in seiner Zerrissenheit zwischen Schock und Unglauben. Sein Partner tippte ihn an. Daraufhin nickte er, ergriff die Hand und half Manolis dabei, den Touristen vom Beiboot zurück auf die *Delphini I* zu klettern. Sie hatten die Anordnung befolgt und gewartet, bis der Zwischenfall beendet war. Zurück am Steuer unterdrückte Nikos sein Verlangen, es herauszureißen und es dem Taucher hinterherzuwerfen. Sein Puls lief auf Hochtouren. Die Wut auf den Deutschen schlug um in zermürbendes Grübeln. Entweder der Mann war ein Wahnsinniger oder Rebecca eine atemberaubend schöne Lügnerin. War es möglich, dass er nur eine kleine Abwechslung für sie war – ein Spielzeug?

Selbst Lefteris, sein bester Freund, hatte ihm nichts von Rebeccas Ehemann gesagt. Nikos hatte schon einmal den Fehler begangen, den falschen Menschen zu vertrauen.

Jetzt gab es nur einen Kontakt, der ihm helfen konnte, die Wahrheit herauszufinden. Ein Kontakt, der gleichzeitig ein großes Risiko barg.

Kapitel 18

„Hast du Sorgen?" Rebecca strich ihrem Freund zärtlich über das Haar. Eine halbe Stunde saßen sie nun schon schweigend nebeneinander an ihrem kleinen Strand und Rebecca hatte es nicht geschafft, Nikos zu einem Gespräch zu animieren. Er war verändert. Irgendetwas belastete ihn. Die blauen Flecken, mit denen sein Körper übersät war, hatte er mit einem Unfall im Lager seines Geschäfts erklärt. Ein Regal sei umgekippt und hätte ihn unter sich begraben. Rebecca hatte ihm geglaubt. Nachdem er aber so verschlossen und emotional distanziert neben ihr saß, überlegte sie, ob er ihr nicht doch etwas verschwieg. „Hier!" Sie hielt ihm einen Apfel unter die Nase: „Dann kauen deine Zähne wenigstens nicht weiter auf der Unterlippe herum."

Nikos nahm die gelbrote Frucht und strich dabei über den Ringfinger ihrer rechten Hand. Er nutzte den Augenblick, um nach einem Ringabdruck zu sehen. Rebecca lachte: „Gefallen dir meine Hände?" Er nickte und berührte mit den Lippen ihre Finger.

So, wie vor ihrer Trennung, hatte er auch heute Morgen das erste Bad im Meer gemeinsam mit Rebecca genommen und ließ sich jetzt von den Sonnenstrahlen trocknen.

„Was hältst du davon, wenn wir deiner Schwester und Lefteris von unserer Beziehung erzählen?" Nikos beobachtete ihre Reaktion, während er fortfuhr: „Diese Heimlichtuerei ist mir unangenehm, besonders meinem besten Freund gegenüber."

Rebecca drückte den Deckel fest auf die Brotzeitdose, in der sie den Apfel aufbewahrt hatte - bis ein Klick signalisierte, dass sie verschlossen war. Das Wasser perlte von ihrer gebräunten Haut. Verführerisch glitzerten die Tropfen in der Sonne, als beabsichtigten sie Nikos von seinen kritischen Gedanken und Zweifeln abzulenken.

Rebecca reagierte nicht auf Nikos' Forderung. Sie wirkte geistig abwesend. Er strich ihr eine Haarsträhne hinter das Ohr: „Hast du mir zugehört?"

„Sicher, mein Schatz.", nickte sie eifrig. „Aber ich glaube nicht, dass Lefteris dir das Vorenthalten unserer Beziehung übelnimmt. Der versteht das schon. Er weiß doch, wie schwierig Franziska sein kann, wenn sie ihren Willen nicht bekommt."

„Du meinst, weil sie dagegen ist, dass du dich mit mir, dem Playboy, eingelassen hast?"

Rebecca lachte entspannt: „Das wird sie mir sowieso nie verzeihen."

„Also, weiterhin nur heimliche Treffen an der Kreuzung?"

Rebecca vernahm den Missmut. Liebevoll streichelte sie über seine Wange: „Aber nein! Wir werden ihnen von uns erzählen." Ihre strahlenden Augen besaßen eine Offenheit, die Nikos Zweifel zum

Schmelzen brachten. „Am besten verbinden wir es mit einem Essen in einer Taverne", überlegte sie laut. „In der Öffentlichkeit wird Franziska nicht zu sehr ausflippen."

Ihre Selbstverständlichkeit und ihr Lachen versetzten Nikos ein Glücksgefühl. Beruhigt schloss er sie in seine Arme. *Sie hat nichts zu verbergen,* dachte er zufrieden. *Dann hätte sie nicht so reagiert. Wäre sie verheiratet, würde sie sich nicht auf meinen Vorschlag einlassen. Der Kerl von gestern, muss ein Verrückter sein, ein Wahnsinniger. Hoffentlich sperren sie ihn für immer ein!*

„Lang ist es her.", antwortete Franziska auf die Frage, ob sie schon einmal in Rebeccas Lieblingstaverne gewesen sei. „Damals konnten wir es uns zeitlich erlauben, abends auszugehen."

Lefteris nickte und drückte zärtlich die Hand seiner Frau: „Da war unser Hotel noch nicht eröffnet."

Rebecca gab dem Ober die Speisekarte zurück und nickte, als er fragte, ob es wieder der Vorspeisen-Mix sein darf. Inzwischen verstand sie genug Griechisch, um nicht zu verhungern und die Bestellungen der Einheimischen in der Bar aufzunehmen.

Lefteris betrachtete die Fackeln, deren Feuer an diesem windstillen Abend friedlich brannten. „Falls wir die Bar in der nächsten Saison nachts eröffnen, sollten wir diese Idee übernehmen."

„Ja, das würde mir gefallen", stimmte Franziska unkonzentriert zu. Sie stützte ihre Arme auf den Tisch und betrachtete ihre Schwester: „Und jetzt: Heraus mit der Sprache, Schwesterchen! Wir sind ja nicht nur wegen des leckeren Essens hier."

Rebecca wurde ernst. Die Abmachung mit Nikos war, dass er sich erst dazugesellte, wenn die drei aufgegessen hatten. Mit satten Bäuchen war das Gespräch entspannter. Bis zu seinem Eintreffen musste Rebecca ihre Schwester noch hinhalten: „Jetzt lass uns erst einmal in Ruhe essen."

„Und dann erfahren wir …?"

„ … alles. Aber erst nach dem Essen."

Unwillig schob Franziska ihren Unterkiefer nach vorne, akzeptierte aber die Bedingung ihrer Schwester.

Wie sich zeigte, war es die richtige Entscheidung, denn der Abend verlief sehr harmonisch. Franziska war angetan von den Kalamari und Lefteris genoss sein mit Feta gefülltes Bifteki. Im Hintergrund lief leise Bouzouki-Musik, ohne das sanfte Rauschen des Meeres zu übertönen. In gelöster Stimmung erinnerten sich die Schwestern an ihre Kindheit und hielten sich belustigt die jeweiligen Eigenarten vor: „Jedes männliche Wesen war dir verfallen – schon immer." Franziska rollte die Augen: „Deine unschuldigen blauen Kulleraugen verschafften dir einen Freibrief für jede Schandtat."

Rebecca lachte und lehnte sich gelassen zurück: „Da hast du Recht! Ich hatte es wirklich leicht, mir zu nehmen, was ich wollte."

„Egal, wem es gehörte."

„Besonders, wenn es *dir* gehörte. Das waren die interessantesten Spielsachen – und du hast dich am meisten darüber geärgert."

„Als Ältere musste ich immer vernünftig sein und meiner kleinen Schwester alles nachsehen."

„Du hattest es nicht einfach, mit mir, ich weiß." Heute verstand Rebecca, warum Franziska nicht so nachgiebig war, wie der Rest ihrer Familie. *Sie* war es gewesen, die ihretwegen immer hatte verzichten müssen. *Ihre* Spielsachen waren es, die am reizvollsten waren, denn nur sie spiegelten das Symbol für Macht wider – Macht über ihre ältere Schwester.

Zwei Stunden vergingen, wie im Flug. Die Themen: Bar, Hotel und die jeweilige Arbeit, die damit verbunden war, dominierte den weiteren Teil des Abends: „Nächste Saison haben wir sogar die Möglichkeit, einen zusätzlichen Angestellten für die Rezeption einzustellen", sagte Lefteris zufrieden. Er schob einen Bissen Bifteki nach und schmatzte: „Dann wird es etwas leichter." Er zwinkerte seiner Frau aufmunternd zu. Franziska blinzelte zurück. Zufrieden ließ sie ihre Blicke über die vollbesetzten Tische wandern. Da wurde sie auf einen großen braungebrannten Mann aufmerksam, der sich seinen

Weg durch die Tische bahnte. Eine weiße Leinenhose und das hellblaue Hemd unterstrichen den dunklen Teint, ließen ihn unter all den blassen Touristen hervorstechen. Franziska versuchte, den Kloß in ihrem Hals herunterzuschlucken. Spätestens jetzt, da Nikos lächelnd auf ihren Tisch zukam, wusste sie, dass er der Mann war, der Rebeccas Augen zum Leuchten brachte. Ihre Befürchtung war Realität geworden.

Widerwillig beobachtete sie, wie er ihre Schwester mit einem Kuss auf den Mund begrüßte und ihr und Lefteris die Hand reichte.

Franziska war unfähig zu reden. Dafür empfing ihr Mann seinen Freund besonders herzlich: „Das ist ja eine tolle Überraschung! Schön, dass du hier bist."

Nikos bedankte sich, sichtlich erleichtert über dessen freudige Reaktion. Die angespannte Miene Franziskas entging ihm.

Sie verspürte einen Stich. Da saß der einstige Mann ihrer Träume an ihrem Tisch, aber an der Seite ihrer Schwester. Wieder hatte sie sich genommen, was einst sie begehrte. Vor fünf Jahren hätte sie alles darum gegeben, wäre Nikos mit ihr nur ein einziges Mal zum Essen gegangen.

„Jetzt wisst ihr, wer mir den Kopf verdreht hat." Verliebt umfasste Rebecca Nikos' Arm. Ihre leuchtenden Augen entwaffneten Franziska und erinnerten sie an ihr Versprechen, sich nicht mehr einzumischen. Ihre kleine Schwester war ihrer Forderung, Dennis eine Chance zu geben, nachgekommen. Es hatte sie unglücklich gemacht. Jetzt war es an ihr, Rebeccas Entscheidungen für ihr Leben zu respektieren. Sie hob feierlich ihr Glas: „Na dann!" Sie zwinkerte: „Wünsche euch beiden alles Gute!" Niemand am Tisch wusste, ob sie das ernst meinte. Dennoch stießen alle mit ihr an.

„Um ehrlich zu sein,", sagte Lefteris, „ist es nur konsequent, dass ihr ein Paar seid." Er grinste und goss sich ein weiteres Glas Wein ein: „Du bist schließlich ihr Lebensretter."

Rebecca stimmte ihm heftig nickend zu, während Nikos bescheiden lächelte: „Ich hab sie ja nur aus dem Wasser gezogen. Den Rest haben wir den Ärzten in Iraklio zu verdanken."

„Ohne dich hätten die Ärzte niemanden zu verarzten gehabt. Du hast sie gerettet – jetzt bist du der starke Mann an ihrer Seite. Es ist in jeder Hinsicht Fügung."

Lefteris Worte wurmten Franziska. Schnaufend sah sie ihren Mann an: „Seit wann glaubst du denn an so etwas? Das sind ja ganz neue Töne." Eine Verachtung lag in ihrer Stimme, die Rebecca aufhorchen ließ. Sollte Franziska es heute Abend wagen, Nikos schlecht zu reden, würde sie ihr ins Gesicht sagen, dass selbst sie vor ein paar Jahren ihm gegenüber nicht abgeneigt war. Sie war nicht gewillt, sich ihr

Glück vermiesen zu lassen – von niemandem.

„Das hat nichts mit Glauben zu tun, Franzi, sondern mit Erkenntnis", verteidigte sich Lefteris und fuhr dann an Nikos gewandt fort: „Ich habe mich lange gefragt, ob ihre Wandlung allein durch den Badeunfall zu erklären ist."

„Wessen Wandlung?", unterbrach Nikos. Ihm fiel auf, dass sich sein Freund schon in einem leicht angeheiterten Zustand befand, der seine redselig förderte. Ein Umstand, der ihm nützlich war.

„Na, die von Rebecca natürlich."

„Ach."

„Becky war schon immer meine Lieblingsschwägerin." Lefteris' Stimme bekam einen lustigen Kiekser.

„Ich bin deine einzige Schwägerin."

„Ja, ja! Jetzt hört mir doch endlich mal zu!"

Rebecca ergab sich seinem Willen, horchte aber angespannt auf jedes Wort. Würde er zu viel von ihrer Vergangenheit verraten, musste sie schnell reagieren.

„Also Becky, du weißt, dass ich dich immer gern hatte."

„Weiß ich."

„Gut. Aber seit du mit Nikos zusammen bist, hab ich dich noch viel gernererer." Lefteris merkte sofort, dass er etwas Fehlerhaftes gesagt hatte. Angestrengt überlegte er. Seine Unbeholfenheit brachte Franziskas verbissenen Gesichtsausdruck zum Schmelzen. Gemeinsam mit den anderen am Tisch lachte sie über das grübelnde Gesicht ihres Mannes, der sich mittlerweile in die Aufgabe verbiss, die korrekte Steigerung von *gern* zu finden.

„Darauf trink ich!", unterbrach Rebecca seine Anstrengung, erhob ihr Glas und hoffte, dass sie nun nicht mehr Hauptthema sein würde.

Doch Nikos hakte nach: „Was hat dir denn an Rebecca vor ihrer Beziehung mit mir nicht gefallen?" Vielleicht verriet sein Freund versehentlich ihren Ehemann.

„Keine große Sache.", mischte sich Franziska plötzlich ein. „Vor dir war sie unausgeglichener – das ist alles."

Rebecca warf ihr einen dankbaren Blick zu. Franziska verstand und lehnte sich zufrieden zurück. So heftig ihr der Gedanke an Nikos als Schwager widerstrebte, so wenig mochte sie, dass ihre kleine Schwester unglücklich war. Es war nicht an Lefteris, irgendetwas auszuplaudern. Allein Rebecca hatte zu entscheiden, ob, wie und wann sie ihrer neuen Liebe von ihrem Ehemann erzählte.

Dennis hatte offenbar aufgegeben. Franziska hatte ihn schon lange nicht mehr gesehen. Nikos dagegen wirkte umso glücklicher. Er hatte sich enorm verändert – seine Gesichtszüge waren weicher geworden. Er strahlte nicht mehr diese Kälte aus. Die Beziehung schien für beide ein Glück zu sein.

Vermutlich liebte er Rebecca tatsächlich. Für Franziska war es zwar nicht einfach, den Mann, der sie einst so verletzte an der Seite ihrer Schwester zu akzeptieren - würde Rebecca dadurch zu einem glücklicheren und ausgeglicheneren Menschen, wäre das ein akzeptables Opfer.

„Nein, ernsthaft", hakte Nikos nach. „Wie macht sich die Veränderung bemerkbar?" Er zwinkerte Rebecca lächelnd zu, um der Frage eine gewisse Leichtigkeit zu verleihen. Rebecca war dennoch irritiert. Zuerst seine Distanziertheit in den letzten Tagen, nun dieses Nachhaken. Wo sie doch vereinbart hatten, einander zu vertrauen, ohne die Vorgeschichte des anderen hören zu wollen.

Rebecca wurde mulmig. Ahnte er etwas von ihrer Ehe? Sie beobachtete Nikos eingehend. Es wäre eine Katastrophe, wenn er herausfände, dass sie ihm ihren Ehemann verschwiegen hatte. Im Gegensatz zu ihr hätte es für ihn eine schwerwiegende Bedeutung. *Sie* hatte mit Dennis abgeschlossen. Nicht nur dessen Betrug hatte sie an Scheidung denken lassen. Der Badeunfall und die Begegnung mit Nikos hatten ihr verdeutlicht, wie fehlgeleitet ihr Leben bisher gewesen war. Der Todesstoß kam schließlich von Dennis versuchter Vergewaltigung. Es hatte Rebecca bewiesen, dass ihr Ehemann rein gar nichts auf sie als Menschen und ihre Gefühle gab.

„Ich muss gestehen, dass ich bis vor kurzem noch

ausgesprochen unreif und oberflächlich war. Aber:", sie strich Nikos liebevoll durch die Haare, „seitdem du mir das Leben gerettet hast, nehme ich mich selbst nicht mehr so wichtig, aber dafür die Welt um mich herum. Es ist so aufregend und spannend, dass ich jeden einzelnen Tag mit einer Neugier angehe, die mir früher fremd war. Es gibt so viel zu entdecken und zu erleben – vor allem mit dir."

Lefteris schlug auf den Tisch, dass jeder zusammenzuckte. „Das hab ich gemeint." Er kniff seine Augen zusammen und zielte mit dem Zeigefinger auf Rebecca: „Du hast es genau erfasst."

Diese lächelte verunsichert und spielte nervös an ihrem Glas herum. Sie hatte versucht, Lefteris genug vorwegzunehmen, so dass er sich auf ein anderes Thema konzentrierte. Sie würde Nikos schon von Dennis erzählen, aber erst, wenn ihre Beziehung gefestigt war und er nicht gleich die Flucht ergriff. Sobald die Saison zu Ende war, würde sie nach Deutschland fliegen und die Scheidung einreichen. Mit den Papieren in der Hand, wäre sie in der Lage, Nikos glaubhaft zu versichern, dass Dennis Vergangenheit war. Diesen Plan durfte ihr Lefteris nicht durchkreuzen.

„Wie läuft es in eurem Hotel?", versuchte Rebecca, schnell die Richtung des Gesprächs zu ändern – obwohl sie noch vor einer Stunde ausgiebig darüber gesprochen hatten. „Kommt ihr mit dem Ansturm an

Touristen zurecht?"

„Es funktioniert." Franziska verstand und ging sofort auf die versuchte Ablenkung ein. „Wir sind zwar überbucht und müssen erfinderisch sein, aber es funktioniert schon irgendwie."

„Erfindest du mehr Zimmer?", witzelte Rebecca und freute sich über die Lacher.

„Ach, wäre das schön, wenn es so einfach wäre! Alle Hotels, die in Bezug auf Lage und Angebot unserer Kategorie entsprechen, sind gnadenlos überbucht. Man kann den Gästen nur anbieten, sie in abgelegenen Hotels unterzubringen. Die sind für Badeurlauber wiederum nicht so praktisch. Da sind wir verpflichtet, entweder Preisnachlässe zu gewähren, oder stellen günstig Fahrzeuge zur Verfügung."

„Oh!" Rebecca beabsichtigte weiter nachzuhaken, da jaulte Lefteris theatralisch auf: „Das wäre für dich als Tourist vor ein paar Monaten ein Weltuntergang gewesen."

Nikos horchte auf: „Warum?"

„Da war unsere Becky noch eine verwöhnte Prinzessin. Sie wäre auf die Barrikaden gegangen." Lefteris Augen schielten hinter der schief sitzenden Nickelbrille. Ein Zeichen, dass er genug Wein für diesen Abend hatte. Franziska stellte die Karaffe resolut außerhalb seiner Reichweite und verdeutlichte: „Rebecca war das Nesthäkchen. Sie ist die Jüngste von uns dreien. Darum wurde sie eher verwöhnt, als erzogen."

Das leuchtete Nikos ein. Lefteris' Beschreibung von Rebecca ähnelte jedoch auffallend der Aussage des Deutschen, der behauptete ihr Mann zu sein. Dennoch fehlte ihm eine klare Aussage über einen angeblichen Ehemann. Lefteris war ihm bisher keine große Hilfe. War der Mann, der versucht hatte ihn umzubringen, wirklich nur ein Verrückter, ein heimlicher Verehrer oder gar Stalker Rebeccas, der sich einbildete ihr Mann zu sein?

Während er in Gedanken versuchte, die Geschehnisse einzuordnen, war es ihm unmöglich, seine Augen von Rebecca zu lassen. Jede Geste besaß eine Grazie, die ihn wahrhaftig an eine Prinzessin erinnerte. Noch nie war er so verliebt und gleichzeitig so verzweifelt gewesen.

Kapitel 19

„Wie bitte?", brummte Nikos verschlafen in den Hörer.

„Du hattest recht."

Nikos drehte sich mit dem Hörer am Ohr in seinem Bett herum. Beinahe wäre er noch einmal eingeschlafen.

Die Stimme wiederholte: „Hast du gehört, Niko? Du hattest recht. Sie ist verheiratet." Die letzten drei Worte hallten in seinem Kopf laut und deutlich nach, bis sie sein Gehirn gewaltsam aus dem Schlaf rissen. Sein rasender Puls zwang ihn, sich aufzusetzen. „Wiederhole das!"

„Rebecca Kaiser, gebürtige Engel, ist seit fünf Jahren verheiratet - mit Dennis Kaiser. Die beiden wohnen in einem Loft in München." Hart und unbarmherzig fuhr die Stimme des Detektivs fort. Nikos hatte sie schon immer als kalt empfunden, aber jetzt wirkte sie stechend.

„Dennis Kaiser hat vor zwei Jahren die erfolgreiche Maschinenbau-Firma seines Vaters übernommen und ist seit vier Jahren alleiniger Inhaber." Der Detektiv wartete auf eine Reaktion seines Auftraggebers. Nachdem er nichts hörte, schloss er das Gespräch mit den Worten: „Falls du mehr über sie und ihren Mann wissen willst, gib mir Bescheid, aber du weißt, es ist ein Risiko. Jeder Kontakt ist eine weitere Spur, die zu dir führt."

Nikos schwieg. Er versuchte, die Worte und deren Dimension zu erfassen. Die Information schwirrte durch seinen Kopf. Es schien unmöglich einen rettenden Gedanken zu greifen, der ihn von dem Schmerz der Enttäuschung zu befreien vermochte. Am liebsten hätte er geschrien und getobt, wollte das Schicksal, das ihn erneut betrogen hatte, für seine Kaltblütigkeit verprügeln.

„Hast du verstanden, was ich gesagt habe?"

„Ja, habe ich."

„Alles okay bei dir?"

„Alles in Ordnung."

„Dann hören wir jetzt besser auf zu telefonieren!"

„Sicher. Vielen Dank für die Informationen, du hast mir sehr geholfen." Nikos legte auf und ließ sich zurück in sein Kissen fallen. Als hätten ihm die Worte des Detektivs jegliche Lebenskraft entzogen, lag er minutenlang mit geschlossenen Augen im Bett. Ihm war, als verlöre er jeglichen inneren Halt. Der Schmerz über den Betrug seiner Traumfrau mischte sich mit Verständnislosigkeit für Lefteris' Schweigen. Warum hatte ihn sein bester Freund gestern Abend nicht beiseitegenommen und über die Verhältnisse aufgeklärt?

Er schlug die Bettdecke beiseite. In ihm brannten nicht mehr nur Schmerz und Verzweiflung, sondern auch Wut.

Er stellte sich unter die Dusche und bereitete sich in seiner kleinen Wohnküche einen Kaffee. Das Frühstück ließ er aus. Sein Magen war wie zugeschnürt. Erst musste er das Wissen um Rebeccas Ehe verarbeiten, irgendwie für sich einordnen.

Was gibt es für Gründe, ihn anzulügen, die entschuldbar wären? Musste sie, wie Nikos untertauchen, weil irgendwo eine Mordanklage auf sie wartete?

Er schüttelte den Kopf: *Ausgesprochen unwahrscheinlich, dass sie aus den gleichen Beweggründen handelte! Nichts, gar nichts entschuldigt Rebeccas Lügen.*

Er stellte die Kaffeetasse auf die Küchenzeile und begab sich zur Abstellkammer. Mit lautem Gepolter zerrte er einen Koffer zwischen den dort gestapelten Umzugskisten hervor. Kraftvoll warf er ihn aufs Bett und warf den Inhalt des Kleiderschranks hinein. Als könnte er die Kleidung für den Verrat seiner Freunde bestrafen, schmetterte er sie in das Gepäckstück. Doch dann hielt er inne. Warum sollte er schon wieder abhauen – erneut alle Brücken hinter sich abreißen? Er hing an dem Leben, das er sich in Agia Galini aufgebaut hatte. Das wollte er nicht mehr aufgeben.

Er kippte den Inhalt aufs Bett, griff im Hinausgehen nach seinen Schlüsseln und warf die Tür hinter sich zu. Er sprang auf sein Motorrad und gab Gas. Nicht nur Agia Galini, auch Rebecca wollte er nicht aufgeben. Sie hatte ihm zwar ihren Ehemann verschwiegen, aber sie sollte wenigstens die Chance bekommen, ihm die Gründe dafür zu erklären – so, wie er auf eine Chance hoffte, wenn das mit Eléni herauskäme.

Mit Vollgas raste er durch die Straßen, jagte Hunde und Katzen auf die Gehwege oder in Seitenstraßen, bis er vor Lefteris' Haus stand. Er schaltete den Motor ab und horchte. Nichts regte sich. Der Morgen hatte noch gar nicht richtig begonnen. Es lag eine Stille über der Insel, die für sein Empfinden nichts Gutes verhieß. Der emotionale Sturm, der in Nikos tobte, würde sich bahnbrechen und nichts wäre mehr, wie früher.

Entschlossen marschierte er auf das Haus zu, das bis vor Kurzem für ihn ein Ort des freundschaftlichen Beisammenseins gewesen war. Die Verzweiflung heizte ihm ein. Mit der Faust hämmerte er an die Tür. Kurz lauschte er. Keine Reaktion. Noch einmal schlug er dagegen, dieses Mal härter und so lange, bis im Inneren eine gedämpfte Stimme zu hören war, die um Geduld bat. Ein völlig verschlafener Lefteris öffnete und blinzelte verstört durch seine schief sitzende Brille hinaus: „Niko? Was um Himmelswillen ist passiert?"

„Ich hätte gerne deine Schwägerin gesprochen", forderte Nikos scharf. „Du weißt schon, die Ehefrau von Dennis Kaiser."

Lefteris schien verwirrt. Nikos wartete nicht, bis

sein Freund wach genug war, um zu begreifen. Er drängte ihn zur Seite und stürmte zur nächsten Tür, gegen die er genauso ungehalten hämmerte und rief: „Rebecca! Steh auf! Wir müssen reden!".

Franziska kam aus dem Schlafzimmer geeilt. Ihr Haar war offen und hing wild um ihren Kopf. „Was ist passiert? Was ist das für ein Aufstand?" Sie stieß Nikos von der Tür ihrer Schwester und stellte sich beschützend davor: „Niko! Beruhige dich erst mal und sag, was du für ein Problem hast!"

„*Mein* Problem? Oh, *ich* habe kein Problem", lachte Nikos zynisch. „Seit wann ist die Wahrheit ein Problem, Franziska, sag mir das!"

Konfus starrte sie ihn an.

„Er spricht von Rebeccas Ehe.", erklärte Lefteris.

Nikos verfolgte Franziskas Gesichtsausdruck, der sich von fordernd auf entwaffnet wandelte.

„Also - darf ich jetzt vorbei?", fragte er ungeduldig.

Franziska schüttelte den Kopf und umfasste energisch seinen Arm: „Zuerst lass mich dir etwas erklären!" Entschlossen schob sie ihn in noch zwei Schritte von der Tür fort: „Es stimmt. Rebecca ist verheiratet. Diese Ehe ist aber für meine Schwester beendet, seitdem ihr Mann sie betrogen hat. Das ist inzwischen über vier Monate her. Darum ist sie im Frühling hierhergekommen. Sie hatte vor, das alles zu verarbeiten. Doch dann traf sie dich. Seither ist sie wie ausgewechselt. Sie ist …"

„… eine Lügnerin", fuhr Nikos sie an. „Genauso, wie du und Lefteris." Mit einem Ruck entriss er Franziska seinen Arm: „Rebeccas Mann hat mich gestern besucht. Er hat sich als Tauchschüler ausgegeben und versucht mich umzubringen."

„Dennis? Das muss ein Irrtum sein. Der ist harmlos. Meine Schwester würde sich nie mit einem Schläger einlassen."

Nikos deutete auf die Würgemale an seinem Hals: „Dann erkläre mir das hier!"

Franziska wurde bleich. Entgeistert starrte sie auf die in allen Farben schimmernden Stellen und hauchte: „Ist er jetzt durchgedreht?" Sie schien es noch immer nicht glauben zu können, darum zog Nikos den Zettel mit den Informationen aus der Hosentasche: „Dennis Kaiser, geboren Januar 1990, Besitzer von *Kaiser-Metall*, einer erfolgreichen Maschinenbau-Firma."

„Woher hast du das?" Franziska versuchte, einen Blick auf Nikos' Notizen zu werfen, doch der steckte ihn schnell in die Hosentasche zurück. Niemand durfte von der Quelle der Informationen wissen. „Und jetzt wird es Zeit für ein paar Antworten", sagte er, drehte sich um und öffnete die Tür zu Rebeccas Zimmer. Lefteris wollte ihn zurückhalten, kam aber nicht gegen dessen geballte Wut an. Gemeinsam mit seiner Frau folgte er ihm in das Zimmer, in dem Nikos stumm auf ein leeres Bett stierte. Die

Unordnung, die die Drei empfing, raubte ihnen die Sprache. Dem geöffneten Schrank fehlten fast alle Kleider, die Kleiderbügel aus Plastik lagen zum Teil zerbrochen über dem Boden verstreut, Schubladen waren herausgezogen. Für Nikos sah es nach übereilter Flucht aus. In ihm arbeitete es. Erklärungsansätze verflogen so schnell, wie sie kamen. Nichts schien ihm einleuchtend für diesen Anblick. „Wo ist sie?" Nikos nahm Lefteris am Kragen und drückte ihn gegen die Wand: „Was ist hier los? Wo ist Rebecca?"

Lefteris entsetzter Blick wanderte von Rebeccas Zimmer zu Nikos. Die Handgreiflichkeiten seines Freundes schienen ihn nicht zu berühren. Er schüttelte nur den Kopf, schob dessen Hände fort und ging zu seiner Frau, die verzweifelt durch Rebeccas Zimmer lief. Immer wieder stieß sie die gleichen Worte hervor: „Oh mein Gott! Becky! Oh mein Gott!" Wie unter Schock hob sie die einzelnen Sachen vom Boden auf und legte sie ordentlich aufs Bett. Auf einmal hielt sie inne, schlug ihre Hände vor den Mund und starrte ihren Mann hilfesuchend an: „Was ist hier passiert, Lefteri? Wo ist sie?"

„Keine Angst, mein Liebling!" Er nahm sie schnell in die Arme und drückte sie an seine Brust: „Wir werden sie finden." Da entdeckte er etwas auf dem Boden. Er ließ von Franziska ab, machte einen Schritt darauf zu und hob es auf. Zwischen seinen Fingern blitzte ein seltsamer Gegenstand. „Was ist das?" Franziska stellte sich neben ihn und nahm das goldene Metallstück aus seiner flach ausgestreckten Hand. Sie runzelte die Stirn: „Das kenne ich. Das habe ich schon einmal gesehen."

„Wo?", hakte Nikos nach.

Sie schüttelte den Kopf, schien sich nicht zu erinnern: „Es ist sicher wertvoll. Es fühlt sich schwer an." Sie wog es taxierend in ihrer Hand. Lefteris griff danach und fuhr mit den Fingern darüber. Da weiteten sich seine Augen: „Ich weiß jetzt, woher wir das kennen." Sein Blick wanderte zu Franziska: „Das ist ein Steuerrad, das Symbol des Segelklubs, in dem Dennis Mitglied ist. Dorthin hatten uns die beiden vor zwei Jahren zum Essen eingeladen, weißt du noch?" Franziska riss ihre Augen auf und versuchte, das Wissen mit dem Verbleib ihrer Schwester zu kombinieren.

Nikos unterbrach ihre Gedankengänge: „Dann ist sie zu ihrem Mann zurückgekehrt. Hat ihm wahrscheinlich die Kaution bezahlt, damit er aus dem Knast entlassen wird."

„Wie kannst du nur so blind sein, Niko!", schrie Franziska ihn an. „Schau dich doch um! Sieht das nach einer Frau aus, die freiwillig zu ihrem Mann zurückgekehrt ist?"

„Es sieht nach Flucht aus. Offenbar hat sie sich Hals über Kopf dazu entschieden."

„Rebecca ist nie vor irgendetwas geflohen. Sie ist nicht perfekt – genauso wenig, wie wir alle – aber sie hatte es nie nötig davonzulaufen."

„Ich rufe jetzt die Polizei!" Lefteris war entschlossen. „Ich habe ein ganz mieses Gefühl. Das sieht nach Entführung aus."

Nikos sah, dass das Zimmer ein Chaos war. Das Bild passte tatsächlich nicht zu der Rebecca, die er kannte. Aber die war auch nicht verheiratet. „Warum sollte ein Ehemann seine Ehefrau entführen?"

„Weil er seine Ehefrau an dich verloren hat, verdammt", fauchte Franziska. „Wenn du das nicht verstehst, geh uns wenigstens aus dem Weg! Wir müssen schnellstens meine Schwester finden und zurückholen." Sie deutete auf die Würgemale an Nikos' Hals: „Wenn Dennis zu einem Mordversuch fähig ist, wer weiß, was er mit Rebecca vor hat." Die blanke Angst erstickte ihre Stimme. Sie stürmte aus dem Zimmer und lief zu ihrem Kleiderschrank, um sich umzuziehen.

Als Lefteris ihr folgen wollte, stellte sich Nikos ihm in den Weg: „Was weiß Rebecca von mir?"

„Nichts, Niko. Sie weiß weniger von dir, als du von ihr."

„Warum hast du mir nicht erzählt, dass sie verheiratet ist?"

„Aus dem gleichen Grund, aus dem du mir nichts von dir und Franzi erzählt hast – weil ihr beide sonst kein Paar geworden wärt. Und du hast sie nicht nur glücklich gemacht, Niko, du hast sie zum Guten verändert. Ich habe gestern Abend nicht übertrieben. Jedes Wort war ernst gemeint. Und jetzt lass mich vorbei! Wir müssen Rebecca vor diesem Wahnsinnigen retten. Wer weiß, wozu er fähig ist."

Der letzte Satz verdeutlichte Nikos endgültig, wie ernst die Situation war. Seine verletzten Gefühle, die grenzenlose Wut waren fort, erstickt von einem neuen Gefühl: Panik ergriff sein Herz mit eiskalter Wucht. Er hatte keine Zeit, sich darüber zu freuen, dass es seine Traumfrau doch ernst mit ihm meinte. Rebecca war in Lebensgefahr. Nikos hatte ihren Mann und seine Verzweiflung am eigenen Leib erfahren. Ihm wurde übel bei dem Gedanken, Rebecca in den Händen dieses Wahnsinnigen zu wissen. Fieberhaft suchte er nach einer Lösung. Es gab für Dennis nur zwei Möglichkeiten die Insel zu verlassen: mit dem Flugzeug oder mit dem Boot. Mit einer sich wehrenden Frau wäre das Flugzeug zu auffällig. Bleibt nur ein privat gechartertes Boot.

Nikos wartete nicht auf seine Freunde. Er rannte aus dem Haus, sprang auf sein Motorrad und jagte es abermals die Straße hinunter, dieses Mal zum Hafen. Nach wenigen Metern nahm er aus den Augenwinkeln etwas Grelles wahr. Er erkannte, dass es sich um die Positionslichter eines Bootes handelte. Man machte gerade die Leinen los und war im Begriff auszulaufen.

Nikos kannte fast alles an schwimmenden Fortbewegungsmitteln aus der Umgebung. Die *Ilios* war ihm nicht bekannt, war also aus einem anderen, weiter entfernten Hafen. Es handelte sich um eine Jacht. So luxuriös fuhr hier niemand zur See.

Um nicht durch den Motor seiner Maschine Aufmerksamkeit zu erzeugen, bockte er sie neben einer Taverne auf und rannte zu Fuß weiter. Leicht gebückt, suchte er hinter den anderen Booten Deckung.

Lautes Gluckern eines Schiffsmotors ertönte. Am Steuer der *Ilios* machte er eine Gestalt aus, die sich darauf konzentrierte, die Jacht sicher zwischen den anderen Booten der Anlegestelle hinaus zu lenken. Der Mann war klein und gedrungen. Das schloss Dennis aus.

Der ist sicher unter Deck! Nikos sprang auf die *Delphini I*, sperrte die Kajüte auf und zog seinen Revolver aus einem kleinen Safe. Mit der Waffe im Hosenbund hüpfte er auf das daneben liegende Segelboot, prüfte den Abstand zur auslaufenden *Ilios* und sprang mit einem riesigen Satz auf die Jacht. Das Wanken erregte Aufmerksamkeit. Der Kapitän drehte sich um und fuhr zusammen. „Hey, was soll das?", schrie er auf Griechisch, interessierte sich aber nicht für eine Antwort, sondern drohte: „Verschwinde von meinem Boot oder ich werfe dich ins Meer!"

„Lassen Sie mich bitte erklären!" Nikos streckte beschwichtigend die Arme aus und erzählte wahrheitsgemäß, dass er auf der Suche nach seiner entführten Freundin sei. Mit Ehrlichkeit fuhr man meist am besten, selbst, wenn der Kapitän Teil der Entführung war. Dieser hatte in der Tat nicht mit Nikos' Offenheit gerechnet. Er wirkte überrascht. Einen kurzen Moment dachte er nach, dann runzelte er die Stirn: „So, so, eine Entführung." Er nahm seine Schirmmütze ab und kratzte sich die Glatze. „Das ist ja ungeheuerlich." Er setzte die Kappe wieder auf und taxierte dabei den Eindringling mit einem seltsamen Blick. Etwas Verschlagenes, Hinterhältiges schimmerte in den Augen. Plötzlich holte der kleine übergewichtige Mann aus und schleuderte seine Faust in Richtung Nikos' Gesicht. Die Schwerfälligkeit der Bewegung, half Nikos auszuweichen. Der Kapitän verfehlte sein Ziel und landete durch den übermäßigen Schwung bäuchlings auf dem Boden. Nikos warf sich auf ihn und kniete sich in dessen Kreuz. Er zog die Pistole aus dem Gürtel und hielt sie dem Mann an den Kopf: „Dann ist sie also hier?" Der Mann stöhnte und grunzte etwas Unverständliches.

„Antworte gefälligst!" Nikos drückte ihm den Lauf der Waffe fester an die Schläfe: „Wo ist die Frau?"

„In der Kajüte.", ächzte der Kapitän. „Sie ist in der Kajüte."

„Allein?"

„Nein, ihr Mann ist bei ihr."

Nikos stand auf und zerrte den Kapitän auf die Beine. „Ruf deinen Auftraggeber an Deck! Aber lass dir nichts anmerken!"

„Mister Kaiser!", rief der sofort und wiederholte eindringlicher: „Mister Kaiser!"

„Hier bin ich, du Dreckskerl!", grölte eine vertraute Stimme hinter den beiden Männern. Im selben Moment traf Nikos ein Hieb auf den Hinterkopf. Ihm wurde schwarz vor Augen. Er sank zu Boden. Leicht benommen tastete er nach der schmerzenden Stelle. Er fühlte eine warme Flüssigkeit. Offenbar blutete es aus der Wunde, denn seine Hand war rot.

Der Mann, der schon einmal versucht hatte, Nikos in den Tiefen des Meeres zu ertränken, nutzte die Gelegenheit. Er zerrte seinen Erzrivalen an die Reling und trat gegen den Körper: „Jetzt versenke ich dich endgültig im Meer. Du wirst Rebecca nicht bekommen.", schrie er. „Niemals!"

Nikos klammerte sich an eine Relingstütze. Erst jetzt bemerkte er, dass er seine Waffe verloren hatte. Die Schmerzen im Kopf hämmerten so penetrant, dass er die Tritte seines Gegners kaum spürte. Er kämpfte sich zurück auf die Beine und stürzte sich auf Dennis. Überrascht verlor der das Gleichgewicht und fiel. Nikos presste ihm seinen Unterarm gegen die Gurgel. „Wo ist sie?", brüllte er. „Was hast du ihr angetan?"

Dennis' verärgert blitzende Augen leuchteten gefährlich hell. „Das geht dich nichts an. Sie will dich nicht mehr. Vergiss sie!", presste er mühsam hervor. Obwohl er kaum Luft bekam und sein Gesicht hochrot anlief, grinste er hämisch. Er wusste, dass sein Kampf noch nicht verloren war. Schon im nächsten Augenblick traf Nikos ein heftiger Hieb auf den Rücken. Beide Hände zu einer Faust geballt schlug der Kapitän auf ihn ein. Nikos suchte hektisch mit den Augen das Deck nach der Pistole ab. Ohne Erfolg. Sie musste ins Wasser gerutscht sein. Er entdeckte einen Schlagstock, mit dem Dennis ihm offenbar auf den Kopf geschlagen hatte. Er streckte seinen freien Arm aus, um danach zu greifen. Sein Kontrahent wirkte dagegen. Nikos drehte sich zu Dennis um, schlug ihm ins Gesicht und ergriff rasch den Stock. Er drehte sich um und schleuderte das Holz gegen den Kapitän. Überrascht hielt der Getroffene inne. In der nächsten Sekunde schrie er laut auf. Stöhnend fasste er sich mit der Hand an den Kopf und krümmte sich. Nikos sah an der hässlichen Platzwunde, dass er die Stirn getroffen hatte. Es war eine Sekunde der Nachlässigkeit, die er schon in der nächsten Sekunde bereute. Mit einem plötzlichen Zornesschrei bündelte Dennis seine Kräfte und versuchte Nikos einen Haken zu verpassen. Schnell wich der ihm aus, packte den Arm des Angreifers und verdrehte ihn auf den Rücken. Dennis kickte hinter sich, gegen Nikos' Knie. Der Schmerz ließ ihn aufschreien. Dennis entwand sich dem Griff und kämpfte darum, seinen Rivalen niederzuringen, bis sie sich beide auf dem Boden wälzten. Jeder versuchte, den anderen an der Gurgel zu packen. Nikos bekam die Oberhand und setzte sich auf Dennis Brustkorb. Da packte ihn die speckige Hand des Kapitäns am Kopf und hielt ihm ein Messer an die Gurgel: „Gibst du jetzt endlich auf?", keifte er grell auf Griechisch und wiederholte: „Gibst du …" Die letzten Worte wurden von einem lauten Knall verschluckt.

Nikos drehte sich in die Richtung, aus der der Schuss gekommen war und konnte nicht fassen, was er sah: Wie eine Amazone stand Rebecca in einem Negligé auf dem Bug und hielt eine Waffe in der ausgestreckten Hand, die deutlich auf den Kapitän zielte. An ihren Fuß- und Handgelenken hingen Teile eines Klebebandes, mit dem man sie offensichtlich gefesselt hatte. Der Wind wehte durch ihr langes blondes Haar und perfektionierte das filmreife Bild. Den ersten Schuss hatte sie warnend in die Luft abgegeben. Jetzt richtete sie die Pistole auf den Kapitän. „Wirf dein Messer ins Meer!", schrie sie ihn an. Ihre Augen blitzten vor unbändigem Zorn.

Der verdutzte Kapitän tat sofort, wie ihm geheißen und hob anschließend ergeben seine Hände. Innerlich grübelte er, wie es Rebecca geschafft hatte, die Bänder aufzuschneiden und sich zu befreien.

Fasziniert starrte Nikos seine hinreißende Heldin an. Dann packte ihn die Angst, es könnte sich ein Schuss lösen und Rebecca so zu einer Mörderin werden. Er stand auf und eilte auf sie zu. „Du hast es geschafft, mein Schatz. Jetzt ist alles unter Kontrolle", sagte er beruhigend und streckte die Hand nach der Waffe aus.

Dennis erkannte, dass sein Rivale direkt in der Schusslinie stand. Er stieß Nikos gegen Rebecca, in der Hoffnung, es möge sich eine Kugel lösen. Sein Plan erfüllte sich nicht. Er hechtete ins Meer und kraulte auf das Ufer zu. Seinem Sprung ins Wasser folgte ein zweiter. Mit jedem Schwimmzug, den Nikos auf seinen Kontrahenten zu kraulte, steigerte sich sein Zorn. Jede Bewegung war getrieben von Erinnerungen, an den Kampf ums Überleben, als Dennis versucht hatte, ihn zu ermorden, sowie von der Angst um Rebecca, die er mehr liebte, als je einen Menschen zuvor. All die Emotionen bündelten sich zu einer gefährlichen Mischung und gipfelten in blinde Wut. Nikos spürte seine äußerlichen Verletzungen nicht mehr, die ihm die Männer an Deck zugefügt hatten. Er fühlte nur, was in ihm brannte – das Verlangen nach Rache und seinen Feind zu vernichten.

Seine Arme bahnten sich ihren Weg immer schneller durchs Wasser. Dennis kam in Reichweite.

Nikos holte tief Luft, packte ihn an den Schultern und presste ihn mit dem Körpergewicht unter Wasser. Dennis versuchte, sich aus dem Griff zu winden. Nikos schlang seinen Arm um dessen Gurgel und drückte zu. Getrieben von endlosem Hass setzte er seine ganze Kraft ein. Dennis schlug um sich. Die Bewegungen wurden wilder und verzweifelter. Soweit es die Dichte des Wassers zuließ, versuchte er, sich auch mit den Füßen frei zu strampeln. Sein Körper wand sich, während seine Finger sich in Nikos' Arm festkrallten. Panisch kämpfte er, um sein Leben – versuchte er, dem unbarmherzigen Druck um seinen Hals zu entfliehen. Er war nicht so geübt im Luftanhalten, wie Nikos, der es liebte die Unterwasserwelt ohne Atemgerät zu erkunden. Der fehlende Sauerstoff raubte Dennis die Kräfte. Seine Bewegungen verlangsamten sich und wurden hilfloser, bis sie schließlich erlahmten.

Nikos bemerkte den fehlenden Widerstand nicht. Seine Arme gaben weiterhin alles, um den Feind zu besiegen, drückten weiter zu.

Plötzlich rüttelte jemand, der aus dem Nichts gekommen war, an seinem Arm. Nikos hielt inne und sah sich um. Die schreckensgeweiteten Augen seines Freundes starrten ihn an. Hektisch deutete Lefteris auf Dennis erschlaffte Arme. Nikos erschrak. Sofort ließ er von seinem Gegner ab. Ehe er sich versah, nahm sich Lefteris des reglosen Körpers an und zog ihn mit sich an die Wasseroberfläche. Geschockt über seine außer Kontrolle geratenen Emotionen beobachtete Nikos das weitere Geschehen. Lefteris schaffte Dennis mit Hilfe der Polizei, die im Hafen eingetroffen war, an Land. Einer der Beamten begann mit der Herzmassage, während Lefteris die Beatmung übernahm. Nach wenigen Sekunden reagierte Dennis. Gebeutelt vom Husten und Würgen, versuchte er sich aufzurichten.

Der verständigte Krankenwagen traf ein. Da vernahm Nikos eine zarte Stimme, die wiederholt seinen Namen rief. *Rebecca!*, sagte er leise zu sich selbst und blickte um sich. Ihr sorgenvolles Augenpaar sah ihm von der Jacht entgegen. Schnell schwamm er zu ihr und kletterte an Bord. Auch hier waren inzwischen Beamte der Polizei und legten dem Kapitän Handschellen an.

Rebecca nahm Nikos in die Arme noch während er über die Reling kletterte. „Ist alles okay mit dir? Hat er dich verletzt?" Rebecca trat einen Schritt zurück und musterte seinen Körper. „Oh Gott, ich hatte solche Angst um dich."

„Es ist ja alles gut gegangen, mein Schatz. Du hast uns gerettet", versuchte er sie zu besänftigen. „Du bist meine Heldin!" Als er sie zärtlich an sich drückte, spürte er ein Zittern. Er holte aus der Kajüte eine Decke, die er fest um Rebeccas Körper schlang: „Jetzt hast du es überstanden. Du bist in Sicherheit." Er bedeckte ihre Wangen und Stirn mit zärtlichen Küssen, als ein schrilles Rufen laut wurde: „Becky!", hallte Franziskas Stimme über die Boote im Hafen. „Becky!", schrie sie immer lauter und verzweifelter.

„Franzi!" Heftig wedelte Rebecca mit ihren Armen, während die Polizei die Jacht an die Anlegestelle manövrierte. „Hier bin ich." Sobald sie nah genug am Kai waren, kletterte sie über die Reling und sprang an Land. Franziska jauchzte auf. Die Schwestern rannten aufeinander zu und fielen einander in die Arme. Sie drückten sich so innig, dass sie vor Rührung in Tränen ausbrachen.

So manches Mal war ihre Geschwisterliebe auf die Probe gestellt worden – aber heute war beiden die Tiefe der Verbindung bewusst geworden. „Aber jetzt machst du mir keine Sorgen mehr, gell, Becky! Das genügt mir für diesen Sommer."

Rebecca strich mit ihren Fingern die Tränen von Franziskas Wangen und nickte: „Ich versprech es dir." Lachend tupfte nun wiederum Franziska die Tränen Rebeccas vom Gesicht und strich ihr fürsorglich über das Haar.

Nikos ließ die beiden in ihrer Rührung alleine und begab sich zu den Polizisten: „Wird er jetzt für längere Zeit weggesperrt?", fragte Nikos den Beamten, der etwas abseits stand. Der nickte. „Er ist uneinsichtig und darum eine Gefahr für die Öffentlichkeit.", verdeutlichte er. „Das wird ihm längere Zeit im Knast einbringen." Mit seinem quakenden Funkgerät in der Hand fuhr er fort: „Telis, der Kapitän, ist ein alter Bekannter. Den greifen wir in regelmäßigen Abständen auf. Gut, dass wir ihn wieder in den Fingern haben. Der stellt sonst nur Dummheiten an. Ach ja, und …", er deutete auf Nikos' Hinterkopf, „damit gehen Sie besser zu einem Arzt. Sieht nach Platzwunde aus und die muss sicher genäht werden." Nikos bedankte sich und beobachtete angespannt, wie man Dennis in den Krankenwagen lud. Dieser Mann hatte ihm fast sein Leben und seine Liebe genommen. Von dem heutigen Tage an, würde er sich genau darüber auf dem Laufenden halten, wo sich sein Erzfeind aufhielt.

Lefteris gesellte sich zu ihm. Nikos klopfte auf seinen Rücken: „Danke, dass du mich davor bewahrt hast, einen Mord zu begehen."

„Kein Problem, mein Freund. Du bist kein Mörder, das weiß ich."

Nikos verstand den Wink in Bezug auf die Verdächtigungen, die man in Deutschland gegen ihn erhob. Dennoch hatte er das Bedürfnis zu erklären: „Ich war völlig von Sinnen. Ich habe gar nicht gemerkt, dass er …"

Lefteris schüttelte den Kopf und rückte sogleich die verrutschte Brille wieder zurecht: „Das wäre mir doch genauso ergangen. Nach dem, was Dennis sich alles geleistet hat, kann er froh sein, dass ich ihn nicht auch in die Mangel genommen habe."

„Du bist ein wahrer Freund. Vielen Dank für alles!" Nikos drückte ihn an seine Brust.

„Hey", sagte er ergriffen, „wir sind doch schon fast eine Familie."

Kapitel 20

„Es ist aus zwischen uns. Versteh das endlich! Ich empfinde nichts mehr für dich. Such dir jemanden, der zu dir passt."

„Niemals. Wir gehören zusammen."

„Jetzt pass mal auf, Dennis!" Rebecca rückte den Stuhl im Besucherraum des Gefängnisses von Heraklion zurecht: „Tatsache ist, dass ich mich verändert habe."

„Das habe ich bemerkt."

„Ich bin nicht mehr die Rebecca, die du vor fünf Jahren geheiratet hast."

„Wer denn sonst?" Dennis verschränkte in Überlegenheitsmanier die Arme und hob auf eine Antwort wartend seine Augenbrauen.

„Ich bin jetzt eine selbständige Frau, die sich ihren Lebensunterhalt erarbeitet. Meine Prioritäten sind neu sortiert. Sie liegen nicht mehr beim Einkaufen von Outfits."

„Das ist doch kein Problem für unsere Ehe. Wenn du zu mir zurückkommst, kannst du mit der Arbeit wieder aufhören und dich deinem Äußeren widmen."

„Ach, es hat ja gar keinen Sinn, dir irgendetwas zu erklären. Die Scheidung ist eingereicht. Das war's für uns." Rebecca nahm ihre Tasche und erhob sich.

Dennis sprang auf. Sofort reagierte der Gefängniswärter und machte einen Schritt auf den

Tisch zu. Rebecca hob abwehrend die Hand und signalisierte, dass alles in Ordnung sei. Sie setzte sich, um die Situation zu entschärfen. Ihr Mann folgte ihrem Beispiel. In seinem Gesicht war die steigende Anspannung zu sehen. Er biss die Zähne aufeinander und presste hervor: „Wenn du mich nicht mehr willst, warum bist du dann hier?"

„In den letzten Monaten warst du ein kompletter Idiot. Aber wir hatten auch schöne Zeiten. Ich weiß zu schätzen, was du während der Beziehung für mich getan hast. Darum versuche ich, unserer Ehe mit dieser Aussprache einen würdigen Abschluss zu geben. Es ist wichtig, dass du begreifst, wie sinnlos dein Kampf ist. Schau in die Zukunft! Gib dir selbst eine Chance für einen Neuanfang! Aber unsere Ehe gibt es nicht mehr. Du kämpfst um eine tote Sache."

„Becky, Schatz!" Dennis versuchte, nach Rebeccas Hand zu greifen: „Ich liebe dich und nur darum kämpfe ich um dich."

„Das ist doch keine Liebe. Du glaubst, mich zu besitzen."

„Und jetzt besitzt dich wohl dein Neuer."

„*Niemand* besitzt mich, begreifst du das denn nicht? Ich bin keine Trophäe und kein Schmuckstück."

„Warum hat dein Freund dann versucht, mich umzubringen?"

„Er hat sich gewehrt, nachdem du versucht hast *ihn* umzubringen."

„Das war keine Notwehr. Das war versuchter Mord."

„Mit ihm sind nur die Gäule durchgegangen. Nach allem, was du dir erlaubt hast, kann ich ihm das nicht verdenken." Ein Lächeln huschte über Rebeccas Mund. Sie erschrak vor ihrer eigenen Reaktion und besann sich auf ihre Argumentation: „Das, was du in mir siehst, bin ich nicht mehr. Lass unsere Vergangenheit hinter dir. Wir haben keine gemeinsame Zukunft."

Dennis schwieg. Er sah seine Frau nur mit einem für Rebecca nicht einzuordnenden Blick an.

Sie fuhr fort: „Du und ich, wir haben geheiratet, ohne zu wissen, was wahre Liebe ist. Du hast mein Aussehen geliebt, denn du brauchtest eine Frau zum Vorzeigen. Und ich habe den äußeren Schein geliebt, in dem ich mich durch deine Stellung in der High Society gesonnt habe. Aber das war keine aufrichtige Liebe. Sonst wärst du nicht fremdgegangen und ich hätte mich hier nicht so schnell in einen anderen Mann verliebt." Rebecca holte tief Luft und betrachtete Dennis kritisch: „Hast du dir jemals überlegt, warum du mit Yvonne ins Bett gegangen bist? Vielleicht ist sie ja die Richtige für dich."

Er lachte bitter und wand sich ungeduldig in seinem Stuhl. Ihre Worte waren ihm unerträglich.

„Bitte, Dennis, gib auf und lass mir mein eigenes Leben!" Ihr beschwörender Blick machte ihm bewusst, dass dies womöglich die letzte Möglichkeit war, ein besonnenes Gespräch mit ihr zu führen.

Augenblicklich legte er seine Abwehr ab. Er veränderte die körperliche Haltung und setzte sich wieder aufrecht hin. Rebecca sollte ihn als vernünftig und seriös wahrnehmen. „Wenn ich dich nicht lieben würde, hätte ich wohl kaum so um dich gekämpft. Sieh mich an, Becky! Wegen dir sitze ich im Gefängnis."

„Das hast du nur dir selbst zuzuschreiben. Das Gefängnis hast du verdient." Sie griff nach seinen Händen, die auf dem Tisch gefaltet ruhten, und sprach eindringlicher: „Es ist denkbar, dass einmal eine Art von Gefühlen zwischen uns war. Aber das ist jetzt vorbei. Das musst du verstehen! Es ist zu viel passiert. Es gibt kein Zurück. Egal, was du anstellst, ich werde nie mehr Teil deines Lebens sein. Kannst du das akzeptieren?"

„Du meinst es wirklich ernst, oder?"

„Jedes Wort."

Eine Weile streichelte er ihre Hand, ohne ein Wort zu sagen. Schließlich nickte er: „Okay." Sein Blick fiel auf Rebeccas Ringfinger: „Unseren Ehering hast du ja bereits entfernt."

„Selbstverständlich! Das ist kein Spiel, Dennis. Ich will die Scheidung."

„Ja, ja, ich weiß." Er schluckte und sah auf. Seine Augen waren rot. Mit ein paar hektischen

Handbewegungen wischte er sich die Tränen von den Wangen: „Also gut, Becky, dann werde ich dich ab sofort in Ruhe lassen."

„Okay." Rebecca atmete auf. Sie hatte keine Lust, den Rest ihres Lebens damit zu verbringen, sich nach Dennis umzusehen, weil der ihr weiterhin nachstellte. „Dann habe ich jetzt nur noch eine Frage an dich: Wohin wolltest du mich bringen, als du mich auf das Boot entführt hast?"

Dennis dachte kurz nach, ob er ihr die Wahrheit sagen sollte, entschloss sich zu einem Kompromiss. Einen Teil des Planes konnte er gefahrlos verraten:„Es gibt eine kleine Hütte auf einem abgelegenen Teil einer Insel. Dort hätten wir solange Urlaub gemacht, bis du wieder zur Vernunft gekommen wärst."

„Du weißt, dass das Freiheitsentzug gewesen wäre?"

Dennis verzog seine Mundwinkel: „Das ist doch inzwischen sowieso egal. Ich sitze im Gefängnis und du bist glücklich mit deinem Neuen."

„Stimmt." Sie erhob sich vom Stuhl und streckte ihm die Hand entgegen: „Dann ist es abgemacht? Du lässt mich ab sofort in Ruhe?" Dennis zögerte. Er betrachtete ihre Hand, als wäre sie ein drohendes Fallbeil. Es schien Rebecca eine Ewigkeit, bis er endlich einschlug: „Abgemacht."

Rebecca schritt zur Tür und sah sich noch einmal um: „Ich wünsche dir alles Gute, Dennis!"

Er grinste: „Vielen Dank! Wer weiß, womöglich kreuzen sich unsere Wege ja wieder einmal und du erinnerst dich an die Vorteile einer Beziehung mit mir."

Grenzenloser Zorn trieb Rebecca zurück zum Tisch, an dem Dennis noch immer saß. Ihre Hände in die Hüften gestemmt beugte sie sich zu ihm: „Du hast mir vor einer halben Minute dein Versprechen – ja, du hast mir deine Hand darauf gegeben - mich in Zukunft in Ruhe zu lassen. Und schon nimmst du es nicht mehr ernst?"

Dennis zog verächtlich seinen Mundwinkel hoch: „Hey, das war doch nur so …"

Rebecca hob drohend den Zeigefinger: „Merke dir Folgendes: Solltest du mir jemals wieder über den Weg laufen, werde ich Informationen über deine Firmenpraktiken an die Presse weiterleiten. Ich werde alles, was ich über dich und deine Mauscheleien mit diesen hochrangigen Golffreunden weiß, offen legen." Als hätte sie Dennis einen rechten Haken verpasst, richtete sie sich wieder auf: „Und das ist ein Versprechen, auf das du dich verlassen kannst."

Ein prüfender Blick in sein schockiertes Gesicht schenkte ihr Gewissheit, dass er verstanden hatte. Ohne ein weiteres Wort wandte sie sich um und verließ den Besucherraum.

Auf dem Gang atmete sie einige Male tief durch, um sich wieder zu fangen. Ihre wutdurchsetzten

Schritte wurden lockerer. Zufrieden ging sie durch das Gebäude zum Parkplatz, stieg in den Kleinwagen, den sie gemietet hatte und fuhr mit einem Lächeln der Erleichterung los. Jegliche innere Last war ihr von den Schultern genommen. Es gab keine Geheimnisse mehr, keine Beziehung, die sie vor irgendjemandem verbergen musste. Bald würde sie auch auf dem Papier eine freie Frau sein. Frei für Nikos. Sie glaubte, zu schweben vor Glück. Jetzt wollte sie nur schnell zurück nach Agia Galini. Ihr Bruder Dominik und ihre Eltern waren seit gestern zu Besuch bei Franziska. Es gab eine Menge zu erzählen. Nikos, den neuen Mann an ihrer Seite hatten sie bereits kennengelernt und für gut befunden. Ihr Leben konnte gar nicht besser laufen.

Nach einer Stunde Fahrt durch das hügelige Hinterland Kretas, bog Rebecca in die Straße ein, die ihr zur zweiten Heimat geworden war. Sie parkte den Wagen und ging um das Haus auf die Terrasse, wo Franziska Kaffee und selbstgebackenen Kuchen für die Gäste servierte. „Komm, setz dich!", winkte diese ihrer Schwester zu, sobald sie um die Ecke kam und deutete auf den einzig freien Stuhl zwischen ihrer Mutter und Nikos. Rebecca nahm Platz und küsste ihren Freund zur Begrüßung.

Marianne Engel fiel das leuchtende Strahlen in Rebeccas Augen auf: „Das neue Leben steht dir vortrefflich, mein Kind." Liebevoll strich sie ihrer

Tochter über ihr Haar. Ihr Mann, Martin Engel, stimmte ihr zu: „Nachdem, was dir der Dennis, der Lump, alles angetan hat, hätt's mich net g'wundert, wenn du dich von dem Spektakel erst hätt'st erholen müssen."

Der Blick der Mutter fiel auf Nikos: „Gott sei Dank hast du einen Schutzengel an deiner Seite gehabt." Sie nickte ihm dankbar über den runden Terrassentisch zu: „Ohne dich …" Sie stockte. Tränen liefen ihr über das Gesicht. Schnell tupfte sie sich mit einem Taschentuch aus ihrer Handtasche die Augen trocken.

„Aber Mama!" Gerührt neigte sich Rebecca zu ihr und umarmte sie tröstend: „Es gibt doch gar keinen Grund zu weinen. Es geht mir doch gut."

„Du hast ja recht, mein Kind. Ich wein' ja auch gar nicht mehr." In ihren Augen blitzten noch immer Tränen, doch ihr Gesicht lächelte schon wieder.

Rebeccas Bruder Dominik nahm seine Flasche Bier und lehnte sich zurück. Er hatte es sich nicht nehmen lassen, seine kleine Schwester auf Kreta zu besuchen, selbst wenn es nur für ein langes Wochenende war. Nach allem, was seine Prinzessin durchgemacht hatte, gab es dazu keine Überlegung mehr. Er hielt Nikos seine Flasche Bier auffordernd entgegen, der ebenfalls nach seiner griff. Die beiden Männer stießen an und nickten sich freundschaftlich zu.

Dominik besaß seiner kleinen Schwester gegenüber einen starken Beschützerinstinkt. Nikos spürte dessen prüfende Blicke. Emotional hatte er nichts zu verbergen. Seine Liebe zu Rebecca war aufrichtig - das war nicht das Problem. Dennoch gab es ein Geheimnis in seinem Leben, von dem besser weder Rebecca, noch Dominik etwas erfuhren.

Nikos erhob sich von seinem Korbsessel und schlenderte von der Terrasse in die Küche, um zwei Limonaden für Rebecca und sich zu holen.

„Du wirst ihr doch die Wahrheit über dich erzählen, oder?"

Nikos zuckte zusammen und fuhr hinter der Kühlschranktür hoch. Lefteris stand plötzlich neben ihm.

„Was meinst du?" Mit einem hastigen Blick sah er sich nach möglichen Mithörern um. Es war niemand da, außer ihm und seinem besten Freund. Erleichtert atmete er auf. Aber sein Herz raste.

„Einfach alles: deine Familie, Elèni und ihr Verschwinden, die Verdächtigungen und deine Flucht."

„Da gibt es nichts zu erzählen. Für Rebecca bin und bleibe ich Nikos Demetrios, Teilhaber einer Tauchschule."

„Das ist nicht fair."

„Warum? Weil ich ihr nichts von dem Leben erzähle, das für mich nicht mehr existiert?"

„Weil deine Vergangenheit zu dir gehört, wie deine Zukunft."

„Ich bin glücklich mit meinem Leben, wie es *jetzt* ist. Alles andere ist abgehakt."

„Die Vergangenheit wird dich einholen. Es kommt immer alles ans Tageslicht. Denk an dich und Franziska und Rebecca und Dennis!"

„Wenn es so weit ist, werde ich mich damit auseinandersetzen. Bis dahin gedenke ich, mein Leben zu genießen."

„Warum engagierst du nicht jemanden, der sich noch einmal genauer mit dem Fall befasst? Zum Beispiel einen Privatdetektiv? Immerhin wirst du des Mordes verdächtigt."

Nikos' Miene versteinerte. Über dieses Thema wollte er nicht reden. Vor allem wollte er mit niemandem über die Vorgehensweise sprechen – selbst mit seinem besten Freund nicht. Um auszuweichen, schlug er ihm kameradschaftlich auf die Schulter: „Danke für deinen Rat! Nun lass uns aber zu unseren Frauen gehen!" Er nahm die beiden Flaschen und verließ die Küche. Lefteris hob die Augenbrauen, ließ seinen Freund aber ziehen.

Kaum hatte Nikos den ersten Fuß auf die Terrasse gesetzt, wurde ihm der Weg versperrt. Dominik stand vor ihm. Sein Blick war durchdringend. Nikos fühlte sich ertappt. Hatte er etwas von seinem Gespräch mit Lefteris mit angehört? Schnell zog er ein Lächeln auf: „Hey, möchtest du auch eine Limonade? Oder noch ein Bier?"

„Limo passt", sagte Dominik kurz und nahm, was Nikos ihm entgegenstreckte. Es war ein seltsamer Augenblick, in dem keiner der beiden Männer ihre Gedanken zu erkennen gaben. Nikos hielt dem untersuchenden Blick stand. Erst als Dominik die Situation mit einem Nicken entschärfte, schlenderte er zu dem Tisch mit der kleinen Gesellschaft.

Rebecca bedankte sich für ihr Getränk und fügte freudestrahlend hinzu: „Stell dir vor, Schatz, es gibt erfreuliche Nachrichten. Mein Vater hat mit seinem Nachbarn, einem Anwalt gesprochen. Der meint, dass es sich, nach allem, was sich Dennis geleistet hat, um einen Härtefall handelt. Dann würde das Trennungsjahr wegfallen. Abgesehen davon wird er eine ganze Weile im Gefängnis sitzen. Der Anwalt schickt mir die Papiere für die Scheidung in den nächsten Tagen zu. Sobald ich die unterschrieben zurückschicke, geht es los."

Nikos küsste sie liebevoll: „Dann bist du offiziell von diesem Mistkerl getrennt."

„Und frei für dich", hauchte Rebecca zärtlich in sein Ohr. Nikos sah Lefteris kritisch verzogenen Mund und wurde sich sofort bewusst, was die tiefere Bedeutung von Rebeccas Worten war. Sie hatte die Absicht, ihn zu heiraten.

Das Läuten seines Handys lenkte ihn ab. Die Nummer verriet, dass es sich um den Kontakt aus Athen handelte. Abermals eilte Nikos ins Haus. Erst, als er sich unbeobachtet fühlte, beantwortete er den Anruf: „Hast du Neuigkeiten?"

„Es gibt eine Spur. Aber sie wird dir nicht gefallen."

„Am wenigsten gefällt mir, dass ich des Mordes verdächtig werde. Das ist schlimm genug."

„Abwarten!"

„Wird es doch schlimmer? Erzähl schon!"

„Dein Bruder, Dimitris, ist in den letzten Jahren verdächtig oft nach Rom geflogen und jedes Mal für einige Tage untergetaucht."

„Rom? Was macht er denn dort?"

„Jedenfalls keinen Urlaub. Mehr habe ich noch nicht herausgefunden. Es gibt auffallend hohe Kontobewegungen dorthin, die mich stutzig machen."

„Kannst du mir das näher erklären?"

„Noch nicht. Aber er hat gerade wieder einen Flug gebucht. Wenn du mir das Okay gibst, fliege ich hin und sehe mir genauer an, was er dort treibt."

„Das Okay hast du. Ich habe dir gesagt: alles, was nötig ist."

„Es könnte eine Weile dauern, bis ich zurück bin, und Antworten habe."

„Sei vorsichtig! Du weißt nicht, worin mein Bruder verwickelt ist."

„Denk jetzt mal an dich! Du klingst müde. Mach doch mal Urlaub! Dein Telefon musst du auch reparieren."

Nikos wusste, was die letzten Sätze zu bedeuten hatten. Er musste sein Handy entsorgen und sich für die nächsten Monate auf eine Reise mit wechselnden Wohnorten begeben. Man könnte ihm auf den Fersen sein. Er rieb sich die Schläfen, hob den Kopf und holte ein paar Mal tief Luft. Endlich kam Bewegung in die Angelegenheit. Doch es war, wie sein Kontakt gesagt hatte: Es gefiel ihm überhaupt nicht.

Noch leicht benommen von den neuen Entwicklungen betrat er die Terrasse. Das Abendrot tauchte die kleine Gruppe um den Tisch in ein festliches Licht. Rebecca sah auf und eilte ihrem Traummann entgegen: „Ist alles okay? Du siehst so bedrückt aus."

Nikos konnte nicht umhin. Verliebt lächelte er seine Traumfrau an. Ihr Strahlen und ihre Herzlichkeit verdrängten jegliche Befürchtungen. „Komm mit!" Er zog sie mit sich in die Küche: „Was hältst du von einer kleinen Reise, mein Schatz?"

„Eine Reise mit dir? Sehr gerne. Aber wohin?"

„Quer durch Griechenland – vielleicht auch Italien."

„Wie kommst du darauf?"

„Ich habe etwas Geld gespart und würde es gerne nutzen, um mir mit dir ein paar Regionen anzusehen, die mich schon immer interessiert haben. Die Saison neigt sich dem Ende entgegen. Dann haben wir beide genug Zeit für uns. Was hältst du davon?"

„Das klingt ausgezeichnet." Rebecca besann sich: „Aber bedenke, dass ich durch die Scheidung finanziell nicht immer flüssig sein werde. Der Anwalt kostet Geld und die Gerichtskosten ... "

„Ich habe dir gesagt, dass ich Geld gespart habe. Die Reise geht also auf mich. Abgesehen davon:", er gab ihr einen Kuss, „Frage ich meinen Geschäftspartner, ob er mir sein Wohnmobil leiht. Dann sind wir unabhängig von Hotels oder Pensionen. Würde dir das gefallen?" Dass sein Aufenthalt durch das Wohnmobil für die Behörden nicht nachzuverfolgen wäre, erwähnte er nicht als Pluspunkt.

Rebecca stellte sich vor, wie sie auf engstem Raum mit dem Mann ihrer Träume durch Südeuropa reiste. Sie war voller Lebenshunger und Abenteuerlust. Nichts wollte sie sich mehr entgehen lassen, sondern ihr Leben feiern – jeden einzelnen Tag. Sie spürte es, je intensiver ihre Gefühle waren. So, wie Lefteris' Großmutter gesagt hatte: „Aus den Tiefen schöpft das Leben."

Ihre Augen leuchteten: „Das würde mir sogar sehr gefallen." Den Kopf zur Seite geneigt hakte sie nach: „Dann ist jetzt alles gut?".

Er schlang seine Arme um sie und flüsterte in ihr Ohr: „Alles ist gut, solange wir zusammen sind." Rebecca schmiegte sich fest an ihn: „Wir werden für immer zusammen sein."

„Dann ist für immer alles gut, mein Schatz."

Das Vibrieren seines Handys sagte Nikos, dass eine Nachricht eingegangen war. Er drückte Rebecca fest an sich und hielt das Display hinter ihrem Rücken so, dass er die Zeilen lesen konnte: „Du bist enttarnt."

Danksagung

Mein größter Dank gilt meiner Mutter, die mich schon mein ganzes Leben in jeder Hinsicht unterstützte. Du hast immer an mich und meine Träume geglaubt, egal, wie verrückt sie manchmal waren. Du bist und bleibst meine wichtigste Ratgeberin, Freundin und Seelenverwandte und dennoch meine strengste Lektorin. Vielen Dank für Deine Geduld, Dein Vertrauen und all Deine Hilfe.

Harry Diatka, ohne Dich und Deine Mühen hätte ich dieses Buch nicht so fertigstellen können, wie ich es letztendlich geschafft habe. Dein unermüdliches Korrekturlesen und Deine Unterstützung bei sämtlichen Projekten, sind ein Segen. Ich kann gar nicht in Worte fassen, wie bedeutungsvoll Dein Einsatz ist. Vielen Dank, dass Du immer für mich da bist.

Tanja Zapp, vielen Dank für Deine Hilfe als Korrekturleserin. Die Anmerkungen waren kostbare Tipps zu Weiterentwicklung des Buches. Herzlichen Dank für Deine Mühen.